Frick

Jannis Körn

Frick

Thriller

Bibliografische Information der Deutschen Nationalbibliothek: Die
Deutsche Nationalbibliothek verzeichnet diese Publikation in der
Deutschen Nationalbibliografie; detaillierte bibliografische Daten
sind im Internet über dnb.dnb.de abrufbar.

Herstellung und Verlag: BoD – Books on Demand, Norderstedt

ISBN: 9783755753780

jannis-koern.de

INHALT

I

Stromausfall

Er musste hier raus!

Wie viele Monate waren es jetzt? Sieben? Acht? Man verlor hier drinnen jedes Gefühl dafür. Es war lange her, seit er die gottverdammte Zelle bei Licht gesehen hatte. Seit er mehr von ihr gesehen hatte als den rechteckigen Ausschnitt, wenn sie die Tür öffneten. Licht gefiel ihm nicht sonderlich. Nicht mehr. Allein seine Vorstellungskraft half ihm, seit er hier festsaß. Und seine Träume. Wunderbare Träume, in denen der Lügner starb, der ihm die Freiheit geraubt hatte. Der Gedanke ließ seine Augen glitzern.

War er verrückt? Nein; das Leben hatte es einfach nicht sonderlich gut mit ihm gemeint. Es hatte eine Zeit gegeben, da war es anders gewesen. Doch die Vergangenheit lag weit zurück, war verblasst wie ein altes Polaroid. Nur die Gegenwart zählte. Hätte er die Zeit zurückdrehen können, er hätte den Irren trotzdem umgebracht und er ließ es in seinen einsamen Stunden Revue passieren. Immer und immer wieder. Vorstellungskraft war wunderbar. Sie gab dem Menschen eine Perspektive.

Jon schloss die Augen. Zu wenig Schlaf letzte Nacht und leider keine Träume.

Leider keine Ablenkung.

Es war selten geworden, dass er sich im Spiegel betrachtete, denn er mied das Glas. Mied, was es ihm zeigte. Einen Gefangenen, einen Inhaftierten, oder wie sie ihn nannten: Einen Patienten.

Ungewollt hatte er an Gewicht verloren. Eingesperrt zu

sein, schlug auf den Magen. Inzwischen war er wenig mehr als sehnige Muskeln, Haut und Knochen.

Bald würden sie ihn holen, um ihn in den Speisesaal zu bringen. Nicht jeder bekam seine eigene Eskorte. Man musste sie sich *verdienen*. Wenn die Pfleger ihre Schlüsselkarte auf den Sensor der Tür legten, erzeugte das einen Summton wie von einem Trafo, gefolgt von einem Klacken, wenn sich die Feder im Inneren einzog.

Anfangs hatte er sich zur Wehr gesetzt, wenn sie die Tür öffneten, wenn sie *seinen* Raum betraten, doch er hatte es aufgegeben. Hatte es aufgegeben, weil sie ihn sediert und auf dem Bett fixiert hatten. Dem Bett mit den Gurten, die ihn umklammert hielten wie Schlingpflanzen. In dem man *schlimme* Träume hatte. In dem Wahnsinn hinter der nächsten Biegung lauerte wie ein listiger Wegelagerer.

Die ewig gleichen Tage wiederholten sich mit der Unbarmherzigkeit von Ebbe und Flut. Die Monotonie zerrte an seinen Nerven, doch er würde sie ertragen – so wie er ihre Versuche ertrug, ihn zu begreifen. Sie wollten ihn enträtseln, ihn verstehen. Wollten mit ihm ihre kleinen Tests durchführen und seine Psyche entschlüsseln, seine Aversionen und Leidenschaften ausleuchten. Sie hatten ihm psychische Labilität bescheinigt.

Schwachsinn!

War kaum erträglich das Ganze. Er musste hier raus, aber die elektronische Verriegelung der Zellentür konnte nur von den Schlüsselkarten des Personals oder von der Sicherheitszentrale gelöst werden. An Flucht war nicht zu denken. Wände und Decke waren von einem klinischen Weiß; der Boden graues PVC. Die Zelle war ein steriler

Käfig. Manchmal schien es ihm, als zöge sich der Raum zusammen wie die Faust eines Riesen, der ihn zerquetschen wollte.

Jon hörte ein Geräusch und schreckte aus seinen Gedanken. Es war ein Klacken. In der Tür. Sein Herz raste. Sein Denken schrumpfte auf einen Satz zusammen, der sich wiederholte wie eine hängengebliebene CD.

Es hat geklackt, ohne zu summen ... hat geklackt, ohne zu summen ... hat geklackt,

Er sprang auf.

ohne zu –

Sein Mund wurde trocken. Er zog leicht an der Tür und sie öffnete sich einen Spalt. Jon stieß sie auf und trat hinaus auf den dunklen Flur.

In den Gängen

Er wusste, welchen Gängen er folgen musste, um zum Ende des Trakts zu gelangen. Oft genug war er sie entlanggezerrt worden, wenn er sich wieder mal das Gurtbett *verdient* hatte. Jon wandte sich nach links. Im schwachen Zwielicht hastete er auf die grün fluoreszierende Notbeleuchtung am Ende des Ganges zu. Seine Schritte hallten seltsam hohl.

Ein elektrisches Surren erklang über ihm. Flackernd erhellten sich die an der Decke montierten Leuchtstoffröhren; scheinbar hatte sich das Notstromaggregat eingeschaltet. Das ungewohnte Licht brannte ihm in den Augen wie Seife.

Vor ihm knickte der Gang rechtwinklig ab. Eilige Schritte näherten sich. Jon presste sich an die Wand und hielt den Atem an, hörte jemand anderen atmen.

Als der Wachmann um die Ecke bog, rammte er ihn mit der Schulter. Die Wucht warf den Mann um, stieß seinen Kopf geräuschvoll gegen die Wand, ließ ihn zu Boden gehen. Jon warf sich mit den Knien auf seinen Brustkorb. Bevor der Mann Alarm schlagen konnte, schloss er die Hände um seinen Hals und drückte zu. Der Mann wand sich wie ein Fisch auf dem Trockenen, rang krampfhaft nach Luft. Ein Röcheln erstickte in seiner Kehle. Er schlug nach ihm, doch Jons Griff blieb eisern. Verstärkte sich.

Gib auf.

Vor Anstrengung traten die Sehnen an seinen Armen hervor wie unter der Haut gespannte Drahtseile.

Gib endlich auf.

Der immense Druck klemmte die Schlagadern ab und

unterbrach die Sauerstoffzufuhr zum Gehirn. Der Mann sackte zusammen.

Noch immer auf ihm kniend, inspizierte Jon ihn. In den Taschen der Hose fanden sich Kugelschreiber, Brieftasche und – *Jackpot!* – eine Schlüsselkarte, die mit einem Plastikclip am Gürtel befestigt war. Er schleifte den Mann zurück in die Zelle, zerrte ihm die Uniform vom Leib. Hektisch zog er sich aus und an, fummelte den Gürtel zu. Kugelschreiber, Brieftasche, Schlüsselkarte ... *perfekt*.

Bevor Jon die Zelle verließ, warf er dem Mann noch einen kurzen Blick zu. Es sah nicht gut für ihn aus. Der Körper zuckte, als durchliefen ihn Elektroschocks. Anscheinend blockierte etwas die Atmung.

Vielleicht finden sie ihn rechtzeitig, belog er sich selbst. *Hoffentlich hat er keine Familie.*

Erneut folgte Jon dem Gang; dieses Mal deutlich langsamer als zuvor. Er musste nicht rennen – er war jetzt einer von ihnen. Den Kugelschreiber nahm er in die Linke, für den Fall, dass sie sein Gesicht erkannten. Die kleinen Stifte waren tückisch.

Hinter der Ecke endete der Gang an einer verschlossenen Metalltür mit Glaseinsatz. Jon hielt die Schlüsselkarte an den Sensor. Das Trafosummen erklang, gefolgt von dem Klacken in der Tür. Mit einem erleichterten Aufseufzen stieß er sie auf; wieder eine Hürde geschafft. Er stand vor einer marmornen Treppe, an deren Ende sich das Foyer mit dem Ausgang befand.

Fresko

Fresko saß mit übereinandergeschlagenen Beinen am Schreibtisch seines Büros und starrte durch die Glasscheibe. Er langweilte sich. In seiner Funktion als Therapeut wurden ihm für gewöhnlich andere Aufgaben zuteil, als den Eingangsbereich der psychiatrischen Anstalt zu überwachen, doch dies war ein Sonderfall. Einen Stromausfall hatte es noch nie gegeben.

Er hatte die Jalousie, die ihn und die Patienten während der Therapiegespräche von der Außenwelt abschirmte, hochgezogen, sodass er das gesamte Foyer überblicken konnte. Es lag im Hochparterre und war ein großer Raum mit hohen Decken, von dem sternförmig Treppen abzweigten, die zu den einzelnen Abteilungen führten. Durch eine Sicherheitsschleuse gelangte man nach draußen auf die Freitreppe.

Er war allein. Seine Chefin hatte Kräfte in jede Abteilung entsandt – den Rezeptionisten, der normalerweise das Foyer überwachte, eingeschlossen – um zu prüfen, ob sich die Patienten ruhig verhielten.

Fresko fuhr sich durch die roten, stachelig gegelten Haare, für die er von seinen Bekannten gleichermaßen verspottet wie beneidet wurde. Er sah auf die Uhr. Viertel vor elf. In zwei Stunden konnte er nach Hause. Nach Hause zu Lis. Er hatte ein gerahmtes Bild von ihr auf seinem Schreibtisch stehen. Sein Blick blieb daran hängen.

Du trägst schon seit drei Jahren den Ring am Finger. Krass.

Er schloss die Augen und lächelte. Bald war ihr

Hochzeitstag und er hatte etwas Geld zur Seite gelegt, um mit ihr ein paar Tage auszuspannen.

Ein Geräusch hallte durch die weitläufige Eingangshalle. Schritte auf Stein. Er öffnete die Augen. Aus einem Treppenaufgang kam ein Wachmann hinauf.

Der Mann ging grußlos an seinem Büro vorbei Richtung Schleuse, würdigte ihn keines Blickes. Mechanisch und ohne hinzusehen, schleuste Fresko ihn durch und widmete sich wieder dem Bild seiner Frau.

Als der Mann ins Freie trat und aus seinem Sichtfeld verschwand, dachte Fresko noch immer an Lis, nicht ahnend, dass er soeben dem Unheil freien Lauf gelassen hatte.

Reflex

Jon rannte durch verregnete Straßen, bog um Ecken, sprang über Pfützen und wich den Fußgängern aus, die ihm entgegenkamen. Im Vergleich zu seiner Zelle, deren Gerüche relativ überschaubar gewesen waren, strömte jetzt eine Vielzahl vergessener Düfte auf ihn ein. Der Dönerladen gegenüber, jede Menge Autoabgase, eine Frau mit Hund, die ihm entgegenkam.

Jon hastete weiter, bis das Seitenstechen unerträglich wurde und noch eine kleine Weile darüber hinaus. Schwer atmend blieb er stehen und rang nach Luft. Die Anstalt lag weit hinter ihm. Vermutlich durchkämmten sie noch immer die verschiedenen Abteilungen des verwinkelten Altbaus. Dies würde sie noch eine Weile beschäftigten. Dennoch war es unmöglich, seinen Zeitvorsprung abzuschätzen. Es galt, auf der Hut zu bleiben.

Jon kontrollierte die Umgebung. Er sah einen Polizisten unter dem Vordach eines Nagelstudios stehen und in den Himmel blicken, an dem sich die Unwetterwolken eine Schlacht lieferten. In einer Hand hielt er einen halben Hotdog, von dem etwas auf den Boden tropfte. In seinem Rücken lag ein schmaler Durchgang. Jon fixierte das Holster am Gürtel des Mannes.

Eine Waffe würde es so viel leichter machen.

Unauffällig steuerte Jon auf ihn zu. Der Polizist war noch immer abgelenkt von dem Naturschauspiel, als er bereits hinter ihm stand. Jon vergewisserte sich, dass weder Autofahrer noch Fußgänger zu sehen waren, packte den Mann

am Kragen, riss ihn in den Gang und schlug in einer flie-
ßenden Bewegung seinen Kopf gegen die Hauswand. Es
gab ein Geräusch, als würde ein Hammer auf eine Melone
treffen. Der Mann verlor die Besinnung. Jon zog an der
Waffe im Holster, doch sie löste sich nicht.

»Das kann doch nicht –«

Er riss an ihr – ohne Erfolg.

Fuck. Diebstahlsicherung.

Er öffnete den Gürtel des Polizisten und zog ihn heraus,
bis das Holster freikam. Er musste sich zusammenreißen,
die Hände ruhig zu halten, als er das Holster an seinem eigenen Gürtel befestigte. Jede Sekunde war wertvoll. Er
zerrte den Polizisten hinter eine Reihe von Containern und
bewarf ihn mit Altpapier und Müll, bis er nicht mehr zu sehen war.

Schlaf gut.

Jon trat wieder auf die Straße. Seine Security-Jacke verbarg die Waffe.

Während er abwechselnd rechts und links abbog, fummelte Jon am Holster, bis er den Mechanismus begriff, mit
dem sich die P99 aus ihrer Verankerung lösen ließ. Er
musste den Sicherungsbügel nach vorn kippen, einen
Knopf am Holster drücken und gleichzeitig die Waffe ziehen.

Etwas entfernt, auf der anderen Straßenseite, hastete eine
junge Frau in einem grauen Mantel in seine Richtung. Sie
hielt den Kopf gesenkt und zog sich die Kapuze gegen die
endlose Armada der Tropfen notdürftig ins Gesicht. Donner grollte.

Drei Halbstarke kamen ihr grölend entgegen.

Die Frau wechselte die Straßenseite. Als sie etwas nähergekommen war, sah sie zweifelnd in den aufgewühlten Himmel. Die Frau steuerte eine Gasse zu ihrer Linken an, deren Häuserdächer über den Weg ragten und ein wenig Schutz vor dem Wolkenbruch versprachen.

Jon folgte ihr.

Sie stand unter dem Dachvorsprung der Seite eines Pizzaladens, wenige Meter von der Straße entfernt. Überquellende Mülltonnen drängten sich dicht an dicht wie eine Schafherde bei Gewitter.

»Da kommt ganz schön was runter, hm?« Jon nickte in Richtung Straße.

»Das kann man wohl sagen.« Die Frau lächelte gequält.

»Könnte ich mir kurz Ihr Handy leihen? Ich müsste einmal dringend meine Frau anrufen. Meinem ist leider der Saft ausgegangen.«

»Natürlich.« Sie kramte in ihrer Handtasche.

Jon ließ sie nicht aus den Augen. Die Frau zog ein Huawei aus der Tasche und entsperrte es. Er prägte sich das Muster ein, das ihre Finger auf den Bildschirm malten, während er vorsichtshalber die Pistole aus dem Holster zog und mit seinem Körper verdeckte.

»Bitte.« Die Frau hielt ihm das Handy entgegen und lächelte.

Jon seufzte. So schöne blaue Augen; darin grünliche Tupfer. Seerosen auf der Oberfläche eines Sees, wenn die Sonne darauf schien. Ein Jammer, dass er sie niederschlagen musste, um sich das Handy zu holen. Er zielte auf ihre Schläfe, doch sie wich blitzartig aus und tauchte unter seinem Schwinger weg.

Verdammt, was –

Die Frau überraschte ihn, als sie versuchte, ihn wegzustoßen. Jon riss abwehrend die Hände nach vorne und seine jahrelange Konditionierung entlud sich in einem unmöglich zu unterdrückendem Reflex: Er drückte ab.

Zeit wurde dickflüssig und plump. Entsetzt sah er der Frau in die Augen und sah das dritte Auge auf ihrer Stirn, das eben noch nicht da gewesen war. Er hatte ihren Kopf getroffen. Die Frau öffnete den Mund und starrte ihn ungläubig an, bis sie die Kontrolle über ihren Körper verlor und zusammenbrach. Zitternd sammelte er das Handy auf und steckte die Waffe weg. Schuld wogte durch ihn hindurch, füllte ihn vollkommen aus. So war es nicht geplant gewesen. Er hatte sie niederschlagen und verschwinden wollen.

Hast wieder die Kontrolle verloren, schalt er sich.

Jon schob den Gedanken mühsam beiseite wie ein im Weg stehendes Möbelstück. Er hatte jetzt keine Zeit, sich darüber Gedanken zu machen. Trotz des prasselnden Regens, der wie Steinschlag auf die Häuserdächer niederging, war der Schuss unüberhörbar gewesen. Er musste verschwinden.

Schuld

Irgendetwas war furchtbar schiefgelaufen.

Fresko hatte gelangweilt durch die Glasscheibe gestarrt, als plötzlich zwei Wachmänner aus einem Treppenaufgang heraufgepoltert kamen, als wäre der leibhaftige Teufel hinter ihnen her; die Gesichter kalkweiß. Sie verschwanden in Marshas Büro. Der Schrei, der Sekunden später folgte, klang nur entfernt nach seiner Chefin. Animalisch war er, kehlig und unartikuliert.

Als die Männer den Raum verließen und wieder über die Treppe verschwanden, fasste Fresko sich ein Herz, ging zu ihr und trat ein. Sofort bemerkte er die erdrückende Atmosphäre. Ihm war, als beschwere ihn jemand mit unsichtbaren Gewichten.

Marsha saß mit gesenktem Kopf an ihrem wuchtigen Schreibtisch; das rabenschwarze Haar zu einem strengen Zopf gebunden. Ihr kleiner Körper bebte. Fresko hatte sie noch nie so erlebt. So ... emotional. Normalerweise vereinte Marsha Autorität und Exzentrik auf eine äußerst bemerkenswerte Art und Weise; sie hielt den Laden zusammen. Heute war alles anders. Er setzte sich seiner Chefin gegenüber an ihren Schreibtisch.

»Marsha?« Seine Stimme war zögerlich und schwach.

Keine Reaktion.

»Marsha?«

Sie regte sich nicht.

Doch.

Langsam hob sie den Kopf. Wortlos starrte sie ihn an,

starrte durch ihn hindurch, als sähe sie ihn nicht. Da war etwas in ihren Augen, das er nicht recht zu deuten wusste. Etwas, das ihrer sonstigen Stärke widersprach.

Fresko war verwirrt. »Was ist passiert?«

Marsha zögerte und suchte nach dem richtigen Tonfall. Sie fand ihn nicht.

»Er hat Maik getötet.«

Der Satz hing im Raum wie ein von der Decke baumelnder Leichnam.

Maik? Tot?

»Was?« Fresko verstand nicht.

Marsha sog scharf die Luft ein, wobei ein Schimmer in ihre Augen trat und sie sich krampfhaft darum bemühen musste, ihre Fassung zu wahren.

»Als der Strom ausfiel, sind die elektronischen Türschlösser ausgefallen und Frick hat die Chance genutzt. Ausgerechnet er!« Sie unterbrach sich und schloss die Augen. Als sie sie wieder öffnete, glitzerten sie. »Ich weiß einfach nicht wie –« Ihre Stimme brach.

Marsha fuhr sich mit dem Handrücken über die Augen, versuchte es danach aussehen zu lassen, als würde sie sich eine Strähne aus dem Gesicht streichen, obwohl sie eine Träne beseitigte. Sie senkte den Kopf, straffte die Schultern, spreizte ihre Finger und ballte sie zu Fäusten. Als sie aufschaute, war jeder Ausdruck von Trauer verflogen und der gewohnte eiskalte Glanz in ihre Augen zurückgekehrt. Es war, als hätte sie ein Stahlschott vor ihren aufwallenden Gefühlen heruntergelassen.

»Wir suchen ihn. Die Polizei wird gerade informiert. Er muss sich noch innerhalb der Anstalt befinden; jemand hätte ihn gesehen, wenn er das Gebäude verlassen hätte. So wie die Abteilungen aufgebaut sind, bekommt man jeden Stationswechsel mit. Frick kann die Anstalt nur durch die Lobby verlassen.«

Freskos Herz setzte einen Schlag aus.

Maik. Der Mann im Foyer. Der vernachlässigte Blickkontakt.

Die Welt wurde ein Karussell. Alles drehte sich. Jemand hängte ihm einen Rucksack voller Schuldgefühle um.

»Marsha, ich ... Wir haben –«

»Was?«

»Hat seit dem Stromausfall ein Wachmann das Gebäude verlassen?«

»Nein.« Ihre Stimme war gefährlich ruhig. »Nein, seitdem hat *kein* Wachmann das Gebäude verlassen. Warum?«

Fresko wich ihrem Blick aus.

»Dann war es Frick. Ich habe einen Wachmann gesehen; er ist an mir vorbei und –«

Marsha sprang ruckartig auf und stützte sich beidhändig auf die Tischplatte. Ihre haselnussbraunen Augen durchbohrten ihn.

»Du hattest eine verfluchte Aufgabe! *Eine!*«

Sie fuhr sich mit den Fingern durchs Haar, als wären sie ein Kamm. »Wie konnte das passieren?« Entsetzen lag in ihrer Stimme.

Fresko wollte antworten, doch er konnte nicht. Ein Kloß von der Größe eines Tennisballs steckte ihm im Hals. Wilde schwarze Pünktchen umflorten sein Blickfeld.

Frick ist ausgebrochen.

Der Gedanke hatte sich verkeilt; er hing in einer Endlosschleife fest und paralysierte ihn.

Marsha bewegte ihren Mund und gestikulierte, doch Fresko verstand die Worte nicht. Es war, als rede sie unter Wasser.

Frick ist ausgebrochen.

Sie machte eine Pause und fuhr sich abermals durch die Haare, wobei sie ihn nicht aus den Augen ließ. Als Marsha seine Starre bemerkte, klatschte sie energisch in die Hände und es klang wie ein Peitschenknall.

Fresko kam mühsam zu sich.

»Komm mit. Wir haben etwas bekanntzugeben.«

Sie ging entschlossen voraus aus dem Büro und ihre Absätze knallten hart auf dem steinernen Boden. Völlig geschockt folgte er ihr.

Draußen näherten sich Sirenen.

Roland

Roland saß an seinem Schreibtisch; in der einen Hand einen dampfenden Kaffee, in der anderen die Maus. Die Tasse mit dem Aufdruck ›THE DON‹ hatte er zum 10-jährigen Jubiläum als Leiter der Mordkommission geschenkt bekommen. Sein Bauch drückte gegen die Schreibtischkante, während er auf den Bildschirm starrte und Kriminalakten durchstöberte. Roland nahm einen tiefen Schluck Kaffee und grunzte zufrieden. Es klopfte.

»Herein.«

Tim Gartner, der Frischling, trat ein. Roland hegte gemischte Gefühle für ihn. Tim strahlte eine Unsicherheit aus, wie sie ihm selten untergekommen war, doch er war auch ungemein wissbegierig, wenngleich etwas unbeholfen. Der Junge hatte die Statur einer Vogelscheuche und bewegte sich auch so. In seinem eigentümlichen Schlenkerschritt kam er ihm entgegen. Aus einem ihm schleierhaften Grund, war Roland zu seinem Schutzpatron und Mentor avanciert.

»Was gibt's, Timmi?«

»Dein Antrag auf Personalverstärkung wurde abgelehnt. Hab' ich vorhin im Flurfunk aufgeschnappt. Angeblich gibt's zu wenig Tötungsdelikte.«

Roland schlug genervt auf die Tischplatte, wobei durch die Erschütterung Kaffee über den Rand seiner Tasse schwappte.

Elender Grobmotoriker.

Fluchend wischte er den Kaffee mit einer Aktenmappe von der Tischplatte in den Papierkorb.

Tim blieb unsicher stehen und beobachtete das Geschehen, bis er vorsichtig ansetzte zu sprechen: »Und da gäbe es noch etwas, Chef.«

»Siehst du nicht, dass ich beschäftigt bin?«, fuhr Roland ihn an. »Wenn es nicht der verdammte Heiland ist, der in einem goldenen Fahrstuhl zu uns hinabgefahren kommt, um unsere gequälten Seelen zu erlösen, interessiert es mich nicht.«

Roland überlegte, dass er an seinem Jähzorn arbeiten sollte. Er sollte Vieles tun, das er nicht tat.

»Wir haben 'ne Leiche.«

»*Was*? Das darf doch nicht – Warum weiß ich nichts davon?«

Naja, du bist mal wieder zu spät gekommen, schalt er sich. *Kein Wunder, dass der Laden leer ist.*

»I-Ich weiß nicht«, stammelte Tim.

»Bist du bescheuert? Nächstes Mal das Wichtige zuerst.«

Tim sah ihn an wie ein getretener Hund. »Ich hab' nur auf dich gewartet. Wir sollen zum Fundort nachkommen.«

Roland erwiderte fest seinen Blick. »Worauf warten wir dann noch?«

Eingeschüchtert ging Tim voraus aus dem Büro.

Roland wuchtete sich aus seinem Schreibtischstuhl empor, schnappte Mantel und Hut und schlug die Tür hinter sich zu.

Im Gehen erläuterte Tim die Sachlage.

»Die Tote ist eine Frau.«

»Ach, ist *sie* das?«

Tim biss sich auf die Unterlippe. »Sie wurde erschossen. Sandweg, im Ostend.«

Sie fuhren mit dem Fahrstuhl nach unten, wobei Roland belustigt registrierte, dass Tim sehr darauf bedacht schien, ihm nicht ins Gesicht zu schauen. Er fummelte nervös an seiner Armbanduhr, wie immer, wenn Roland auf hundertachtzig war. Aus dem Augenwinkel sah er ihn erleichtert aufatmen, als sich die Türen des Fahrstuhls öffneten. Sie durchquerten die Eingangshalle und nickten dem Pförtner im Vorbeigehen zu. Tim hielt Roland die Tür auf, als sie hinaustraten. Es schüttete wie aus Eimern. Roland raffte seinen Mantel enger um sich.

Als sie in den Sandweg einbogen, sahen sie schon von weitem die Streifenwagen, die den Zugang zu einer kleinen Gasse blockierten. Rot-weiß-gestreiftes Absperrband flatterte im Septemberwind. Zwei Beamte waren damit beschäftigt, einzelne Gaffer von der Absperrung fernzuhalten.

Sie reihten sich hinter den Dienstfahrzeugen ein und stiegen aus. Der Wind trieb ihnen feuchte Böen entgegen. Nachdem Roland sich erfolgreich und laut fluchend im Absperrband verheddert hatte, umkurvte er schnellen Schrittes und mit wehendem Mantel den provisorischen Sichtschutz aus zwei Heck an Heck stehenden Polizeibussen und trat in die Gasse.

Drei Mitarbeiter der Spurensicherung waren damit beschäftigt, sich durch eine lange Reihe von Mülltonnen zu wühlen. Sie suchten nach Beweismaterial; Patronenhülsen vielleicht, oder der Tatwaffe selbst. Sie hatten die vorderste Mülltonne ausgekippt und packten den Müll aus den Folgenden nun der Reihe nach um. Der Wind trieb Roland Gesprächsfetzen entgegen.

»– Drecksarbeit, nur weil man Anfänger ist.«

»– 'ne wilde Madenparty?«

»– für meine verstopfte Nase.«

Etwas abseits standen die Ermittler der Mordkommission – drei von seinen Jungs. Zwei von ihnen unterhielten sich angeregt, zeigten hierhin und dorthin und schienen den Tatort zu analysieren. Roland grüßte die Männer im Vorbeigehen. Der Dritte stand unter dem Dach eines Pizzaladens und machte sich Notizen.

»Hey, Kladde«, wandte Roland sich an den Schreiber.

Kladde sah auf. »Ach, auch schon da, Euer Gnaden?«

Roland wollte zu einer Antwort ansetzen, doch Kladde kam ihm zuvor. »Hast du die andere Sache schon mitbekommen, Don?«

Roland zögerte. »Was für 'ne andere Sache?«

Kladde wies mit dem Kugelschreiber über seine rechte Schulter. »In der Garling-Anstalt wurde jemand getötet. Klugmann ist vor Ort. Die Meldung kam kurz nach unserer rein.«

Roland drehte sich zu Tim: »Hast du davon gewusst?«

Tim zupfte nervös an seiner Armbanduhr. »Ja, schon. Irgendwie. Aber Klugmann meinte, das wäre 'ne einfache Sache.« Er zuckte mit den Schultern.

Roland verkniff sich mühsam eine scharfzüngige Antwort und wandte sich dem blauen Pavillon zu, den die Spusis über der Leiche platziert hatten, um sie vor dem Regen zu schützen. Stoffbeutel mit Gewichten beschwerten ihn gegen den Wind; dennoch bog er sich gefährlich zur Seite.

»Dann wollen wir mal sehen, was wir hier haben. Habt ihr die Anwohner schon befragt?«

»Sind noch dabei. Jaron und Tanja sind gegenüber. Pizzeria und Friseur haben wir schon«, sagte Kladde.

Roland nickte.

»Bisher wissen wir, dass das Opfer zu Fuß von da gekommen ist –«, Kladde deutete am Pizzaladen vorbei die Straße runter, »– und dann die Gasse betreten hat. Einer in der Pizzeria hat gesehen, dass sie vorbeigegangen ist. Außerdem sind auf der anderen Seite noch drei Jugendliche in die Richtung gegangen.« Er deutete über die Straße. »– und ein Heini mit 'nem Aktenkoffer und 'n mittelalter Security-Typ in unsere Richtung. Ich weiß aber nicht, wo die abgeblieben sind.«

»Okay. Haben die Spusis die Gullys schon gecheckt? Bei dem, was da runterkommt, kann da ja alles Mögliche reingespült sein.« Roland deutete auf zwei Gullys, die sich seitlich zu ihm im Rinnstein befanden.

Kladde nickte. »Haben sie als Erstes gemacht.«

»Okay, gut. Fotos?«

»Schon erledigt. Video auch.«

»Gut, gut. Ich seh' mich erstmal um.«

Roland trat unter das Dach des Pavillons und Tim folgte.

Auf dem Boden lagen eine Handtasche und einige Utensilien, die die Tasche beherbergt zu haben schien. Eine schwarze Bürste, drei Tampons, von denen sich einer mit Wasser vollgesogen hatte, und ein rotes Brillenetui waren von der Spurensicherung mit Schildchen gekennzeichnet worden. In ihrer Mitte lag die Leiche. Ihre toten Augen fixierten das flatternde Dach des Pavillons. Ein Einschussloch verunstaltete ihre Stirn wie ein drittes Auge; das Haar glänzte schwarz vor Nässe. Roland hätte ihr gerne die letzte

Ehre erwiesen und ihre Augen geschlossen, doch er durfte den Tatort nicht kontaminieren.

Auch Tim wirkte betroffen.

Trotz des Regens befanden sich noch leichte Schmauchspuren an den Rändern des Einschusslochs. Der Schuss musste aus nächster Nähe abgegeben worden sein. Einen halben Meter entfernt, wahrscheinlich weniger. Durch den Regen war das schwer zu sagen. Das war sowohl interessant als auch beunruhigend. Eher Letzteres.

Roland erhob sich und verließ den Pavillon mit Tim im Schlepp. Er fingerte eine Zigarettenschachtel aus seiner Hosentasche und schüttelte eine Kippe in die hohle Hand. Tim sonderte sich von ihm ab und fing ein Gespräch mit den Spusis an, die noch immer den Müll durchsuchten. Roland ging tiefer in die Gasse hinein und dachte nach. Mit schräg gelegtem Kopf hielt er eine Hand über die Zigarette und zündete sie an.

Beziehungstat oder Raubüberfall?

Seine Miene verfinsterte sich.

Zu wenig Tötungsdelikte? Am Arsch!

Das Telefon klingelte. Klugmann.

Roland hielt sich das Handy ans Ohr. »Na, endlich in der Meisenburg?«

»Haha. Witzig. Rate mal, wer unser Täter ist: Jon Frick. Und er ist weg.«

Roland sog scharf die Luft ein.

Frick.

Von allen musste es ausgerechnet Jon *fucking* Frick sein. »Scheiße!« Er schmiss die Zigarette weg. »Wer ist das Opfer?«

»Einer vom Wachpersonal.«

Roland ahnte, was kommen würde.

»Und dem fehlt bestimmt die Uniform.«

»Stimmt. Woher weißt du –«

»Gib mir mal die Anstaltsleitung.«

»Moment.«

Roland nickte, obwohl Klugmann das nicht sehen konnte. Kurz war es still, dann meldete sich eine Frauenstimme.

»Petrovski.«

»Klinger, Kripo.« Da keine Zeit für lange Erklärungen war, kam er sofort zur Sache. »Hatte Frick in letzter Zeit Kontakt nach draußen? Vielleicht zu einer schwarzhaarigen Frau?«

»Nein. Ich verstehe nicht –«

Er schnitt ihr das Wort ab. »Sie haben Jon Frick laufen lassen! Können Sie sich vorstellen, was Sie zu verantworten haben?«

Sie ging nicht darauf ein. Ihre Stimme klang kühl und reserviert, beinahe eisig. »Vorhin ereignete sich ein Stromausfall in meiner Anstalt – den Patientenbereich eingeschlossen. Die elektronische Türverriegelung wurde dadurch beeinträchtigt. Nur der Stromausfall war schuld daran, dass –«

»Ein Stromausfall? Ein verdammter Stromausfall? Sie wollen mir erzählen, dass *Jon Frick* ausbrechen konnte wegen eines verfickten *Stromausfalls*?«

»Uns war diese Sicherheitslücke nicht bekannt.«

Sie stockte kurz, unterbrach sich, setzte neu an. Ihre Stimme klang nun etwas menschlicher, als wäre das Eis getaut. »Auf seiner Flucht erwürgte er einen Wachmann mit bloßen Händen.«

»Was ich zutiefst bedauere; aber jetzt stehe ich einen Stadtteil entfernt bei der nächsten Leiche. Ihre ›Sicherheitslücke‹ hat bereits zwei Menschen getötet.«

Während er sprach, war seine Stimme stetig lauter geworden, bis sie sich beinahe überschlug.

»Herr Klinger, es tut mir leid.« Ihre Stimme klang belegt. »Maiks Tod hat uns alle hart getroffen.«

Ein Vorname. Es schien sie persönlich zu treffen.

»Ich wusste nicht, dass die Türschlösser —«

»Stecken Sie sich ihr Türschloss sonst wo hin!« Roland legte auf. So eine gottverdammte Scheiße.

I.

Seine Lider öffneten sich flatternd. Das Erste, was er registrierte, war, dass sein Schädel höllisch dröhnte. Das Zweite, dass er diesen Raum nicht kannte. Eine winzige Glühbirne spendete schummriges Licht. Er befand sich im Zentrum ihrer kleinen Lichtinsel.

Einige Meter entfernt verlor die Welt erst ihre Konturen und versank schließlich in formloser Schwärze. Rohre wanden sich wie das groteske Aderwerk eines Riesen über schmutzigen Putz. Sie leckten und sonderten Tropfen ab, die leise auf dem Boden aufschlugen. Es roch feucht und muffig. Handelte es sich um einen Keller?

Sein Kurzzeitgedächtnis war wie ausgelöscht. Ausradiert. Wie war er in diesen Raum gekommen? Er suchte innerlich nach der Datei. ›FILE NOT FOUND‹ kam prompt die Antwort. Der Filmriss war von einer solchen Reinheit, dass er jede durchzechte Nacht in den Schatten stellte.

Er versuchte aufzustehen und ein greller Schmerz durchzuckte seine Arme. Jetzt erst bemerkte er, dass er mit auf dem Rücken verschränkten Händen an ein Rohr gekettet war. Panisch zerrte er an seinen Fesseln, doch sie gaben nicht nach. Seine Handgelenke wurden bloß wundgescheuert. Er atmete tief durch und zwang sich zur Ruhe. Angestrengt koordinierte er seine Bewegungen und schob sich quälend langsam die Eisenstange hinauf, Zentimeter um Zentimeter. Er stemmte seine Füße gegen den Betonboden und kam schwankend hoch.

Aus seiner erhöhten Position konnte er die abgewetzten Armlehnen eines Ohrensessels sehen, die aus der Schwärze hervorlugten. Das Möbelstück wirkte seltsam deplatziert in der feindseligen Umgebung. Der Sessel war exakt auf seine Position ausgerichtet. Es war zu dunkel, um zu erkennen, ob jemand darauf saß. Er befeuchtete seine Lippen und nahm seinen Mut zusammen.

»Hallo?«

Er horchte angestrengt.

Nichts.

Bloß das arrhythmische Platschen herabfallender Wassertropfen. Er wiederholte sich etwas lauter. Seine Stimme klang sonderbar dünn und hysterisch. Sie schwankte und schaukelte wie ein Schiff bei starkem Seegang.

Keine Antwort.

Er rief um Hilfe, flehte in die Dunkelheit, doch sein unbekannter Kerkermeister blieb ihm eine Antwort schuldig.

Du bist allein.

Die Erkenntnis traf ihn mit solch schonungsloser Gewissheit, dass er sich nicht mehr auf den Beinen halten konnte. Er rutschte am Rohr zu Boden. Wartete, verzweifelte. Hatte ihn vorher Angst erfüllt, überkam ihn nun namenloses Grauen.

Als er schon nicht mehr daran glaubte, tat sich doch etwas. Ein Rechteck aus Licht öffnete sich zu seiner Linken, einige Meter über seinem Kopf.

Eine Tür.

Staubpartikel, sichtbar geworden durch den einfallenden Lichtstrahl, tanzten träge in der Luft. Im Rahmen erschien eine Silhouette. Vor der Tür erkannte er einen Treppenabsatz. Die Silhouette tat einen ersten, bedächtigen Schritt.

Fuß fassen

Seine Lunge brannte. Jon war gerannt, bis das paranoide Gefühl verfolgt zu werden, das in seinem Hinterkopf klopfte wie ein zweites Herz, allmählich nachließ. Er blieb stehen, holte rasselnd Luft, sondierte die Umgebung. Er war der Straße gefolgt, bis er genügend Abstand zwischen sich und die Tote gebracht hatte. Gegenüber lag ein Laden mit Schulartikeln im Schaufenster.

Perfekt.

Jon trat ein und ein Glöckchen bimmelte. Unwillkürlich zuckte er zusammen.

Mach' dich nicht lächerlich.

Er durchforstete den Laden nach einem Rucksack und traf rasch eine Entscheidung. Marke Deuter. Schwarz. Mehr ein Wanderrucksack als ein Schulranzen. Perfekt für seine Belange geeignet. Jon ließ einen Collegeblock, eine Packung Bleistifte und Klebeband in seinem Innern verschwinden. Jetzt wurde es knifflig. Der Rucksack musste bezahlt werden und er hatte eine Kreditkarte; nur gehörte diese leider einem Toten. Er schloss die Augen. Dachte nach. Wie lange würde es dauern, bis die Karte gesperrt wurde? Lange genug. Er war sich sicher.

»Entschuldigen Sie.«

Die Mitarbeiterin, die zu seiner Linken Schulartikel ordnete, wandte sich von ihrer Arbeit ab und schenkte ihm ein freundliches Lächeln. Als sie seine Anspannung bemerkte, runzelte sie leicht die Stirn. Ein irritierter Ausdruck trat in ihre Augen.

34

»Ich würde gerne zahlen.«

Sie nickte langsam und er folgte ihr zur Kasse.

Auf dem Tresen befanden sich allerlei Schreibutensilien, sowie ein kleines Metallgestänge, auf dem sich Postkarten reihten. Und ein Kartenlesegerät.

Er tastete nach der Waffe; die Kassiererin scannte den Rucksack. Falls sie die PIN wollte, war er geliefert.

»Neunundsiebzigneunzig.«

Gespielt lässig steckte er die Kreditkarte des Wachmanns ins Gerät, während seine Gedanken Amok liefen. Jon starrte auf das Display, bis nach endlosen Sekunden ein einzelnes Wort aufleuchtete:

UNTERSCHRIFT

Er versuchte, sich seine Erleichterung nicht anmerken zu lassen.

Keine PIN!

Der Apparat spuckte drei Zettel aus. Die Kassiererin riss einen ab und schob ihn mit einem Kuli über die Theke. Jon zog die Karte aus dem Schlitz, ehe sie auf die Idee kam, die Unterschriften zu vergleichen und verstaute sie im Portemonnaie. Seine Finger waren feucht, als er sich daran machte, die Unterschrift zu fälschen. Die Mitarbeiterin nahm den Beleg entgegen und reichte ihm den Bon.

Jon verließ den Laden. Er hatte Glück gehabt. Verdammtes Glück. Aber die Uhr tickte.

Halt' dich ran!

Er straffte die Schultern und ging in langen Schritten die Straße hinunter. In seinem Kopf hakte er den Rucksack ab und dachte an die verbliebenen Gegenstände auf seiner Liste.

Zwei Straßen weiter machte er ein Bekleidungsgeschäft ausfindig. Er schnappte sich eine dicke Winterjacke und einen Arm voll Kleidung. Die Sachen passten nicht zusammen, aber das war scheißegal; Hauptsache es ging schnell.

Die Unterschrift ging ihm diesmal leichter von der Hand. Jon zog sich noch im Laden um und stopfte die Uniform zusammen mit der neuen Kleidung in den Rucksack. Er verdeckte das Pistolenholster mit dem Bund seines Pullovers und ließ im Hinausgehen eine Baseball-Cap mitgehen. Er verbarg die Haare darunter und zog sie tief ins Gesicht. Seine Liste verkürzte sich auf einen letzten Stopp.

Am Ende der Straße zeugte eine Reklametafel von heruntergesetzten Bananen und Geschirr zum Spottpreis. Jon betrat den Discounter. Er suchte Mineralwasser, eingeschweißte Thunfischsandwiches, Müsliriegel, Einwegrasierer und ein Ladekabel zusammen. Brav reihte er sich in die Schlange vor der Kasse ein, schichtete seine Einkäufe auf dem Laufband auf und platzierte einen Trenner mit EDEKA-Aufdruck hinter den Lebensmitteln seines Vordermannes. Und wartete. Wartete, obwohl er sich das nicht leisten konnte. Jons Vordermann hatte seine Einkäufe vom Laufband genommen und verstaut. Jon schloss auf. Die Kassiererin zog seine Lebensmittel über den Scanner und es kam ihm vor wie eine Ewigkeit, aber vermutlich bildete er sich das nur ein. Er sah sein Gesicht im Spiegel hinter der Kasse und erschauerte. Der Mann, der zurückstarrte, sah aus, als wäre er fähig zu dem, was er getan hatte; als wäre er fähig zu dem, was er noch tun musste.

Jon zahlte in bar. Die Kassiererin fragte ihn wegen Kassenbon und Treuepunkten. Er verneinte und verließ den Laden.

Die Wolkenberge hatten sich entladen und es roch angenehm nach Regen. Sonnenstrahlen bahnten sich ihren Weg durch eine stahlgraue Wolkendecke und erzeugten Lichtreflexionen in vereinzelten Pfützen. Jon hatte keinen Blick für das Naturschauspiel. Er musste weiter. Als er die Straße entlanghetzte, sprang ihm unvermittelt ein Slogan ins Auge:

HABEN SIE GENUG ›DURCHBLICK‹, UM EIN-
DRUCK ZU MACHEN? KOMMEN SIE ZU STRESE-
MANN, DEM OPTIKER IHRES VERTRAUENS.

Der Slogan stand auf einem Schild, dass innen an der Scheibe eines kleinen Ladens pappte. Er hing in Form einer Sprechblase über einem Maskottchen, das aussah wie eine Brille mit Beinen. Jon musste unwillkürlich grinsen.

Warum eigentlich nicht?

Vor dem Laden hatte sich eine kleine Traube wartender Kinder gebildet. Sie vertrieben sich die Zeit damit, vorbeifahrende Autofahrer durch lautes Krakeelen zum Hupen zu animieren. Es gelang ihnen mit mäßigem Erfolg. Jon trat ein.

Der Optiker, ein untersetzter Herr mit mausgrauem Haar und einer modischen Brille – diese Typen trugen immer solche Brillen – war damit beschäftigt, eine hagere Frau mittleren Alters zu beraten. Jon ging ungesehen zur linken Seite des Ladens, wo Kontaktlinsen ordentlich aufgereiht in Regalen lagerten. Er ließ drei Packungen der farbigen, rein kosmetischen Variante, die das Sehvermögen nicht veränderten, in einer Jackentasche verschwinden. Jon verließ den Laden und schob sich an den Kindern vorbei.

Er entsperrte das Handy der Toten und rief Google Maps auf. Bloß weg von allem, was Augen hatte. Im Süden lag ein großes Waldgebiet, das Einsamkeit und Sicherheit verhieß. Er prägte sich grob die Route ein und machte sich auf den Weg. Bewusst kopierte Jon den Gang der anderen Passanten und vermied jeden Blickkontakt. Er nutzte nur kleinere Straßen, stetig wachsam, stetig auf der Hut, bis er den Main sah. Für die Überquerung wählte er die Flößerbrücke.

Autos rasten über die Konstruktion dem Verkehrsinfarkt im Herzen Frankfurts entgegen. Jon stand im Schatten und orientierte sich. Bisher hatte er stets die Möglichkeit gehabt, zwischen Gebäuden zu verschwinden – jetzt sah die Sache anders aus. Vom Beginn der Brücke bis zum Hotel Lindner, das ihm auf der anderen Mainseite wie ein Leuchtturm den Weg wies, waren es ungefähr 300 Meter. Ohne Deckung. Die Strecke erschien ihm endlos.

Falls sie mich entdecken, bin ich verloren.

Er musste schnell sein. Ohnehin rechnete er damit, dass die Brücken jeden Moment gesperrt wurden. Mit jeder Minute, die er wartete, verschlechterten sich seine Chancen. Jon scannte ein letztes Mal die Umgebung, atmete tief durch und stieß sich von der Wand ab.

Die Brücke war eine Einbahnstraße. Erfreulicherweise konnte die Polizei ihm deshalb nur entgegenkommen. Problematisch war jedoch, dass er wegen des bogenförmigen Verlaufs nicht sehen konnte, was sich hinter dem Scheitelpunkt befand. Vielleicht stand dort ein bewaffnetes Empfangskomitee. Vielleicht auch nicht.

Ich habe sowieso keine Wahl.

Jon unterdrückte den Impuls umzukehren und beschleunigte. Seine Selbstsicherheit nahm mit jedem Meter zu, den er zurücklegte. Als er die Brücke gut zur Hälfte überquert hatte, hörte er die Martinshörner.

Fuck.

Sein Puls zog kräftig an. Er befand sich mitten in der roten Zone. Fühlte sich schutzlos. Nervös, aber ohne stehenzubleiben, fingerte er unter seinem Pullover nach der Waffe. Die anderen Fußgänger nahmen keine Notiz von ihm. Ein kurzer Blick über die Schulter zeigte ihm zwei Streifenwagen, die parallel zum Flussufer in Richtung Bahnhofsviertel jagten.

Glück gehabt.

Jon lächelte in sich hinein. Er fühlte sich fast ein wenig geschmeichelt wegen des Aufwandes, den die Polizei seinetwegen betrieb.

Erleichtert stieß er die Luft aus, als er seinen Fuß ans Ende der Brücke setzte. Etliche Fußgänger befanden sich um ihn und er verschwand dankbar zwischen ihnen. Mit raschen Schritten bog er um das Hotel Lindner und folgte seinem Handy. Der Schultergurt des Rucksacks schnitt ihm schmerzhaft ins Fleisch, doch er hielt nicht an. Pausen konnte er sich leisten, wenn er von den Menschen weg war. Nach wenigen hundert Metern gelangte er in eine ausgedehnte Schrebergartensiedlung. Lauben, Teiche, Werkhäuschen und Wohnwagen – das Labyrinth schien kein Ende zu nehmen. In der Ferne lockte der Wald, grün und verheißungsvoll. In einigen Parzellen wurde gearbeitet. Jon bildete sich ein, misstrauische Blicke in seinem Nacken zu spüren wie Mückenstiche und versuchte, seine Paranoia zu ignorieren. Erst als er den hölzernen Goetheturm passierte und den Waldrand erreichte, wich seine Angst, beobachtet zu werden. Er betrat den Forst. Ihm war, als verlasse er mit dem Schritt unter die Bäume endgültig die Gefahrenzone. Der betörende Duft des Waldes benebelte seine Sinne. Er glaubte, mehr von allem zu fühlen. Die Wahrnehmung glich dem Endorphinausstoß nach einem besonders intensiven Lauf. Jon verließ die regulären Waldwege und drang tiefer ins Grün ein, folgte seinen Instinkten wie einer Wünschelrute. Wenn er Menschen oder Motoren hörte, umging er die Geräusche in weiten Bögen. Mittlerweile klebte ihm sein Shirt schweißnass am Rücken und es fühlte sich an, als würde ihm jemand kleine Nadeln zwischen die Rippen stechen. Dennoch hielt er eisern sein Tempo und arbeitete sich weiter durch den Wald. Weiter, bis der Boden morastig wurde und er an einen See gelangte.

Er hatte die Zivilisation nun vollends hinter sich gelassen. Fauliger Geruch stieg ihm in die Nase. Das Gewässer war von Bäumen eingerahmt, deren Kronen sich sacht im Wind wiegten. Jon trat ans Ufer. Sonnenlicht wurde vom See reflektiert und ließ die Oberfläche silbrig leuchten. Gnitzen und Wasserläufer surrten und flitzten in großen Scharen über das Wasser. Ein paar kleine Äste schaukelten in Ufernähe auf dem gekräuselten Wasser vorbei.

Jon riss eine Kontaktlinsenpackung auf und entschied sich für einen hellen Blauton. Er zog sein Auge mit Daumen und Zeigefinger auseinander und setzte die Linse mit der Linken auf die Iris. Die Kontaktlinsen zwickten beim Einsetzen. Er blinzelte und wischte sich die tränenden Augen. Es würde etwas dauern, bis er sich daran gewöhnte. Jon besah prüfend sein Spiegelbild im Wasser. Der Mann, der ihm entgegenblickte, war ein Fremder. Das Gesicht hatte die stechenden, grauen Augen verloren. Er trug eine schwarze Winterjacke und darunter einen unförmigen Pullover, weit geschnitten und seltsam ausgebeult, sodass er eine undefinierbare Statur erzeugte. Seine Jeans war absolut unauffällig. Die schwarzen Halbschuhe des Wachmanns komplettierten das Erscheinungsbild des durchschnittlichen Städters. Er war ein Mann geworden, an den man sich nicht erinnerte. Zufrieden schritt er auf die Bäume zu. Schlehen und wilde Brombeeren wuchsen in großen Mengen an Sträuchern ringsum und er pflückte eine große Handvoll.

Jon ließ sich auf einem flachen Felsen im Halbschatten einer Eiche nieder und platzierte den Rucksack im Gras zu seinen Füßen. Er hatte einen Mordshunger.

Der rote Saft der Brombeeren lief ihm über Kinn und Lippen, benetzte die Hände und färbte sie rot. Jon riss einige Müsliriegel auf und schlang sie herunter. Der Hunger legte sich. Seine Zunge war taub und pelzig vom Saft der Schlehen; in seinem Magen kochte schmerzhaft die Säure. Er leerte eine seiner Flaschen in einem Zug und rülpste.

Eine Ameisenstraße schlängelte sich den Felsen hinauf, auf dem er saß. Versonnen betrachtete Jon die geschäftigen

Insekten und genoss seine wiedergewonnene Freiheit. Träge ließ er sich zurücksinken und lag dann einfach nur da, starrte in die vorbeiziehenden Septemberwolken und atmete die harzige Luft des Waldes. Er wurde schläfrig.

Bleib wachsam.

Jon stopfte die leere Flasche in den Rucksack, besah prüfend seine Lagerstätte und zog weiter.

Er hielt sich rechts des Sees und kämpfte sich durch Unterholz, bis er auf einen Wildwechsel traf. Jon folgte dem überwucherten Pfad. Es war verflucht kalt geworden und allmählich wurde es dunkel zwischen den Bäumen. September war kein Zuckerschlecken. Jon raffte die Jacke enger um sich und zog den Reißverschluss bis zum Anschlag hoch.

Zu seiner Linken lag eine mannshohe Erhebung, die ihm etwas zu gerade erschien, um organisch gewachsen zu sein. Er erklomm den menschengemachten Wall und fand sich zu seinem Erstaunen am Rande eines verwahrlosten Parkplatzes wieder. Jenseits des Parkplatzes verlief eine ungepflegte Landstraße, auf deren anderer Seite sich weite Felder erstreckten.

Ich bin allein.

Motten umschwirrten eine einsame Straßenlaterne, flogen Kamikazeangriffe gegen die Glaskuppel. Unkraut brach durch die rissige Teerdecke. Jon betrat den Parkplatz und sah sich um. Etwas entfernt stand ein Hochsitz an den Feldern. Das Holzhäuschen mit den kleinen Fenstern konnte über eine Leiter betreten werden und war den Feldern zugewandt. Die Tür war mit einem kleinen Vorhängeschloss gesichert.

Jon suchte sich am Feldrand einen großen Stein. Er erklomm die Treppe und schlug auf den Metallbügel ein, bis die Schrauben aus dem Holz rissen. Übervorsichtig öffnete er die Tür und kam sich im nächsten Moment dämlich vor, als er den leeren Raum betrat. Was hatte er erwartet? Einen schlafenden Jäger? In einem *von außen* abgeschlossen Hochsitz? Jon leuchtete mit dem Handy und sah sich um. An der Rückwand lagen zwei alte Decken auf einem Holzschemel. Der Geruch von Harz und Holzschutzfarbe stieg ihm in die Nase.

Der kleine Innenraum war zu klein, um sich lang auszustrecken. Jon breitete eine Decke auf dem Boden aus und bereitete sein Nachtlager. Er rollte sich so zusammen, dass seine Füße in Richtung Tür zeigten. Den Rucksack schob er sich unter den Kopf und schloss die Augen.

Allein mit sich in der Dunkelheit kam die Angst, entdeckt zu werden. Das Herz pochte ihm wild in der Brust und ständig erwartete er, dass ein Polizist die Tür aufriss. Seine Linke hielt die Pistole umklammert. Einmal zog er sie aus dem Holster und zielte zitternd auf die Tür, weil seine Paranoia ihm ein Geräusch auf der Leiter vorgaukelte. Schließlich siegte die Müdigkeit und er schlief erschöpft ein.

Mit dem Schlaf kamen die Träume.

Daheim

Fresko hatte sich bei der nächsten Gelegenheit abgemeldet und die Anstalt verlassen. Aus seiner Vormittagsschicht war ein schier endloses Hickhack mit Marsha und den Polizisten geworden, während sie den Tatverlauf minutiös rekonstruierten. Sie hatten von ihm wissen wollen, wie zur Hölle es möglich war, dass Jon einfach hinausspazierte, während er Wache schob. Schuld nagte an ihm wie Termiten an einem Stuhlbein. Eine böse Zunge sprach in seinem Schädel.

Du trägst Blut an deinen Händen. Blut an deinen Händen. Blut an deinen ...

Der Zeiger hatte die Acht längst überschritten und draußen war es so dunkel wie in einem Bärenarsch. Er lenkte seinen schwarzen Mazda durch die regennassen Straßen; eine Hand am Lenkrad, die andere fuhr durch seine stacheligen Haare. Eine bleierne Müdigkeit hatte von ihm Besitz ergriffen, seit er seinen Arbeitsplatz verlassen hatte. Fresko gähnte und kniff die Augen zusammen, um durch den Regen die Straße zu erkennen. Seine Scheibenwischer arbeiteten auf Hochtouren. Ihr monotones Quietschen hatte eine einschläfernde, beinahe hypnotische Wirkung auf ihn. Von Zeit zu Zeit wurde das Innere des Wagens von den Scheinwerfern entgegenkommender Autos erhellt.

Freskos Konzentration schweifte ab vom Verkehrsgeschehen; er rief sich die Ereignisse der vergangenen Stunden in Erinnerung. Maiks Tod wirkte so surreal wie das Fragment eines Traumes. Neben seiner Trauer empfand er ihn als einen düsteren Vorboten dessen, was Jon noch für sie bereithalten mochte.

Ein vibrierendes Geräusch holte ihn zurück in die Realität. Geistesabwesend hatte er den Wagen nach rechts gelenkt und war auf den Rüttelstreifen gefahren. Hinter ihm hupte jemand. Fresko machte ein entschuldigendes Handzeichen und lenkte nach links, gliederte sich wieder in den Verkehr ein.

Er fuhr auf die Auffahrt seines Hauses und stellte den Motor ab. Fresko schnallte sich ab und blieb im Auto sitzen, starrte mit stumpfen Augen ins Nichts und zupfte am Anschnallgurt herum. Der Tag hatte ihn sichtlich ausgelaugt. Nach einigen Minuten Entspannung, in denen er fast weggenickt wäre, erhob er sich, schlurfte zum Haus und schloss auf. Vorsichtig betrat er den Flur.

Der Bewegungsmelder schaltete das Licht ein. Er hängte seine Jacke an den Haken, schlüpfte aus den Schuhen und spähte ins Wohnzimmer, das an den Flur grenzte. Der Fernseher war eingeschaltet und flimmerte. Lis lag zusammengerollt in einer Decke auf dem Sofa und schlief. Er lächelte müde und klopfte mit einem Fingerknöchel gegen den Türrahmen.

Sie räkelte sich unter der Decke, drehte sich zu ihm herum und grinste verschlafen.

Er setzte sich zu ihr und nahm sie in den Arm.

»Was sehen wir?«

Lis rieb sich die Augen und gähnte. »Ich weiß nicht; bin eingeschlafen. Scheinbar Nachrichten.«

Fresko lachte leise und küsste sie. »Komm, lass uns das Sofa gegen unser Bett eintauschen. Was meinst du?«

»Hast wahrscheinlich recht.«

Er stellte den Fernseher ab, zog sie elegant vom Sofa hoch und führte sie die Treppen hinauf ins Schlafzimmer, wo sie müde unter die Decke krabbelte. Fresko legte sich neben Lis und nahm sie in den Arm. Sie schmiegte sich an ihn und schlief ein.

Es war still, bis auf Lis' gleichmäßigen Atem. Gedankenverloren kraulte er ihren Kopf. Die Ereignisse des Tages spukten ihm im Kopf herum, jagten einander wie Hunde ihren Schwanz. Sein inneres Schiedsgericht befand ihn für schuldig. Jon turnte in Freskos Schädel herum, schlug Salti und pirouettierte. Wieder und wieder spielte sich die Szene vor seinem geistigen Auge ab: Der vermeintliche Wachmann kam den Treppenaufgang hinauf, ging an seinem Büro vorbei, trat durch die Tür und verschwand. Warum war ihm nichts aufgefallen? Einen genauen Blick hätte es ihn gekostet. Bloß einen verdammten Blick und er hätte Alarm geschlagen!

Du Vollidiot.

Vielleicht würde die Polizei Jon morgen zu fassen bekommen. Vielleicht. Fresko kannte ihn gut genug, um es besser zu wissen. Ihm graute vor dem, was da noch kommen mochte. Nach einigen Stunden angestrengten Grübelns fiel er in einen unruhigen Schlaf.

Marsha

Marsha Petrovski schloss die Tür ihres Appartements und schob den altmodischen Riegel vor. Die Maske, die sie während der Arbeit trug, fiel von ihr ab und offenbarte die labile Zwangsneurotikerin, die sie nun einmal war. Wie von selbst fand ihr Haustürschlüssel seinen Platz in der Kristallglasschale auf der Anrichte neben der Tür. Exakt in der Mitte. So musste es sein.

Ihr Blick fiel auf die Matrjoschka neben der Schale. Ein Erbstück ihrer Oma. ›Damit du nicht vergisst, was du bist‹, hatte Mama gesagt, als sie ihr die hölzerne Figur überreichte. Wie recht sie hatte. Sie spielte zwar auf die russische Herkunft an, aber für Marsha besaß die Matrjoschka noch auf eine weitere Art Identifikationscharakter. Sie war wie sie. Dem Anschein nach robust und stark, doch unter jeder hölzernen Schicht lag eine weitere. Es ging tiefer und tiefer, Schicht um Schicht, bis ihr Innerstes frei lag. Was blieb, war klein und zerbrechlich. Ohne ihre Schutzpanzer war sie schlecht gerüstet für den Wahnsinn, den der Alltag brachte. Sie hatte gelernt, sich mit Abwehrmechanismen über Wasser zu halten, ihre Ängste zu verlagern, in Energie umzuwandeln.

Marsha trat an den Spiegel in ihrem Schlafzimmer. Sie betrachtete sich, wie immer, wenn es nicht lief wie es sollte, sondern wie es wollte. Drehte sich leicht nach links und rechts. Sport war eines der besten Ventile. Ihr Körper ein Tempel; ihr Geist eine vernagelte Bretterbude mit undichtem Dach. Es war leicht, Erfolge einzufahren, weil sie doch in ihrem Kern nichts anderes waren als Ablenkungen von ihren Baustellen. Sie hatte einen raketenmäßigen Karrierestart hingelegt, schlug sich Nächte um die Ohren, als würde sie sich mit ihnen kasteien. Zu Führen war ein Knochenjob, also gerade richtig. Er raubte ihr die Zeit, ihren Kurs zu hinterfragen. Erlaubte ihr, für andere Verantwortung zu übernehmen, um es sich selbst gegenüber nicht tun zu müssen. Ohne die Ablenkung hinterfragte sie sich permanent selbst.

Welch ein marodes Selbstkonzept du doch hast, zischte es in ihrem Inneren.

»Ach, halt die Klappe.« Sie trat einen Schritt näher an die Spiegelfläche.

Amsel, was ist nur aus dir geworden?

Eine alleinstehende, karrieregeile Mittdreißigerin. Berechnend, unnahbar, ein Kontrollfreak mit Zwangsneurosen und Ordnungswahn. Ein Päckchen für jeden, der sich in ihre Gefilde begab. Sie war ein bindungsunfähiger Workaholic. Es hatte einige unbefriedigende Avancen gegeben, aus denen sich nie etwas ergeben hatte, weil sie ihre Grenzen so eng zog. Ihre Oma hatte sie Amsel genannt, wegen ihrer schwarzen Haare und geringen Körpergröße. Sie mochte den Kosenamen. Heute trug sie ihr Gefieder zerrupft. Ihre Augenringe gingen auf keine Kuhhaut. Das schöne Gesicht besaß Sorgenfalten, ließ die Grübchen vermissen, nahm den Wangenknochen ihren Reiz. Und dennoch: Die Gebrauchsspuren des Alters hatten sie bisher weitgehend verschont; sie sah keinen Tag älter aus als Ende zwanzig. Nein, sie richtete sich selbst zu Grunde. Der Teufel köchelte sein Süppchen im Verborgenen.

Marsha strich sich mit einer viel zu kleinen Hand die Haare aus dem Gesicht.

Viel zu klein, viel zu zierlich.

Vielleicht hätten ihre Minderwertigkeitskomplexe sie in die Arbeit getrieben, wenn es der Tod ihrer Mutter nicht getan hätte. Marsha hatte ihre Karriere gewebt wie einen schützenden Kokon, der ihr verletzliches Wesen verhüllte. Sie stellte die Maschine zur Schau. Meistens fühlte sie sich leer und so lebte es sich zwar nicht glücklich, aber es lebte sich immerhin. Für den Augenblick reichte das. Musste reichen. Sie würde ihrer Mutter nicht in den Tod folgen, hatte die Hand des Sensenmanns stets ausgeschlagen. Depressionen waren in ihrer Familie weiß Gott nichts Ungewöhnliches. Marsha hatte ihren Frieden damit gefunden.

Ihre Gedanken fanden ihren Weg zurück zu Maik. Sein Tod überschattete alles, wie der Umriss einer Kathedrale, der über eine ganze Stadt fiel. Er hatte sie auf Linie gehalten. Mehr, als ihr bewusst gewesen war. Maik war in den letzten Jahren das für sie gewesen, was einem Freund wohl am nächsten kam. Sie korrigierte sich: Das, was dem am nächsten kommen konnte. Er hatte diesen Blick besessen. Das dritte Auge für das, was wirklich in den Menschen vorging. Ihn hatte sie mitgenommen. Hinein in ihre bizarre, verquere Welt, in der alles seinen eigenen Gesetzen unterworfen war, in der ganz alltägliche Dinge manchmal blockiert waren von Mauern, die nur sie wahrnehmen konnte. Er hatte bemerkt, dass sie den Raum stets mit dem linken Fuß betrat, dass sie Niemanden leichthin umarmen konnte, dass Strenge und Ordnung ihre Mittel waren, den Laden und sich selbst am Laufen zu halten. Dass es anders nicht ging.

Maik hatte sich ausgezeichnet durch Beharrlichkeit und sensible Aufmerksamkeit. Er war ihr gefolgt auf dem Exkurs in ihr zerrüttetes Selbst. Und jetzt war er fort und ihr Innerstes geriet in Schieflage.

Maik.

Plötzlich brachen die Tränen einfach aus ihr heraus, so wie Wasser, das einen Staudamm erst langsam gefüllt hatte, und sich nun explosionsartig ins Tal ergoss. Sie hasste es zu weinen, Schwäche zu zeigen. Marsha sank zu Boden und wurde von der Trauer überrollt. Unkontrollierte Schluchzer schüttelten ihren kleinen Körper und es dauerte lange, bis sie sich beruhigte; doch alle Verzweiflung musste ein Ende haben. Sie wusste, dass es weit hinab gehen konnte, wenn sie sich nicht beherrschte.

Marsha schloss die Augen. Sie setzte sich im Schneidersitz auf ihren Teppich, Hände auf die Knie gestützt, Kopf gesenkt. Marsha stellte sich einen flirrenden, goldenen Kreisel vor und verwandte all ihre Konzentration darauf, ihn vor ihrem inneren Auge genauestens *sehen* zu können. Die reine Oberfläche. Das Sirren, das er von sich gab. Die perfekte, kreiselnde Bewegung, die er beschrieb. Von dem Kreisel ging eine Ruhe aus, die ihr Innerstes erfüllte. Mit jeder Drehung schwand ein Teil ihrer negativen Gedanken, ihrer Sorgen und Ängste, bis da nichts mehr war; nur noch Leere. Weiter, endloser Raum. Ihr Atem wurde gleichmäßig. Verlangsamte sich. Sie verfiel in eine leichte Trance und begann wegzudämmern. Der Kreisel verlangsamte seine Bewegung und kam allmählich zum Stillstand.

Und dann war da dieses Geräusch, das ihr Kartenhaus zum Einsturz brachte. Marsha riss die Augen auf. Ihr

Handy klingelte noch einmal. Entnervt zog sie es aus der Tasche und warf einen Blick auf das Display.

Klinger! Der hatte Nerven! Es ging auf 21 Uhr zu, verdammt! Ihr Finger verharrte über dem Icon des grünen Hörers. Sie zögerte. Am Vormittag war er außer sich gewesen und er hatte ihr weh getan. Hatte das Messer in die Wunde gestochen – Ihr unzureichendes Wissen um die technischen Sicherheitsvorkehrungen –, das Frick die Flucht erleichtert, ja vielleicht sogar ermöglicht hatte. Wollte sie wirklich mit so jemandem reden? Sie musste. Entschlossen nahm sie den Anruf entgegen.

»Petrovski.«

Die Stimme am anderen Ende der Leitung klang verändert. Resignierter, beinahe verzweifelt. Seine Grobheit vom Vormittag ärgerte sie noch immer, doch sein Tonfall besänftigte sie.

»Guten Abend Frau Petrovski. Roland Klinger, Kripo. Um es kurz zu machen: Die Fahndung nach Frick verlief bislang ohne Erfolg. Für heute brechen wir die Suche ab.«

Sie hatte es irgendwie gewusst.

Scheiße.

»Es gibt keinerlei Anhaltspunkte?« Sie versuchte den flehenden Unterton aus ihrer Stimme fernzuhalten. Es gelang ihr nicht.

»Ich fürchte nein. Was mich zu meiner Bitte bringt: Wir benötigen Einsicht in seine Patientenakte.«

Marsha blies die Backen auf. »Die Akten unserer Patienten sind streng vertraulich, aber ich schätze, ich muss bei diesem Notfall eine Ausnahme machen.«

»Das sollten Sie.«, sagte Roland düster.

Die Polizei schien wirklich komplett auf dem Schlauch zu stehen – und das bei einem Flüchtigen seines Kalibers.

»Könnten Sie mir also bitte die Akten verschaffen?«

Da war etwas in seiner Stimme, das ihr Blut in Wallung brachte. Diese verbrauchte Art zu sprechen, die so sehr dem glich, was sie verbarg. Das Widerstreben, um etwas bitten zu müssen; es sich nicht holen zu können.

»Ich gewähre Ihnen Einsicht in die Akten und ich würde vorschlagen, dass wir uns treffen, um alles zu besprechen.« Sie kaute auf ihrer Unterlippe, gespannt auf seine Antwort.

Am anderen Ende der Leitung entstand eine kurze Pause.

»Okay. Sagen wir morgen, 16 Uhr?«

»Passt. Ich erwarte Sie in der Anstalt.«

Marsha musste die Hackordnung von Anfang an klarstellen. Sie stellte die Bedingungen. Er würde zu ihr kommen. Bevor der Polizist zu einer Antwort ansetzen konnte, redete sie weiter: »Und noch etwas: Ich schlage vor, Sie wenden sich an seinen Therapeuten. Fresko kennt Frick wie kein anderer und auch er kennt ihn nicht besonders gut. Ich kann ihn für die Ermittlungen vom Dienst befreien.«

Sie hörte, wie der Polizist scharf die Luft einsog.

»Haben Sie eine Adresse für mich?«

»Natürlich.«

Als sie aufgelegt hatte, trat Marsha ans Fenster ihres Schlafzimmers und ließ den Blick über die in Dunkelheit versunkene Stadt wandern. Sie hoffte inständig, dass sie Frick morgen fassten. Ihr Gefühl sagte ihr, dass dies nicht der Fall sein würde. Wenn die Dinge erst einmal ins Rutschen gekommen waren, ging es den ganzen Berg hinab.

II.

Der Mann stieg die eiserne Treppe herab.

Dass es ein Mann war, sah er sofort, als das Licht, das durch den Türspalt fiel, seine ausgeprägten Schulterpartien erfasste. Er war groß, glatzköpfig und von bulliger Statur. Einen Schritt außerhalb der kläglichen Lichtinsel der Glühbirne blieb er stehen. Er konnte seinen Blick beinahe physisch spüren, wie ein unsichtbares Gewicht, das ihn in die Knie zwang. Der Bullige stand im Streifen aus Schwärze zwischen dem Licht von unten und dem von oben. Schien ihn zu mustern, seine Angst zu genießen. Nach einem endlosen Augenblick trat er einen Schritt vor. Das Licht erfasste sein Gesicht. Es war ihm absolut nichtssagend und fremd.

»Gut geschlafen, Prinzessin?« Der Mann grinste hässlich und entblößte eine Reihe weißer Zähne, die mit jedem Zahnpasta-Model locker mithalten konnten. Muskelberge wölbten sich unter einem hochgekrempelten, weißen Hemd. Seine Unterarme waren breit wie die eines Bauarbeiters.

»Wer sind Sie?«

»Die großen Fragen immer zuerst, hm?«

Er nannte ihm seinen Namen und verbeugte sich spielerisch. »Zu Ihren Diensten.«

Seine Art zu reden, besaß etwas Privilegiertes. Ihm haftete etwas Majestätisches, beinahe Feudales an, wie einem verlorenen Prinzen.

»Was wollen Sie?«

»Ist das nicht offensichtlich? Wir wollen ein wenig Spaß mit dir haben.«

Etwas in ihm krampfte sich zusammen.

Wir?

Verzweifelt versuchte er, nach dem Mann zu treten, doch dieser wich elegant einen Schritt zurück.

»Nicht schnell genug, Lucky Luke! Hübsch langsam, mein verwirrter Freund.« Er wackelte oberlehrerhaft mit seinem rechten Zeigefinger. »Wir wollen uns doch nicht so früh bereits Feinde machen, nicht wahr?«

Im Türrahmen bewegte sich etwas. Zwei Paar Stiefel polterten die Stufen hinab.

»Passt auf, er ist bissig«, rief der Bullige lachend über die Schulter.

Sie formierten sich in einem Halbkreis. Die Neuankömmlinge waren ihm nicht weniger fremd. Der Eine trug einen schlechtsitzenden Anzug, der an ihm hing wie eine Jacke am Haken und musterte ihn aus verrückten Augen, die im ganzen Raum umherzufliegen schienen. Er besaß nicht einen Hauch der Grazie des Kahlköpfigen. Der Andere trug einen schwarzen Vollbart und sah aus, als hätte er drei Dekaden auf dem Bau gearbeitet und ginge allmählich aus dem Leim. Der mit den verrückten Augen spuckte ihn an.

Er kroch rückwärts und presste sich gegen das Rohr.

Das Dreiergespann trat vor wie ein Mann.

Tränen überströmten sein Gesicht und seine Stimme war nicht mehr als ein Wimmern. »Was auch immer ich getan habe, es tut mir leid.«

»Oh, man muss nicht immer etwas getan haben. Manchmal gerät man einfach an die falschen Leute«, sagte der Bullige. »Es ist wie bei den Tieren: Das Gesetz des Stärkeren.« Mit diesen Worten rammte er ihm seine Faust in den Magen.

Sein Körper verkrampfte sich; ihm blieb die Luft weg. Schmerz explodierte, schoss empor wie eine Stichflamme. Er versuchte sich abzuwenden, doch die Fesseln ließen wenig Spielraum zu. Es gab eine kurze Atempause und dann waren sie alle über ihm wie Krähen über Saatgut. Stiefel trafen auf Knochen, Fäuste klatschten gegen vor Angst zitterndes Fleisch. Er schrie vor Schmerzen und rollte sich so weit zusammen, wie er konnte. Der Verrückte lachte aus vollem Halse. Er schloss die Augen und wünschte sich weit weg.

Er wusste nicht, wie lange sie auf ihn eingeprügelt hatten, als der Bullige die Stimme hob: »Hört auf, hört auf. Er hat genug.«

Zwei Stiefel zogen sich zurück; der Dritte trat wie besessen auf ihn ein.

Er öffnete die Augen.

In den Augen des Verrückten stand blanke Mordlust. Die Haare flogen ihm beim Zutreten ins Gesicht. Abermals raste sein Absatz auf ihn zu. Der Bullige riss ihn hart zurück.

»Beruhige dich. Lass uns noch was von ihm übrig. Der muss ein bisschen halten.«

Der Verrückte riss sich von dem Bulligen los, machte aber keine Anstalten, wieder auf ihn loszugehen. Er pustete sich eine Locke aus der verschwitzten Stirn.

»Spielverderber!« Verächtlich spuckte er aus. Der Bärtige und er entfernten sich und stiegen die Treppe hinauf.

Beinahe ohnmächtig vor Schmerzen blieb er an die Wand gesunken liegen. Ein Gemisch aus Tränen und Blut rann sein Gesicht hinab.

Der Bullige blieb zurück. Er zog ein Tuch aus seiner linken Hosentasche, beugte sich hinab und tupfte ihm das Gesicht ab. »Komm wieder zu Kräften. Morgen wird ein harter Tag.« Er zwinkerte ihm zu und wandte sich zum Gehen.

Unter Schmerzen setzte er sich auf und spuckte aus. »Soll ich hier unten allein verrecken? Ist es das?«

Der Bullige kicherte in sich hinein und legte den Kopf schief. »Wer hat gesagt, dass du allein bist?« Der Mann drehte leicht den Kopf und er folgte seinem Blick.

Auf der rechten Armlehne des Sessels lag eine Hand und sie winkte ihm zu.

Alkohol

Der Schreibtischstuhl ächzte, als sich die Gasdruckfeder gegen sein Gewicht auflehnte. Roland faltete die Hände über seinem Bauch und dachte nach. Plastikverpackungen türmten sich in einem aberwitzigen Stapel in seinem Mülleimer und legten Zeugnis davon ab, wie er gemeinhin mit Frust und Stress verfuhr. Sein Blutzucker protestierte, aber das war ihm in solchen Momenten egal. Seiner Figur war es nicht egal. Seinem Arzt war es nicht egal. Gevatter Tod war es nicht egal. Roland griff in die fettige Tüte und genehmigte sich eine Hand voll Chips. Das würzige Aroma explodierte auf seiner Zunge. Die Stimme seines Hausarztes hallte in seinem Schädel: ›*Was den Geschmack intensiviert, legt dir den Fleischmantel um.*‹ Roland wollte verdammt sein, wenn es das nicht wert war.

Er hatte veranlasst, dass sich alle um zehn Uhr im Besprechungsraum trafen, den er dank seines Faibles für Raumschiff Enterprise in ›Brücke‹ umgetauft hatte. Sie hatten gestern auf ganzer Linie versagt. Nach seinem Telefonat mit Klugmann hatten sie die Gegend um die Anstalt in einem anderthalbkilometergroßen Radius abgesucht. Vergeblich. Eine Verkäuferin hatte jemanden gesehen, der auf Fricks Beschreibung passte. Er hatte am Vormittag in ihrem Laden einen Rucksack gekauft. Ein Klamottenhändler berichtete von einem Wachmann, der sich in einem ›Speed-Einkauf‹, wie er es beschrieb, scheinbar wahllos Kleidungsstücke gegriffen, sich umgezogen und binnen Minuten an der Kasse bezahlt hatte. Das war auch schon alles.

Klugmanns Feststellungen in der Anstalt hatten auch keine Hinweise auf Fricks möglichen Verbleib zu Tage gefördert. Sie hatten zwar konkrete Erkenntnisse zu der Tötungshandlung ergeben, aber keine Informationen zu Fricks Motiv, oder wohin er wollte. Roland vermutete, dass er den Wachmann nur angegangen war, um auszubrechen, aber selbst das war nicht hundertprozentig sicher. Jedenfalls war das Schließsystem nicht gezielt manipuliert worden; so viel stand fest. Ein Bagger hatte auf einer Baustelle ein Erdkabel angekratzt und der Anstalt sowie fast 1000 weiteren Haushalten den Saft abgedreht. Davor war es durch den Schaden zu einer Überspannung gekommen, die durch die intelligente Schließtechnik falsch interpretiert wurde. Das hatte die Notöffnung sämtlicher Türen bewirkt.

Roland knirschte betrübt mit den Zähnen. Wahrscheinlich war Frick einfach komplett wahnsinnig und es ergab überhaupt keinen Sinn über ein Motiv zu spekulieren. Klugmanns Team versuchte gerade herauszubekommen, ob und wofür Frick die entwendete Kreditkarte des Sicherheitstypen benutzt hatte. Vielleicht konnte man dadurch seinen Aufenthalt ermitteln. Inzwischen war die Karte natürlich gesperrt. Wahrscheinlich hatte Frick gestern Nacht die Stadt verlassen.

Aber das glaubst du nicht, oder?

Nein, das glaubte Roland eigentlich nicht. Wenngleich er nicht mit Bestimmtheit sagen konnte, woran das lag. Hinzu kam, dass die Pressefuzzis Wind von den verzweifelten Versuchen bekommen hatten, Frick durch Kontrollstellen an den Hauptverkehrswegen zu erwischen und ihnen jetzt wie Zecken im Nacken saßen.

Wo steckt die Ratte?

Am vielversprechendsten war noch dieser Therapeut. Vielleicht würde er ihre Ermittlungen voranbringen, indem er ihnen Einblicke in Fricks Psyche gab. Vielleicht. Frick war Roland ein Buch mit sieben Siegeln und das in einer Schrift, die er nicht lesen konnte und in einer Sprache, die er nicht verstand.

Roland sah auf die Uhr. Kurz vor Zehn. Seufzend erhob er sich.

Auf dem Flur stand ein Automat für Heißgetränke, der zu einem lausigen Preis einen noch lausigeren Instantkaffee ausspuckte. Trotzdem tranken alle das braune Gebräu. Nur Klugmann, der alte Feinschmecker, machte einen Bogen um den Teerkocher. Roland zog sich zwei Becher.

Auf der Brücke herrschte Hochbetrieb. Man hatte etliche Tische in den Besprechungsraum geschafft und zu einem großen U zusammengeschoben, um den versammelten Ermittlern der Mordkommission und den Jungs von der Fahndung Platz zu bieten. Bis auf einen Stuhl waren alle Plätze belegt. Einige Polizisten lehnten sogar an der hinteren Wand oder saßen seitlich auf Fensterbänken.

Roland setzte sich auf den ihm zugedachten Platz in der Mitte der Stirnseite. Der Geräuschpegel schwoll kurz an, dann legten sich die Gespräche. Er sah Tim an.

»Du protokollierst bitte die wesentlichen Inhalte.«
Tim schlug grummelnd seine Mappe auf, blickte sich um und begann die Anwesenden namentlich einzutragen.

Zu Rolands Rechten saß Klugmann, sein langjähriger Stellvertreter. Sie hatten schon vor langer Zeit miteinander vereinbart, dass er bei Sonderlagen wie dieser ein eigenes

Team aus Beamten der Mordkommission leitete. Klugmanns Haar glänzte wie immer vor Haarwachs. Roland schüttelte innerlich den Kopf darüber. Er fand, mit der Frisur sah sein Kollege aus wie ein schmieriger Autoverkäufer. Links saß Lauritz, der seit Jahren die Fahndung leitete. Sie kannten sich schon ewig, waren zusammen in der Fachhochschule der Polizei ausgebildet worden. Sie waren in dieser Besprechung unbestreitbar die Silberrücken. Gemeinsam hatten sie schon manche Schlacht geschlagen und die meisten auch gewonnen. Roland stellte den Kaffee vor ihm ab.

»Danke für den Teer.«

»Trink schnell, bevor er sich durch den Becher brennt.«

Lauritz lachte.

Roland blickte in die Runde, schritt die Beamten mit den Augen ab und räusperte sich: »Hallo an alle, die ich noch nicht begrüßt habe. Ich werde mich kurzfassen, weil wir viel zu tun – aber keine Zeit dafür haben. Offensichtlich haben wir überschneidende Zuständigkeiten.«

Roland deutete auf Lauritz.

»Wir haben heute Morgen die Struktur festgelegt, in der wir die Sache bearbeiten: Klugmann leitet die Büroermittlungen, die Auswertung der Spuren und kümmert sich um den Aktenaufbau. Außerdem wird sein Team sofort die Öffentlichkeitsfahndung vorbereiten.«

Ein Raunen ging durch den Raum. Normalerweise war die Öffentlichkeitsfahndung das letzte Mittel. Ultima Ratio. Alle wussten, dass sie eine Vielzahl von Hinweisen bringen würde, die abgearbeitet werden mussten. Reichlich Müll zum Durchsieben. Auweia.

Roland fuhr fort: »Das muss leider sein, weil Frick verdammt gefährlich ist. Deshalb sind die Kollegen der Fahndung zentral in die Ermittlungen integriert. Frick hat unmittelbar nach dem Ausbruch einen Kollegen angegriffen.«

Oder mit Lauritz' Worten: Er hatte ihm einen erstklassigen Rüttler verpasst, fügte Roland gedanklich hinzu.

»Mit dessen Waffe hat er anscheinend wahllos eine Passantin erschossen. Frick hat noch 14 Patronen, nach dem Schuss auf die Frau. Mehr können es nicht sein; das Reservemagazin war noch da. Der Teil der Mordkommission, der damals die Ermittlungen gegen Frick geführt hat, kümmert sich mit mir um die Ermittlung zur Person.«

Er nickte seinem Team zu.

»Eventuell gibt es bei den behandelnden Ärzten und Therapeuten Ansatzpunkte. Wir brauchen Manpower! Überstunden sind angeordnet. Sagt alle Termine ab und gebt euren Familien Bescheid. Ihr werdet sie erstmal kaum sehen.«

Einige Polizisten grummelten etwas vor sich hin.

»Wir geben zur Auffrischung einen kleinen Abriss der Erkenntnisse, die wir im ersten Verfahren gegen Frick gewonnen haben.«

Einer seiner Ermittler erhob sich. Er besaß einen so umständlichen Namen, dass Roland sich weigerte, ihn damit anzusprechen. ›Warcszkycsniak‹ oder so ähnlich. Roland und die Anderen nannten ihn nach seiner Vorliebe für Applerechner bloß Macintosh.

Macintosh räusperte sich geräuschvoll. »Jon Frick, 32. Seit zehntem Lebensjahr Vollwaise. Arme Wurst. Hat einige Jahre auf der Straße gelebt, dann die Kurve gekriegt.«

Roland fiel nicht das erste Mal auf, dass Macintoshs Art zu reden einem Telegramm glich. Information senden. Stopp. Senden. Stopp. Er verstand diese Nerds nicht.

»Vier Jahre gejobbt als Lagerist. Danach der Fremdenlegion beigetreten. Seitdem –« Macintosh hob hilflos die Hände. »Funkstille. Kam schließlich nach fünf Jahren Dienst zu einem unbestimmten Zeitpunkt zurück in die Heimat. Ging Ende März, wegen Mordes an Marek Blohm, in den psychiatrischen Maßregelvollzug in die Garling-Anstalt. Es schien zwischen Frick und seinem Opfer keinerlei persönliche Verbindungen zu geben. Zuvor polizeilich unbekannt. Blohms Leiche wurde in einem stillgelegten Industriegelände gefunden. An Leiche und Tatwaffe ließ sich Fricks DNA nachweisen. Infolgedessen eingebuchtet. Seit dem Stromausfall gestern auf der Flucht.«

Die Runde hatte ihm gespannt gelauscht. Lauritz hob eine Hand und Macintosh nickte ihm zu.

»Was hat's mit der Fremdenlegion auf sich?«

»Die *Légion étrangère* ist ein Verband, in dem Freiwillige aus aller Herren Länder für Frankreich als Zeitsoldaten dienen. Da kommt nur einer von zehn Bewerbern rein, wenn überhaupt. Sind meistens harte Knochen, die nach einer Zuflucht suchen. Lange Rede, kurzer Sinn: Frick hat Erfahrung mit Waffen.«

»Die Franzacken! Himmel, Arsch und Zwirn!«

Lauritz wandte Tim belustigt den Kopf zu. »Nicht aufregen, ja?«

Roland bedachte Tim mit einem scharfen Blick und räusperte sich. An die Gruppe gewandt, sagte er: »Wir sind hier fertig. Das war's erstmal.«

Die Ermittler zerfielen in Grüppchen. Klugmann bat seine Leute zu sich. Roland wandte sich an Macintosh.

»Versuch' nochmal 'ne Verbindung zu den Baguettefressern herzustellen. Beim ersten Verfahren waren die zugeknöpfter als 'ne Ordensschwester. Wir brauchen Infos! Ich will die Namen seiner Ausbilder, der Mitglieder seines Zuges und jedes amtliche Dienstzeugnis. Alles von Eintritt bis Abpfiff.«

»Alles klar, BossHoss.« Macintosh krümmte Daumen und Zeigefinger zu einem O – *okay* – und erhob sich.

Lauritz tippte Roland an die Schulter. »Was ist mit der Anstalt? Kriegen wir die Patientenakte?«

Roland nickte. »Schießen sie uns noch rüber.«

»Okay. Wie stehts um die Frau und den Wachmann? Motive?«

Roland blies die Backen auf. »Die waren ihm wahrscheinlich einfach im Weg.«

Lauritz nickte bitter und wandte sich an seine Fahnder.

»Wir haben den Nahbereich durch. Da gibt's eigentlich keine Möglichkeit mehr, sich zu verstecken.« Er deutete auf den Stadtplan, der die Hälfte seines Tisches einnahm. »Frick ist vermutlich mindestens schon in den Vororten. Wobei er echt Eier haben müsste, um dort zu bleiben. Die Peripherie anzugehen ist alles, was wir tun können, was die direkte Suche angeht. Wir müssen den Suchradius ohnehin größer ziehen. Ich bezweifle, dass er sich irgendwo niederlässt. Frick wird versuchen, seinen Vorsprung zu vergrößern. Das Kontrollkonzept läuft vorerst weiter wie gehabt.«

Die Fahnder nickten und erhoben sich.

»Ich will, dass ihr jede Meldung ernst nehmt.«

Als Fresko erwachte, sangen vor dem offenen Fenster die Vögel. Ihm erschienen ihre schönen Klänge seltsam falsch und dissonant. Die Harmonie ihrer Stimmen wollte sich so gar nicht mit dem Schrecken des letzten Tages vereinbaren lassen. Damit, dass er so einen Morgen nicht verdient hatte. Damit, dass er mitverantwortlich für den Tod eines Menschen war. Seine Lider öffneten sich schwer, als wollten sie sich dem Licht verwehren, das das Zimmer flutete. Von unten hörte er Lis' lautstark zu einem Radio-Hit mitsingen.

Zu schön für mich.

Die Schuldgefühle vertieften sich um eine Spur. Mühsam brachte er sich in die Senkrechte. Fresko starrte stumpfsinnig den alten Zedernschrank an, der dem Bett gegenüberstand und ordnete seine Gedanken. Vielleicht trug er eine Mitschuld, aber er würde es nicht zu weiteren Morden kommen lassen. Er würde der Polizei seine Mitarbeit anbieten. Von dem Gedanken beflügelt, erhob er sich, streifte eines seiner ausgeblichenen Bandshirts über und machte sich auf in Richtung Küche. Er war die Treppe erst zur Hälfte hinabgestiegen, als Lis ihm von unten zurief, er solle sich beeilen, die Spiegeleier würden kalt. Mit Lis hätte er es nicht besser treffen können. Seine Beziehung zu ihr gehörte zu den wenigen Dingen, die er in seinen Augen nicht verkackt hatte.

Draußen fuhr ein Wagen vor. Lis hörte, wie die Reifen knirschend auf der kiesbestreuten Einfahrt zum Stehen kamen. Sie trat ans Stubenfenster und sah einen schwarzen Opel Insignia. Ein wuchtiger Mittvierziger mit dichtem Schnauzbart und einem grauen Hut mit breiter Krempe hievte sich aus seinem Inneren empor. Der Mann steckte sich eine Zigarette an und rauchte. Lis' rief nach ihrem Mann.

»Ich bin ja gleich da, so schnell werden die Eier auch nicht kalt.« Fresko erreichte das Wohnzimmer und sah sie stirnrunzelnd an.

Lis deutete in Richtung Fenster. »Weißt du, was der will? Ich hab' den noch nie gesehen.«

Freskos Augen wurden groß. Er nickte grimmig.

»Ja, vielleicht. Gut möglich. Ich hab' so eine Idee.«

Er ließ sie verwirrt stehen und riss die Tür auf.

Roland war überrumpelt von dem plötzlichen Empfang. Er trat die Zigarette auf dem Kies aus und setzte sich in Bewegung Richtung Haustür. Der Mann, der sich ihm als Fresko Kranz vorstellte, war gut zehn Jahre jünger, als er erwartet hatte. Mitte dreißig. Höchstens. Er schien keinen guten Friseur zu haben. Oder überhaupt einen. Die wirre, rote Explosion auf seinem Kopf zog Blicke magisch an.

Roland hatte ihm auseinandergesetzt, dass Marsha ihn weiterempfohlen hatte, und jetzt saßen sie zu dritt auf einer kleinen Sitzgruppe in Freskos bescheidenem Wohnzimmer.

Lis wandte sich an Roland: »Möchten Sie einen Tee?«

Eigentlich keine schlechte Idee, zur Abwechslung mal was Sinnvolles in die Futterluke zu kippen.

»Ja, gerne.«

»Ich habe Rooibusch da und Orientalischen.«

»Rooibusch soll mir recht sein.«

»Gute Wahl. Der andere taugt nichts.« Sie verschwand im Nebenzimmer. Nach kurzer Zeit hörte man den Wasserkocher rauschen.

Roland fasste den Therapeuten genauer ins Auge. Der junge Mann wirkte aufgeregt und nervös. Er wippte so heftig mit dem linken Bein, dass es an einen Presslufthammer erinnerte.

»Frau Petrovski erzählte, Sie würden von Allen am meisten über Frick wissen. Können Sie das bestätigen?«

Das Wippen erstarb.

»Ja, ich denke schon. Es ist etwas kompliziert, was ihn angeht.« Fresko kratzte sich hinter dem Ohr. »Hören Sie, ich arbeite seit sechs Jahren in der Garling-Anstalt und noch nie ist mir jemand untergekommen, der sich so schwer knacken ließ. Der Kerl ist eine verdammte Walnuss.« Sein Blick bekam etwas Entrücktes.

Roland schnipste ihm ungeduldig mit dem Finger vor der Nase, bis sich sein Augenmerk wieder auf ihn heftete.

»Jon ist vor einem halben Jahr zu uns gekommen. Er war ein Wrack. Vollkommen verstört und in sich gekehrt. Für ihn war sein Zimmer eine Zelle. So hat er es auch genannt. ›Zelle‹. Ich hatte den Eindruck, er fühlte sich von irgendetwas verraten. Schien an ihm zu nagen. Er hat mir nicht erzählt, warum er Herrn Blohm umgebracht hat. Hat gemauert wie nix Gutes. Ich schieb's mal auf die Armee. Manchmal kam seine Zeit in der Legion zur Sprache. Da hat er ganz schön was erlebt. Opération Serval, Mali. Kein Wunder, dass man da abdreht. Einige kommen mit 'nem Knacks zurück.«

Roland nickte. Das erschien logisch.

Lis kam mit zwei dampfenden Teetassen aus der Küche und stellte sie vor ihnen ab. »Ich lasse die Herren dann mal allein. Streng vertraulich und so.« Sie zwinkerte ihnen zu.

Fresko wandte sich ihr zu. »Danke, Liebes.«

Er gab ihr einen Kuss und sie entfernte sich, doch er wollte verdammt sein, wenn sie nicht von der Küche aus lauschte. Er kannte das schon. Seine Frau hatte Ohren wie ein Luchs.

Roland verbrannte sich fluchend an dem Tee und schob die Tasse von sich. »Wie war Frick denn sonst so, Herr Therapeut? Im persönlichen Umgang.«

Fresko ließ sich in die Sofakissen sinken und verschränkte die Arme hinter dem Kopf. »Schwer zu sagen. Jon war ... kompliziert. Als er eingeliefert wurde und in sein Zimmer kam, hat er ständig geschrien, man solle das verdammte Licht ausmachen. Er wolle nicht bei Licht eingesperrt sein. Es bringe ihn um. Er hat die Pfleger angegriffen, wenn sie sein Zimmer betraten. Nachdem es Marsha allmählich zu bunt wurde, hat sie eingewilligt, die Lampen rauszunehmen. Woher dieses traumatische Verhalten rührt, ist mir nicht bekannt. Als wir seinem Wunsch nachkamen, wurde es allmählich besser. Zumindest, was die Zeit in seinem Zimmer anging, heißt das.«

Roland runzelte die Stirn. »Wie meinen?«

Fresko trank einen Schluck Tee und hob entschuldigend den Zeigefinger.

»Er hatte diese irrationalen Ausraster. Entweder wegen den Kriegstraumata oder seiner Identitätsstörung. Vielleicht auch wegen beidem. Es gab Tage, an denen er ruhig und gefasst war und solche, an denen er grundlos auf das Personal losging. Als hätte jemand einen Kippschalter umgelegt. Man konnte ihn kaum bändigen, wenn er im Tunnel war. Einmal hat er einem anderen Patienten büschelweise Haare ausgerissen, ehe wir ihn beruhigen konnten.«

Fresko spielte geistesabwesend mit dem Löffel herum.

»Jon war Wut. Wut und Mordlust. Man sah es in seinen Bewegungen. Der Art, wie er sprach. Die anderen Inhaftierten mieden ihn. Er war eine einsame, unverständliche Insel. Fremdes Land. Wir mussten ihn medikamentös behandeln. Die Tabletten haben geholfen seine Ausbrüche einzudämmen. Sie hielten ihn in Schach. Posttraumatische Belastungsstörungen äußern sich bei jedem Menschen auf verschiedene Art und Weise, verstehen Sie? Manche verfallen in Flashbacks und erleben das traumatisierende Ereignis wieder und wieder, andere weisen enorme Nervosität und Reizbarkeit auf. Die Palette der Symptomatik ist breit. PBS ist eine hässliche Wundertüte. Bei Jon ist es der Kippschalter.«

Roland notierte sich, was der Therapeut gesagt hatte.

»Danke, Herr Kranz. Sie waren eine große Hilfe. Danke für den Tee.« Er streckte ihm die Hand hin.

Fresko zögerte.

»Ich würde Ihnen gerne *aktiv* bei den Ermittlungen helfen.«

Roland ließ seine Hand sinken und zog die buschigen Brauen zusammen.

»Hören Sie, Herr Kranz, ich kann ihren Eifer verstehen.« Er strich sich bedächtig über den Schnurrbart.

»Aber wir können Sie nicht miteinbeziehen. Wir melden uns aber bei Ihnen, falls wir weitere Fragen haben.«

»Aber ich könnte ...«

Er schnitt ihm vehement das Wort ab und der Satz verreckte Fresko im Hals.

»Es tut mir leid, Herr Kranz, aber das ist Polizeisache.«

Fresko nickte geknickt.

Er tat Roland leid. Zum Abschied gab er ihm seine Visitenkarte. »Danke für den Tee.«

»Ja, klar. Gerne. Das sagten Sie bereits.«

Der Therapeut redete wie in Trance.

Er brachte Roland zur Tür und sie verabschiedeten sich.

Der Opel setzte hart zurück und brauste davon.

Fresko ließ wie auf Knopfdruck den Kopf hängen. Plötzlich lag eine Hand auf seiner Schulter, die ihn sanft streichelte. Er drehte sich um. Lis blickte ihn aus ihren großen Augen an.

»Kommst du klar?«

Sie musste es nicht aussprechen. Er wusste, dass sie gelauscht hatte.

»Ja, ja, alles gut. Ich schaff' das schon.«

Er belog seine Frau. Ein Untier ging um, rastlos wandernd in seinem Verstand. Jon.

»Sicher?«

Die Sorge in ihrem Blick war unverkennbar. Lis glaubte ihm kein Wort.

»Ja, echt. Hab' viel Spaß mit deinen Mädels und wenn du Mirja siehst, sag ihr, dass sie eine dumme Kuh ist.«

Sie verdrehte die Augen. »Also wie immer.«

Er grinste. »Genau.«

Lis lächelte zurück, doch es erreichte ihre Augen nicht. Er wusste, sie wollte, dass er mit ihr sprach, wenn die Zeit reif war – und bei Gott, das würde er tun. *Wenn* die Zeit reif war. Diese Art stummen Einverständnisses war es, die sie so stark machte. Sie küssten sich und Lis ging nach draußen. Die Spiegeleier waren kalt.

Er hatte zu trinken begonnen, kaum dass sie gegangen war. Fresko saß in seinem Hobbyraum. Verstorbene musikalische Größen und solche, die sich in den letzten Zügen befanden, blickten von ihren eingerahmten Postern zu ihm herab. Verspotteten ihn. Seine Augen brannten vor Müdigkeit. Der Alkohol hatte einen Schleier vor seine Augen gelegt, der alle Farben seltsam grell und Konturen verwaschen erscheinen ließ. Abermals setzte er das Bier an die Lippen und trank.

Schon wieder leer.

Fresko holte noch eins aus dem Kasten und öffnete die Flasche an der Tischkante. Lis hasste es, wenn er das tat.

Er fühlte, wie ihn eine unsichtbare Last in die Knie zwang. Atlas trug die Welt, er schulterte sein Gewissen. Ja, schöne Scheiße. Warum trank man auch ein Depressivum, um sich besser zu fühlen? Es war so paradox. Der Gipfel der Selbstbestrafung.

Das Bier machte ihn nicht betrunken. Er brauchte etwas Härteres. Im obersten Regal des Vitrinenschranks stand seit Urzeiten eine Flasche Springbank. Dieses Andenken an einen romantischen Sommerurlaub war eigentlich für ihren nächsten Hochzeitstag gedacht gewesen. Würde er sie halt nachkaufen. Die Flasche lächelte ihn an.

Fresko erfüllte ein urwüchsiges Vergnügen bei dem *Krrrck,* mit dem der Verschluss des Whiskeys brach. Er trank und musste kurz würgen, als er die ungewohnte Schärfe schmeckte. In Gedanken war er wieder bei ihm. Bei Jon. Jon, der alles überschattete. Jon, der ihn Lis belügen ließ. Jon, der seine Träume wie Häscher aussandte, um ihn heimzusuchen. Er hatte beschissen geschlafen und schlecht geträumt. Oh, er war mit ihm noch nicht fertig; das spürte Fresko. Spürte es wie einen schwachen Geruch oder ein Blitzen hinter den Augen. Er setzte die Flasche erneut an die Lippen. Die goldene, wärmende Flüssigkeit kroch gemächlich seine Kehle hinunter. Flecken tanzten ihm vor den Augen, wie wenn man zu lange in die Sonne starrte. Gedankenverloren fuhr Fresko mit dem Daumennagel die Innenseite des Flaschendeckels entlang und ließ den gestrigen Tag Revue passieren, versuchte es zumindest. In seinem Schädel herrschte weißes Rauschen, aus dem sich ab und an schnappschusshafte Aufnahmen lösten: Jon, der im Regen verschwand. Maiks Leichnam. Marshas Tirade. Fresko massierte sich hektisch die Schläfen und kniff die Augen zusammen. Seine negativen Gedanken wanden sich fetten Schlangen gleich durchs Dickicht seines Verstandes und spien Gift und Galle. Er ließ die Flüssigkeit in der Flasche kreisen und kreisen. Wie seine Gedanken um Jon. Kreisen und kreisen.

Pranke

Jon erwachte mit einem dumpfen Kopfschmerz. Er fühlte sich vollkommen dehydriert. Wie lang war es her, dass er etwas getrunken hatte? Er wusste es nicht. Sie hätten ihn längst zum Frühstück holen müssen. Er tastete mit der Hand herum, auf der Suche nach der Flasche; doch zu seinem Erstaunen erfühlte er harte Holzdielen. Es dauerte einen Moment, bis in seinem Schädel etwas einrastete und ihm klar wurde, wo er sich befand. Er war frei.

Naja, eher vogelfrei.

Aber immerhin etwas. Die Richtung stimmte.

Seine Kleidung hatte den muffigen Geruch der Decken angenommen, weil er sich im Schlaf in ihnen herumgewälzt hatte. Angewidert verzog er das Gesicht. Vorsichtig erhob Jon sich und spähte durch die Fenster. Die Gegend war menschenleer. Die Laterne stand einsam am Rand des Parkplatzes. Zufrieden griff er den Rucksack und stieß die Tür auf. Sie schlug mit einem lauten Knall gegen die Außenwand. Jon zuckte zusammen. Rasch stieg er die Leiter hinab.

Ungesehen, ein Glück.

Dann erkannte er, dass dies nicht der Wahrheit entsprach: Eine streunende Katze humpelte über die Landstraße. Sie sah wild und mitgenommen aus. Ihr rechtes Hinterbein war lahm und sie schleifte es hinter sich her wie einen toten siamesischen Zwilling. Er war nie ein großer Tierfreund gewesen, doch in diesem Moment fühlte er sich der heimatlosen Katze sonderbar verbunden.

»Ich fühl' dich«, murmelte Jon und spuckte aus. In seinem Mund klebte der Geschmack alter Socken. Er zurrte die Gurte des Rucksacks fest und überquerte die Straße.

Jon kletterte über den Wall und folgte dem Wildwechsel zurück zum See. Erste Sonnenstrahlen fluteten die Lichtung und ließen ihre Grünflächen saftig und gesund erscheinen. Tau glitzerte auf den Halmen. Ein Specht hämmerte wie ein Metronom des Waldes auf einen Stamm ein. Abgesehen von ihm und ein paar anderen Vögeln war es an diesem Morgen still im Wald. Jon zog sich aus und watete in den See hinein. Das Wasser war eiskalt, aber wenigstens konnte er sich etwas waschen. Er rasierte sich, putzte Zähne und spülte nach. Nun fühlte er sich besser, menschlicher, weniger wie ein Tier. Der bittere Geschmack war aus seinem Mund verschwunden. Jon trocknete sich mit einem Shirt ab, stopfte es vorne in den Rucksack, damit es nichts nass machte und zog sich an. Sein Magen knurrte. Er genehmigte sich einige Schlucke Wasser, verdrückte seine Thunfischsandwiches und genoss es, einen vollen Magen zu haben. Er verstaute die Flasche im Rucksack und korrigierte die Tragegurte. Ein Blick aufs Handy verriet ihm, dass es mittlerweile halb zehn war.

Zeit, einen Unterschlupf zu suchen.

Jon schulterte seinen Rucksack und schritt den verschlammten Pfad hinab. Der nächtliche Nieselregen hatte die Natur benetzt und ließ sie angenehm riechen. Der Waldboden war mit einem rutschigen Teppich aus Blättern bedeckt, die vom Regen aufgeweicht waren und an seinen Schuhen haften blieben. Wie er so vor sich hin trottete und den Vögeln lauschte, überkam ihn plötzlich ein so

überschwängliches Gefühl von Freiheit, dass er laut auf-
lachte, was für einen Beobachter wohl ziemlich verrückt
ausgesehen hätte.

Der Weg gabelte sich. Zu seiner Linken sah Jon, wie er
sich in der Ferne verbreiterte. Außerdem glaubte er das
schwache, unverkennbare Brummen von Automotoren zu
hören. Zu seiner Rechten führte der Weg anscheinend tiefer
in den Wald hinein. Soweit er sehen konnte, wurde er zuse-
hends schlanker und unbefestigter, bis er mehr einem
Trampelpfad als irgendetwas Anderem glich. Jon wandte
sich nach rechts. Tatsächlich hatte sein Gehör ihn nicht getäuscht. Das Geräusch der Automotoren wurde schwächer.

Nach einer halben Stunde konnte er das Ende des Waldes mit bloßem Auge ausmachen. Die Bäume lichteten sich;
der Boden wurde ebener, fester. Mittlerweile war der Blät-
terteppich ein zerfleddertes, durchlöchertes Etwas und bald
verschwand er vollends. Der Wall, der ihn lange Zeit zu seiner Rechten begleitet hatte, flachte ab. Ein mulmiges Gefühl
beschlich ihn. Es war ihm, als würde er, seiner schützenden
Deckung beraubt, blindlings ins Kreuzfeuer der Beamten
stolpern.

Bleib wachsam, Jonny.

Er vermutete, dass es für die Kreditkarte des Wachman-
nes mittlerweile zu spät war und vergrub sie unter ein paar
Handvoll Erde neben einer großen Ulme am Waldrand. Vor
ihm erstreckten sich schier endlose Stoppelfelder. In der
Ferne tuckerte ein Traktor. Ungeschützt der Sonne ausge-
liefert, bekam er sofort leichte Kopfschmerzen. Jon öffnete
seine Jacke, um etwas Luft zuzulassen. Für einen Herbst-
morgen war es ungewöhnlich warm geworden.

Er überquerte den Wall, der eigentlich gar keiner mehr war. Auf seiner anderen Seite lag eine ungepflegte Landstraße. Jon sah keine Straßensperren, keine Bullen, keinen Grund zur Sorge. Sein Instinkt, sich von den Menschen fernzuhalten, war richtig gewesen, hatte ihm Zeit verschafft. Und Zeit war alles, worauf es ihm gerade ankam. Sonnenflecken tanzten ihm vor den Augen, als er seinen Weg fortsetzte. Kondensstreifen zerteilten den unbefleckten Himmel. Gelegentlich kam er an einem Wohnhaus oder einem Gehöft vorbei.

Irgendwann gelangte er an einen alten Maschendrahtzaun, hinter dem sich ein verlotterter Hof befand. Der Zaun wurde mittig von einer Zufahrt unterbrochen. Jenseits des Zauns, zur Linken der Zufahrt, wuchs eine kleine Birke durch ein Autowrack, das in der Sonne vor sich hin rostete. Der Rasen war ungemäht und bräunlich. In der Zufahrt stand ein Holzpflock, an dem ein rostiges Schild hing:

SCHRAUBER GESUCHT

Jons Herz setzte einen Schlag aus. Die Lage war perfekt. Der Hof lag nah an einer Bushaltestelle, an der er vor Kurzem vorbeigekommen war und bot einen idealen Unterschlupf; hier am Arsch der Welt. Genug Personal, um selbst Nebenstraßen wie diese zu sperren, konnten sie gar nicht haben. Ein bisschen Flexen und Schweißen war machbar. Da gab es damals den ein oder anderen Spähpanzer in Mali, der repariert werden musste. Jon betrat das Areal und schritt den gekiesten Weg entlang, bis zur Mitte des Hofs. Er blieb untätig stehen und sah sich um. Zwei Flachbauten drängten sich aneinander wie tuschelnde Kinder. In einigen Metern Entfernung lag ein Schuppen, an den sich eine Halle anschloss, bei der es sich um die Werkstatt handeln musste. Die Luft war angereichert mit dem Geruch von Schmierfett, Öl und Abgasen. Ausgeweidete Autowracks und Elektrogeräte türmten sich auf dem Hinterhof zwischen Werkstatt und Flachbauten. Das alles besaß ein herrliches, halblegales Flair.

Ein Mann kam aus der Halle auf ihn zu. Er war groß und kahlköpfig. Unter seinem fleckigen Karohemd verbarg sich ein Körper, der Arbeit gewohnt war. Geplatzte Äderchen umringten wässrige Augen und zeugten von einem ausgeprägten Alkoholproblem. Der Kerl war so rustikal wie das Gebäude, das er bewohnte. Der Mann baute sich vor ihm auf.

»Was stehst du denn hier 'rum wie bestellt und nicht abgeholt, he?«

»Ist das Schild noch aktuell?«

Der Mann kniff die Augen zusammen »Und wenn's so wäre?«

»Ich würde gerne für Sie arbeiten, bin ohnehin gerade auf der Suche. J–« Er biss sich auf die Zunge.

Anfängerfehler!

»Tom – Tom Martens.«

»Angenehm. Ralf Eggers. Aber nenn' mich Pranke. Tun ohnehin alle.«

Er reichte ihm eine große Hand, die nur aus Schwielen zu bestehen schien. Jon schüttelte sie.

Pranke bedachte seine Hand mit einem abschätzigen Blick. »Zeig' mal her.«

76

Jon tat wie ihm geheißen und streckte beide Hände aus.

»Ah, dacht' ich 's mir doch. Keine Hornhaut.«

Jon nickte knapp. »Und wenn schon. Ist 'ne Weile her, dass ich geschraubt hab', aber ich krieg's wieder gebacken. Gib' mir 'ne Karre und ich leg' los.«

Er ahmte den Slang des Mechanikers nach, um Nähe zu erzeugen. Dieser alte Trick aus Legionszeiten hatte ihm schon so manche Tür geöffnet, die ihm sonst versperrt geblieben wäre.

Pranke kratzte sich am Kopf. »Ich suche tatsächlich einen Hilfsarbeiter für die Werkstatt und wer so große Töne spuckt, hat's nich' anders verdient. Dann stellen wir dich mal auf die Probe.« Er gab ihm ein Zeichen, ihm zu folgen.

Pranke führte Jon zu der Halle, bei der es sich tatsächlich um die Werkstatt handelte. Drei Autos, aufgebockt auf Unterstellblöcke, standen darin wie aufgereiht. Ein Viertes hing auf einer Hebebühne einige Meter über dem Boden. Diverses Werkzeug, das auch schon bessere Tage gesehen hatte, hing unordentlich über die Hallenrückwand verteilt an Haken oder fixiert zwischen Nägeln.

Pranke wies auf das Zweite der Autos. Einen alten Lupo.

»Der Kollege braucht 'ne neue Kupplung.«

Sie ackerten drei Stunden lang ununterbrochen, bis Pranke sich zufriedengab.

»Hättste' nicht paar Monate früher kommen können, Tom?« Pranke wischte sich den Schweiß mit einem fleckigen Tuch von der Stirn.

Jon improvisierte. »Ging nicht anders. Meine Frau – ich sollte wohl sagen Ex-Frau – hat mich auf Unterhalt verklagt und ich bin nun mal kein Goldesel. Hab' schwarzgearbeitet und Steuern hinterzogen. Leider kam der ganze Mist raus. Um es kurz zu machen: Ich hab' momentan 'n paar Problemchen mit Vater Staat.«

Pranke grinste. »Haben wir die nicht alle, Tom? Dieses Land geht vor die Hunde. Da wirst'e nichts als einer wie wir, wenn du dich nicht ab und an mal über die Runden schummelst. Verschissene Bürokraten!« Er spuckte aus. »Tom, ich würde mich freuen, dich an Bord zu wissen.«

»Ich hab' leider derzeit wegen dem Justizschwachsinn keine feste Bleibe. Komme mir vor wie 'n beschissener Landstreicher.« Jon sah betreten zu Boden, duckte sich unter seinem Schafspelz.

Der Mechaniker breitete pastoral die Arme aus. »Bitte und dir wird gegeben. Bleib doch erstmal hier – du kannst dich im Zimmer über der Werkstatt einquartieren. Ist 'n Hübsches. Hat meine Tochter drin gewohnt, bis sie ausgezogen ist. Hier.« Pranke kramte einen schlichten Bartschlüssel an einem grünen Lederband heraus und reichte ihn Jon. Der war vollkommen perplex von dieser neuen Eröffnung. Ungläubig nahm er ihn entgegen.

»Aber hüte ihn wie deinen Augapfel, oder wie man das sagt. Musste damals schon 'n Neuen machen, als Henrik seinen verloren hat, der alte Trunkenbold. Hat das Zimmer meiner Guten ganz schön entweiht; das kann man sagen.« Pranke erbebte plötzlich vor Lachen, verschluckte sich und hustete lautstark. Er spuckte aus und nahm wieder Augenkontakt zu Jon auf. Seine Miene wurde eine Spur ernster.

»Mach mir da oben keine Dummheiten, hörst du? Und *wenn* du irgendeinen Scheiß treibst, will ich nichts davon wissen.«

Jon fand, dass sich das irgendwie widersprach, aber sagte nichts. Stattdessen legte er die rechte Hand auf sein Herz und hob feierlich die Linke.

»Großes Indianerehrenwort.«

Pranke musterte ihn einen Augenblick eindringlich mit forschendem Blick. Es gefiel Jon nicht. Er wollte etwas darauf erwidern, doch der Mechaniker knuffte ihm nur gegen die Schulter und grinste.

»Ey, kleiner Spaß. Ich hab' 'n gutes Gefühl bei dir, Tom.«

»Danke. Das mit dem Zimmer kommt mir echt wie gerufen. Ich werde mich bemühen, zu deiner Zufriedenheit zu arbeiten.«

»Das wirst du; das glaub ich. Hinter der Tür da geht's rauf.«

Sie verhandelten die Finanzen. Jon legte sich dabei nicht wirklich ins Zeug. Er wollte es sich mit diesem Mann nicht verscherzen. Die Bezahlung war lausig, aber er brauchte ohnehin kein Geld. Sein Aufenthalt würde nicht von langer Dauer sein. Nicht, wenn es lief wie geplant.

Sie werkelten noch herum, bis die Dunkelheit allmählich über den Hof kroch und besiegelten ihr Arrangement mit einem üppigen Abendessen. Schließlich verabschiedete Pranke sich für den Tag, wünschte Jon eine gute Nacht und schlurfte in Richtung des niedrigen Flachbaus davon, in dem er selbst wohnte.

Jon schloss die Tür im hinteren Bereich der Werkstatt auf. Der Schlüssel selbst erschien ihm wie ein Ding aus einem Traum. »Ein selbstloser Mann«, murmelte Jon kopfschüttelnd. »Wirklich ein selbstloser Mann.« Wenn er hier fertig war, könnte er vielleicht auch so jemand werden.

Das glaubst du nicht wirklich, oder? , zischte es in seinem Innern. *Du kennst deinen Pfad.*

Es ging eine knarzende Treppe hinauf, die auch schon bessere Tage gesehen hatte. Alles auf diesem Hof schien schon einmal bessere Tage gesehen zu haben. Oben befand sich ein kleines WC und das versprochene Zimmer.

Die Tür stand einen Spalt offen. Jon trat ein. Der Raum enthielt ein Massivholzbett nebst Nachtschränkchen, sowie einen überdimensionalen Kleiderschrank aus Eichenholz, der die linke Wand beherrschte. Ein leises Tropfen an der Stirnseite des Raumes erregte seine Aufmerksamkeit. Die Heizung leckte. Jemand hatte behelfsmäßig eine blaue Plastikschale untergestellt. Das Fenster über der Heizung ging nach draußen auf den Acker, der hinter Prankes Grundstück verlief. An das Stoppelfeld schloss sich ein Tannenwald an. Ein Spätherbstmond hatte sich in den Bäumen verfangen und rundete die Kulisse geschmackvoll ab. Richtig schön abgeschieden war es hier.

Der Wind lachte zwischen den Häuserfronten. Ein loser Dachziegel quittierte seinen Dienst und zerschellte am Boden. Das alte Haus ächzte in der Nacht wie ein schlafender, übergewichtiger Mann. Jon warf sich unruhig im Bett herum. Sein rechter Knöchel stieß schmerzhaft gegen den Bettpfosten, doch er nahm es kaum wahr. Er träumte.

Jon spähte durch ein Schlüsselloch. Schummriges Leuchten, das von einer altmodischen Stehlampe herrührte, erhellte einen Raum, der ein Ankleidezimmer zu sein schien. Der Boden bestand aus dunklen Dielen. Schatten krochen darüber. Die Wände waren in einem rostrot gestrichen, das getrocknetem Blut glich. In dem Zimmer saß ein Mann in anthrazitfarbenem Anzug auf einem Schemel, vor einer Art Schminkspiegel. Sein Gesicht war der Spiegelfläche zugewandt. Er redete unablässig in einem scharfen Flüsterton und nestelte hektisch an seinem Anzug herum. Abgesehen von einer dunklen Kommode, die an der Stirnseite unter einem Fenster stand, und einem monströsen Wandschrank, erschien das Zimmer leer. Die hintere, rechte Ecke des Raumes war ungewöhnlich dunkel. Die Schatten schienen sich dort zusammenzuballen. Bei genauerer Betrachtung sah Jon jedoch, dass in der Ecke des Raumes jemand stand. Es handelte sich nicht bloß um Dunkelheit, wie er vorerst angenommen hatte. Das Ding WAR die Dunkelheit. Von dem Wesen ging eine unheilvolle Aura aus. Jetzt lachte der Mann auf dem Schemel schrill auf und ruckte mit dem Kopf in Richtung der dunklen Ecke, wobei er Jon für einen Sekundenbruchteil das Gesicht zuwandte. Ihm gefror das Blut in den Adern. Jon erkannte, dass er sein eigenes Abbild sah.

Das Gesicht war etwas breiter; ein Dreitagebart bedeckte Kinn, Wangen und Oberlippe und die Augen blitzten wahnsinnig; doch es gab keinen Zweifel. Der Mann warf einen letzten prüfenden Blick in Richtung Spiegel und strich sich das Jackett glatt. Und erstarrte. Es war, als hätte jemand den großen Pause-Knopf gedrückt. In der Ecke flüsterte es aufgeregt. Jon presste sich näher an die Tür, versuchte Worte zu verstehen.

»... ist hier.«

Die Stimme des Schattenwesens besaß einen samtig weichen, beinahe hypnotischen Klang. Der Mann, der er war, wirbelte zu Jon herum und zeigte mit dem Zeigefinger anklagend in seine Richtung. Seine Miene verfinsterte sich. Er zog ein Jagdmesser und stürmte brüllend durch den Raum auf die Tür zu. Jon wollte zurückweichen, doch er war wie an die Tür getackert. Sein Abbild stieß die Klinge ins Holz und durchdrang die Tür so mühelos, als wäre sie aus Butter. Der Stahl trat auf der anderen Seite eine Handbreit neben Jons Gesicht wieder aus. Der Mann lachte schrill. Jon schrie entsetzt auf und erwachte.

Was sich neckt

Die Spinne setzte stoisch eines ihrer langen Glieder vor das andere, ungeachtet dessen, was um sie herum tobte.

Sie ruht in sich, dachte Marsha fasziniert. *Beneidenswert.*

Vielleicht war aber auch ihr kleines Spinnenhirn Schuld daran, dass sie sich einen Dreck um die größeren Zusammenhänge der Welt scherte. Sei's drum. Sie wurde per Wechselsprechanlage informiert, dass Klinger eingetroffen war. Marsha strich sich den Rock glatt und korrigierte die Position ihres Briefbeschwerers um wenige Millimeter.

Perfekt.

Sie verschränkte die Finger auf dem Tisch, drückte den Rücken durch und setzte eine autoritäre Miene auf. Es klopfte. Sie gebot einzutreten.

Roland betrat das Büro. Eine riesige Wanduhr beherrschte den Raum und zwang ihm durch ihr ständiges Ticken eine drängende Atmosphäre auf. Dies war kein Ort, um sich auszuruhen oder zu entspannen. Hier wurde gearbeitet. Er hatte von Marsha Petrovski nichts anderes erwartet.

»Herr Klinger, schön Sie einmal persönlich zu treffen. Sie sitzen hier.« Sie gebot ihm mit einer Handbewegung, Platz zu nehmen.

Roland bezweifelte mittlerweile, dass ihre Stimme am Telefon wirklich gebrochen war. Mochte an der Leitung gelegen haben. Die Frau war pure Autorität. Ihr Büro war quadratisch und klinisch weiß. Und blitzblank. Vermutlich sorgte sie persönlich dafür, dass die Ordnung erhalten blieb. Eine Frau wie sie nahm die Dinge lieber selbst in die Hand. In ihre überaus schöne Hand, wie ihm auffiel. Der Drill Instructor in seinem Inneren knurrte ihn an: *Wirst du jetzt gefühlsduselig auf deine alten Tage, Soldat?*

Ist ja gut, beschwichtigte er ihn.

Roland setzte sich Ihr gegenüber und ergriff die Hand, die ihm entgegengestreckt wurde. Der Händedruck war fest. Und förmlich – was er sehr bedauerte.

Marsha legte sinnierend die Fingerspitzen zu einer Pyramide aneinander und begann zu reden. Seine Konzentration war gleich null. Er musste aufhören, diese verfluchten Finger anzustarren. Mochte am Blutzucker liegen. An dem Schrott, den er sich reinzog. Roland entschuldigte sich und bat sie, das Gesagte zu wiederholen. Ihre linke Augenbraue wanderte gemächlich empor.

»Was ich eben sagte, war, dass die Anstalt alles in ihrer Macht Stehende tut, um die Ermittlungen zu unterstützen.«

Roland nickte bedächtig.

»Und wir danken Ihnen vielmals.«

Marsha ließ das so stehen und fuhr ungerührt fort.

»Ihre Kollegen waren gestern schon hier.«

Er nickte.

»Was Brauchbares gefunden?«

Er schüttelte den Kopf.

Sie sog scharf die Luft ein. »Also gut, reden wir Klartext. Wie steht es um die Ermittlungen?«

Ihre Direktheit war bewundernswert.

»Wir haben noch keine Spur. Was uns am meisten Sorge bereitet, ist, dass wir nicht wissen, was Frick zwischen seiner Rückkehr nach Deutschland und dem Mord an Herrn

84

Blohm getrieben hat. Ob er einer Vereinigung beigetreten ist, Kontakte in der Hinterhand hat, etc.«

Sie warf ihm einen skeptischen Blick zu. »Darauf würde ich nicht setzen. Frick war eine eigene Insel. Verschlossener als Fort Knox. Er ist mehr der Einsamer-Wolf-Typ. Zwischen ihm und den anderen Insassen herrschte eine kühle Distanz.« Sie machte eine Pause und betrachtete angestrengt ihre Fingerpyramide.

Roland hakte nach: »Aber angenommen, er hätte tatsächlich ein Netzwerk in der Hinterhand oder einen Kontaktmann, der ihn deckt. Wo würden Sie ihn vermuten?«

»Bei der Fremdenlegion. Frick war einige Jahre –«

»Er hat gedient, ich weiß.« Roland hob abwehrend die Hände. »Verschonen Sie mich mit seinem Lebenslauf.«

Marsha parierte scharfzüngig: »Ach, Sie wissen das alles? Und die Legion gibt Ihnen die Informationen, die sie brauchen?«

Roland strich sich bedächtig über den Schnurrbart. »Wir arbeiten dran.« (In Wahrheit war Macintosh als Ein-Mann-Kommando tätig, nachdem ihm keiner in Sachen Französisch das Wasser reichen konnte.) »Aber es sieht düster aus. Vermutlich ist er irgendwo untergetaucht. Was denken Sie?«

Sie dachte einen Moment nach. Eine Denkfalte bildete sich auf ihrer Stirn und Roland befand, dass sie ihr stand.

Marsha wog leicht den Kopf hin und her.

»Ich bin mir nicht sicher. Ich würde seinem Naturell eher zutrauen, vor Ort zu bleiben und Randale zu machen. Er ist sehr instabil. Wenn Sie genaueres wissen wollen, wenden Sie sich an seinen Therapeuten.«

Roland lächelte. »Heute Morgen wirkte Herr Kranz etwas aufgelöst. Mir scheint, er gibt sich selbst die Schuld an dem ganzen Mist.«

Ihre Miene wurde eine Spur milder. »Er ist zu hart mit sich selbst. Der Mann ist ein absolutes Ausnahmetalent. Geben Sie ihm die Chance.«

Es war keine Bitte.

Roland dachte darüber nach. »Mal schauen, wie sich das Ganze entwickelt. Herr Kranz hat mir erzählt, dass Frick zu Beginn seiner Zeit hier recht handgreiflich geworden ist, wenn jemand seinem Zimmer zu nahe kam.«

»Das stimmt. Es war sein Rückzugsort, seine sichere Basis. Es ist nicht selten, dass so ein Verhalten unter Neuzugängen auftritt. Bei ihm war es allerdings besonders ausgeprägt. Wir mussten die Lampen entfernen, um ihn zu beruhigen. Das war wirklich sehr ... ungewöhnlich.«

Roland nickte. »Das hat Herr Kranz mir schon erzählt. Er kann sich allerdings auch keinen Reim darauf machen.«

Marsha hob die Hände. »Ein Buch mit sieben Siegeln; ich sag's ja. Sie werden Fresko brauchen. Geben Sie ihm eine Chance, wenn die Regeln es zulassen. Mir scheint, uns steht ein Sturm ins Haus.«

Es widerstrebte Roland, mit einem Externen zusammenzuarbeiten. Das verlangsamte im schlimmsten Fall die Ermittlungen. Er hatte seine Systeme und für gewöhnlich funktionierten sie.

Marsha wusste nicht, was es war, das ihn so anziehend machte. Zwischen ihnen herrschte eine sonderbare, elektrisierende Atmosphäre. Sie war irritiert. Sein Körper konnte es nicht sein. Der Mann sah nach 40 Jahren Raubbau an sich selbst aus. Außerdem stand sie nicht sonderlich auf Schnurrbärte. Vielleicht war es seine Selbstbestrafung, die sie anzog. Die ungesunden Neigungen. Sie kannte das.

Ja, von dir!

Der Polizist kratzte sich am Kopf. Ihr Blick schoss zu seiner Hand und zog sich augenblicklich wieder zurück wie eine Froschzunge, die nach einer Fliege schnappte. Kein Ring; das war gut. Konnte gut werden. Aber warum? Sie erkannte sich gar nicht wieder, so gefühlsduselig. Warum machte sie überhaupt so viel Aufhebens darum?

»Hat Frick je über den Mord gesprochen? Über sein Verhältnis zu Herrn Blohm?«

Oh Gott, jetzt musste sie antworten.

»Nein. Er schien traumatisiert und regelrecht blockiert. Wenn man das Thema ansprach, verfiel er in eine paralyseähnliche Starre. Ich hatte selten Gelegenheit, mit ihm zu reden. Meine Aufgaben lassen das nicht zu.«

Musst du wirklich immer die Chefkarte ausspielen? Ist das alles, was du hast?

Der Polizist seufzte. »Kenn' ich. Man wächst fest. Verantwortung kann ganz schön beschissen sein, hält einen vom Geschehen fern.«

Marsha nickte lächelnd. Es war ein Lächeln, das weit mehr war als eine ihrer Masken.

Roland bemerkte die Veränderung in ihrer Mimik. Bis jetzt hatte ihr Gesicht seltsam maskiert gewirkt. Jetzt schien sie sich zu öffnen. Vielleicht konnte er sie, wenn das alles vorbei war, fragen, ob sie Lust hätte – *Roland, komm zur Vernunft*, schalt er sich selbst. Eine Frau wie sie – mit *ihm*? *Alter Narr!* Ihre Frage ließen seinen Gedanken abreißen.

»Haben Sie genügend personelle Ressourcen?«

Marsha beugte sich vor und er warf unabsichtlich einen Blick in ihr Dekolleté. Hoffentlich hatte sie es nicht bemerkt! Roland befürchtete, dass sie seine Unsicherheit registrierte, doch falls sie es tat, verbarg sie es gut. Ihr Blick war unverändert; das schöne blasse Gesicht vollkommen ausdruckslos.

»Wir sind gut aufgestellt. Die Lage erfordert, dass die Fahndung eng mit meiner Mannschaft zusammenarbeitet. Wird noch 'n Weilchen dauern, bis sich das Team eingespielt hat, aber es geht voran.«

Sie nickte.

»Wenn ich behilflich sein kann, melden Sie sich.«

»Abgemacht.«

Sie würden in Zukunft *eng* zusammenarbeiten. Sei mal dahingestellt wie eng. Roland hoffte auf ziemlich. Immerhin schien das Eis zwischen ihnen gebrochen.

Marsha reichte ihm zum Abschied die Hand.

Wieder diese verfluchte Hand!

Roland schüttelte sie und sah hoch. Er glaubte etwas in ihren Augen zu sehen. Etwas, das sich zurückzog, als sein Blick darauf fiel. Überraschend sagte sie plötzlich: »Kriegen Sie ihn?« Jede Strenge war aus ihrem Ton gewichen. Aus ihren Augen sprachen aufrichtige Angst und Leid. In Rolands Kopf überschlugen sich unzählige Szenarien. Keins war sonderlich rosig.

»Es besteht eine reelle Chance. Sollte er weiterhin so rabiat vorgehen, wird ihm früher oder später ein Fehler unterlaufen und dann sind wir zur Stelle. Er kann kein so großes Feuer machen, ohne dass jemand den Rauch sieht.«

Gott, er wollte diese Frau nicht enttäuschen! Roland hoffte, sein Versprechen halten zu können.

Arth

Jon erwachte schweißgebadet, während sich noch Fragmente des Albtraums in seinem Bewusstsein tummelten. Er konnte seinen Traum nur noch grob umreißen und je mehr er sich anstrengte, ihn zu fassen zu bekommen, je mehr schwand auch dieser letzte Rest. Was blieb, war ein dumpfes Gefühl von Abscheu, das sich mit einer irrationalen, pochenden Angst mischte. Jon setzte sich auf und blinzelte. Er schwang die Beine aus dem Bett und griff nach seinem Rucksack.

Der Busfahrer war ein älterer Herr, der ihn freundlich begrüßte. Die Türen schlossen sich mit einem Zischen in seinem Rücken. Jon sah durch die Scheibe. Er war allein im Bus. Es grenzte an ein Wunder, dass die Linie zu dieser unchristlichen Stunde überhaupt fuhr. Er hatte die Route mit dem Handy der Toten recherchiert. Die Fahrt würde eine gute Stunde dauern. Jon ließ seine Gedanken wandern, während er durch die Scheibe die nächtliche Landschaft betrachtete, die der Regen vor seinen Augen verwischte. Schließlich erreichte er seine Haltestelle und stieg aus. Ein Wolkenbruch überschüttete ihn. Jon ging zügig und zog die Kapuze über den Kopf.

Die Adresse zirkulierte durch seinen Schädel. Er hatte sie *damals* auswendig gelernt, sie sich eingeprägt und wie eine Art Mantra wieder und wieder vor sich hergebetet. Mit ihr begann es; das wusste er. Mit ihr stand und fiel alles. Arthur war der Schlüssel. Nicht mehr und nicht weniger.

Nun wollte er sehen, ob er ihn auch als einen solchen verwenden konnte. Die P99 schlug beim Gehen beruhigend gegen seinen rechten Oberschenkel.

Und schließlich lag es tatsächlich vor ihm: Romroder Straße 14. Der Bau stank nach Geld. Es fühlte sich unglaublich richtig an, hier zu sein.

Jon stieg durch ein Küchenfenster ein, ohne dass eine Alarmanlage losging. Er war geübt in sowas. In Mali hatte sein Zug oft Gebäudeaufklärungen durchführen müssen. Er hatte angenommen, dass ein Mann mit Arthurs Vermögen über ein angemessen hochwertiges Alarmsystem verfügte, um seinen üppigen Besitz zu schützen, doch dies war offenbar nicht der Fall. Irgendwer da oben schien auf seiner Seite zu sein. Lächerlich, dass ihn all die Zeit nur ein lästiges Türschloss davon abgehalten hatte, seinen Feldzug zu beginnen. Das Leben spielte meistens wie es wollte und selten wie es sollte. Aber manchmal konnte man es zwingen.

Jon erklomm eine dunkle Treppe, an deren Ende sich ein langer Flur anschloss. Er trat bloß auf die äußeren Dielen, da sie weniger knarrten. Beinahe wäre er auf etwas getreten. Er bückte sich und hob den kleinen Gegenstand auf. Es war ein Matchboxauto.

Interessant.

Wo ein Matchboxauto war, war ein Kind. Wo ein Kind war, war ein Druckmittel. Die Schlafzimmertür stand einen Spalt offen. Jon drückte sie leise mit der Linken auf, die Rechte hielt die P99, und schlüpfte ins Innere.

Arthur schlief. Silbriger Mondschein fiel durch ein Fenster und schuf eine kleine Lichtinsel. Jon stand vor seinem Bett und starrte ihn an. Die massige Brust des CEOs der Pharmafirma hob und senkte sich gleichmäßig. Er schnarchte leise.

Bring ihn um.

Das Verlangen war so stark, dass Jon sich beherrschen musste, ihm nicht direkt an die Kehle zu gehen. In seinem Kopf flüsterte es angeregt.

Bring ihn um!

Jon setzte sich auf einen Korbstuhl, der im Zentrum des lichtbeschienenen Rechtecks vor dem Bett stand. Wolken zogen vor dem Mond dahin. Ließen unregelmäßige Schatten über sein Gesicht wandern. Er hielt den Unterarm locker auf der Lehne, den Finger am Abzug, und zielte lässig auf Arthurs Stirn. Ein stiller Racheengel, bereit sein Opfer in die Hölle zu schicken.

Arthur sah zufrieden aus. Im Schlaf ließ sein Gesicht alle Niederträchtigkeit vermissen. Es wirkte fast, als schliefe er sorglos. Jon überdachte diesen Gedanken. Vielleicht war er das sogar. Allerdings bedurfte es dafür des schlechtesten Moralkompasses, den man nur haben konnte. Das Heben und Senken seiner Brust besaß etwas beinahe Meditatives. Silbrige, gekräuselte Altmännerbrustbehaarung quoll aus der Öffnung des Pyjamas. Seine Längsstreifen konnten nicht über Arthurs Leibesfülle hinwegtäuschen.

»Arth.«

Keine Reaktion.

Wenn der Alte jetzt einen Herzkasper bekam, war alles aus. Jon hob die Stimme ein wenig. »Arth!«

Der Mann schreckte hoch und öffnete schlagartig die Augen. Arthurs schläfrige Benommenheit verließ ihn abrupt, als er den Mann mit der Pistole sah, die ihm zwischen die Augen zielte. Jon hob einen Finger an die Lippen, den Lauf weiterhin auf Arthurs Stirn gerichtet. Arth nickte ängstlich. Seine Mundwinkel zuckten, aber er blieb ruhig. Jon erhob sich vom Stuhl und bedeutete ihm, sich darauf zu setzen. Der Mann kam schwerfällig hoch.

Er wickelte ihn ein. Lage um Lage; während der Lauf zwischen Hinterkopf und Schläfe hin- und herschwenkte. Das Klebeband gab ein reißendes *Krrrck* von sich, als es abgewickelt wurde. Nachdem Jon ihn ausreichend fixiert hatte, trat er einen Schritt zurück.

»Ich brauche ihre Namen und Adressen. Gib sie mir und ich werde deine Kinder verschonen.«

Arthur schüttelte den Kopf.

»Oh, Arth. Dummer, alter Arth.« Jon hob die Pistole und ließ ihren Griff in seine Stirn krachen.

Arthurs riesiger Schädel schlenkerte hin und her wie ein Wackelkopf. Blut, dass von einer Platzwunde an der linken Seite seines Kopfes herrührte, dort, wo der Griff ihn erwischt hatte, benetzte den Boden. Arthur versuchte Worte zu formen, doch sie gingen in einen affektiven Heulkrampf über.

»*Was* hast du gesagt?« Jons Stimme war leise und schneidend. Ein Messer in der Stille. Er umfasste Arthurs Kinn grob mit der Rechten und drehte seinen Kopf so, dass er ihn, wenn auch widerwillig, ansehen musste.

Arthur nannte einen Namen und eine Adresse.

Jon streichelte ihm zum Dank beinahe liebevoll über die Wange. Insgeheim war er froh, dass Arthur kooperierte. Er hätte seinem Kind nichts antun können.

»Weiter!« Seine Stimme hatte sich zu einem unheilvollen Flüstern herabgesenkt.

Arthur nannte ihm zwei weitere Namen und die dazugehörigen Adressen.

Jon klopfte ihm anerkennend auf die Schulter.

»Bist ja auf deine alten Tage noch ganz schön redselig geworden, Arth«, sagte er mit einem leichten Glucksen in der Stimme.

In Arthurs Augen flackerte nackte Angst.

»Komm schon, gleich hast du's hinter dir. Einer fehlt noch.«

Arthur nannte ihm einen weiteren Namen und die letzte Adresse. Jon hatte keinen Grund, ihre Echtheit anzuzweifeln.

»Danke, Mann. Tausend Dank. Schätze, ohne dich stünde ich jetzt ganz schön blöd da«, sagte er verschmitzt grinsend. »Ich denke, ich habe mich in dir getäuscht. Ich denke, ich sollte dich zum Dank am Leben lassen.« Er zwinkerte ihm zu.

Arthur riss hoffnungsvoll die Augen auf.

»Sollte.«

Mit diesem Wort zielte Jon und drückte ab. Der Schuss dröhnte in der Stille. Das Kinn rollte Arthur auf die Brust und sein unliebsamer Gast schloss ihm in einem Anflug von Ehrgefühl beide Augenlider.

Keine Minute später lag das alte Haus in der Romroder Straße verlassen da. Fast wie zuvor, sah man von der gefesselten Leiche im Korbstuhl ab und dem träge tropfenden Blut, das die schönen Eichendielen versaute.

Miteinander

Roland thronte inmitten des Tohuwabohus der Brücke wie ein fülliger Käpt'n Kirk und dirigierte die Ermittlungen. Zumindest seinen Teil. Es war ein dissonantes Orchester mit verstimmten Instrumenten.

Sie hatten das Personal aufgestockt. Das und die Zusammenarbeit mit Lauritz' Fahndern gebar einen schwerfälligen Leviathan, der alles durcheinanderbrachte. Explosionsartig hatte sich aus der Mordkommission eine 40 Mann starke Truppe gebildet. Bei Lauritz sah die Sache ähnlich aus. Er hatte acht Mann allein in der Zielfahndung, die sich ausschließlich um Frick kümmerte. Direkt nach dem Ausbruch war ein bundesweites Fernschreiben an alle Dienststellen verschickt worden, das über den Sachverhalt informierte. Die Nahbereichsfahndung klapperte immer wieder alle Bushaltestellen und Bahnhöfe in mehreren Kilometern Umkreis ab. Bisher ohne Erfolg. Wegen der Öffentlichkeitsfahndung ab Montag würde ein Teil der Beamten lediglich Hinweise strukturieren und priorisiert abarbeiten. Sie würden mit Falschmeldungen überschüttet werden. Roland seufzte. Da hatte er so richtig Bock drauf.

Die Wadenbeißer der Medien malträtierten gerade Lauritz, der ihnen zusammen mit der Pressesprecherin des Präsidiums ein Interview gab. Das verstärkte zwar den Fahndungsdruck durch mehr Öffentlichkeit, gleichzeitig konnten die Pressefuzzis aber unbequeme Fragen stellen und absichtliche Fehldeutungen zu den Leistungen der Polizei loswerden. Lauritz hielt ihnen stand, so gut er konnte.

Roland wollte nicht mit ihm tauschen. Er war schon auf die morgigen Artikel gespannt.

Ein kühler Luftzug spielte mit seinen Haaren. Sie hatten die Fenster auf Kipp. Die Natur schien die Entwicklungen der vergangenen Tage auf ihre Weise nachbilden zu wollen. Dunkle Wolken wanderten über einen stahlgrauen Himmel und ein prasselnder Regen setzte ein. Roland erging sich in unzufriedenstellenden Retrospektiven.

Seit kurz nach acht wussten sie, dass ein weiterer Mord auf Fricks Konto ging. Die Ratte ließ auch nichts anbrennen. Tim hatte gefragt, woher er denn wisse, dass es sich bei Frick um den Mörder handle. Roland hatte ihm einen seiner vernichtendsten Blicke zugeworfen und sein Schützling hatte sich kleinlaut davongestohlen.

Womöglich bin ich nicht der beste Mentor.

Bis gestern erschien es wie der Beginn einer wahllosen Mordserie. Die gefesselte Leiche Arthur Grundels stellte das gekonnt in Frage. Grundel hatte damals Frick als möglichen Täter ins Spiel gebracht. Fricks DNA an Blohms Leiche hatte den Kontakt zum Tatzeitpunkt unumstößlich belegt. Wenn man es sich recht überlegte, war Grundel der alleinige Grund dafür, dass Frick damals verurteilt worden war. Ohne ihn wäre er davongekommen.

Und jetzt das, dachte Roland. *Schöne Scheiße.*

Scheinbar hatte Frick sich in der Nacht gewaltsam Zutritt zu Grundels Haus verschafft. Die Familie war vollkommen traumatisiert. Kein Wunder. Die ballistischen Untersuchungen hatten zwar noch keine konkrete Tatwaffe bestimmt, aber für Roland stand fest, dass Grundel mit der geraubten P99 erschossen worden war. Daran, dass es sich um eine

Beziehungstat handelte, konnte kein Zweifel bestehen. Wenn sie das nicht bald gebacken bekamen, würden Köpfe rollen. Roland befürchtete, dass sich die Köpferollerei nicht auf die Metapher beschränken würde.

Er seufzte. Auf seinem Schreibtisch stand ein Kalender mit Motiven Irlands. Der *alten* grünen Insel, der noch Spuren der magischen Verklärung anhafteten, bevor das Land Opfer der Industrialisierung geworden war. Nostalgisch gestimmt starrte er den Kalender an. Starrte den Mai an. Verdammt, er hatte die Kontrolle über sein Leben verloren. Wie lange gab es schon keine Frau an seiner Seite? Die physische Leere war noch erträglich. Sein Inneres faulte. Gerade jetzt brauchte er jemanden an seiner Seite. Er wollte Licht sehen am Ende des beschissenen Rohrs voller Scheiße, das sich Ermittlung schimpfte.

Dann geh doch zu Marsha, spöttelte seine innere Stimme.

Sehr witzig.

Die Gesichter der Mordopfer starrten anklagend vom Whiteboard herab.

»Ihr braucht gar nicht so zu gucken«, knurrte er sie an.

Er musste hier raus. Roland erhob sich und ging zu dem Büro, das Macintosh als Arbeitsplatz diente. Er klopfte.

Macintosh bat ihn herein.

»Du klopfst? Seit wann?« Der Ermittler lehnte mit verschränkten Armen an der Wand.

»Weiß auch nicht. Siehst gestresst aus, Toshi.«

Macintosh ließ sich entnervt in einen Drehstuhl fallen, die schlaksigen Arme vor der mageren Brust verschränkt.

Roland nickte in seine Richtung. »Wie läufts mit den Franzmännern?«

»Oui, Baguette. Je ne sais pas!« Macintosh gestikulierte wild mit den Händen und ließ sich seufzend zurücksinken.

Roland hob fragend eine Augenbraue.

»Wenn ich durchkommen würde, wär' das schon mal der Hammer. Der Obermilitärheini gestattet keine Herausgabe interner Informationen. Selbst mit einem förmlichen Rechtshilfeersuchen gebe ich keine fünf Cent darauf, dass wir die Infos kriegen.«

Turnschuhe quietschten auf gebohnertem Linoleum.

»Na, ihr abgebrochenen Helden.« Lauritz schlenderte ihnen breit grinsend entgegen.

Macintosh hob den Kopf. »Bringst du etwa *gute* Neuigkeiten?«

Lauritz' Grinsen wurde eine Spur breiter. »Nö, nicht wirklich. Aber ich bin endlich von den Presseleuten weg.« Er setzte sich auf die Tischkante und wippte mit den Turnschuhen.

Herrgott, der Typ ist älter als ich, dachte Roland. Wie schaffte er es bloß, so verflixt jugendlich auszusehen? Dieser Teint ...

Weil er sich nicht so gehen lässt wie du.

»Wie läufts bei euch?«, fragte Lauritz an Roland gewandt.

»Nicht gut. Wir sind keinen Schritt weiter als gestern. Wir vermuten einen Racheakt an Grundel. Schließlich hat er damals den entscheidenden Hinweis auf Frick geliefert. Aber was die Zukunft angeht, tappen wir absolut im Dunkeln. Klugmann macht gerade den Tatort.«

Lauritz verschränkte die Hände hinter dem Kopf und blickte angestrengt drein. »Es gibt auch nix neues aus der

Fahndung. Wir überlegen, den Kreis noch größer zu ziehen. Ich glaube aber nicht, dass das funktioniert. Da mangelts irgendwann auch einfach an Manpower.«

Roland seufzte. »Hast recht, so viele Straßen können wir gar nicht sperren – geschweige denn, das Gebiet effektiv durchsuchen.«

Lauritz zuckte mit den Schultern.

»Erklär' mir das mit den Franzmännern nochmal, Toshi. Da scheints ja auch mächtig Probleme zu geben.«

Macintosh seufzte. »Das Problem ist, dass ich an die Daten nicht rankomme. Irgendein Oberst Locheau blockiert meine Anfrage. Da läuft grad' intern 'ne Diskussion. Ist gemeinhin nichts Ungewöhnliches. Die Legion hält sich gerne bedeckt, aber Locheau scheint 'n ganz besonders Zugeknöpfter zu sein.«

»Und was hast du bisher?«

»Null, nix, nada, niente.«

Lauritz blies scharf zwischen den Zähnen hindurch. »Da sind mir die Pressezecken lieber. Die bepöbeln mich wenigstens in meiner Sprache.«

Tim betrat den Raum und gesellte sich zu ihnen. Abermals war er für Roland wie das rote Tuch für den Stier.

»Wo *warst* du denn die letzte halbe Stunde?«

»Sorry Chief, Sie wissen ... die Ampeln ...«

Roland starrte ihn an. Er war sichtlich darum bemüht, seine ohnehin stets angeknackste Fassung nicht zu verlieren. »Herrgott nochmal! Sie sind vollwertiger Polizist und kein Praktikant, also benehmen Sie sich gefälligst wie einer.« Er warf ihm einen scharfen Blick zu und Tim stahl sich kleinlaut davon.

Lauritz strafte Roland mit einem tadelnden Kopfschütteln und folgte ihm.

Tim war genervt und wütend auf Roland. Und auf sich selbst, weil er so schwach war, dass er ihm gefallen wollte und ihm nachlief, wie ein Hund seinem Herrchen. Er ging durch die Seitentür des Präsidiums. Zwei große Blumenkübel flankierten die Tür. Er trat auf den gepflasterten Hof, auf dem die Kripofahrzeuge parkten. Der Regen hatte sich gelegt und die Sonne lümmelte hinter faserigen Wolken. Tim steckte sich eine Zigarette an und rauchte intensiv. Dass Roland selbst seine kleinsten Fehlerchen auf Übergröße aufblies und sie ihm vorhielt wie einen Spiegel, machte ihn fertig. Einen Moment war ihm nach Schreien zu Mute, doch er riss sich zusammen und konzentrierte seine Wut darauf, die Kippe aggressiv fortzuschnippen. Sie landete im Blumenkübel. Cool blieb er stehen, bis ihm klar wurde, dass sich die Gewächse entzünden konnten. Er sprang zum Kübel und wühlte, bis er die Kippe fand. Betont lässig ließ er sie in die Blechdose fallen, die eigens für die Raucher aufgestellt worden war.

Tim hörte, wie sich die Tür in seinem Rücken öffnete und drehte sich um. Lauritz nickte ihm lächelnd zu. Seine Turnschuhe knirschten auf dem gepflasterten Parkplatz. Einige Steine hatten sich in ihrem Profil verkeilt. Lauritz beugte sich hinunter, zog sie aus dem Schuh und warf sie in den Mülleimer unter der Blechdose. Die Steine erzeugten ein hohles *Klong*, wenn sie im Mülleimer aufschlugen. Der Ermittler grummelte irgendetwas mit ›Schuhsohle‹ und ›Fehlkauf‹.

Tim mochte Lauritz. Er hatte was Nettes und drangsalierte ihn nie. Plötzlich sprach er ihn an.

»Wegen dem, was Roland vorhin gesagt hat –«

Tim sah betreten zu Boden.

»Halt, halt. Warte.«

Lauritz war fertig mit seinen Schuhen und richtete sich auf. »Er hat in einigen Punkten recht. Unpünktlichkeit ist nicht drin, aber er hätte sich nicht so aufregen müssen. Ich werde nachher mal mit ihm sprechen.«

Tim lächelte schüchtern. »Danke.«

»Ey, kein Problem. Alles gut.« Lauritz machte eine wegwerfende Handbewegung. »Die Sache ist die: Ich kenne Roland seit vielen Jahren und er ist verdammt gut in dem, was er tut. Wenn er solche Ausbrüche hat, liegt das meist daran, dass er nicht weiterkommt. An ihm ist 'n kleiner Choleriker verloren gegangen. Nimm's dir nicht so zu Herzen. Tut der Rest von uns auch nicht.« Mit diesen Worten wandte er sich zum Gehen.

Tim blieb einen Moment stehen. Vielleicht hatte Lauritz recht. Widerwillig bemerkte er, dass er Mitleid für Roland empfand. »Ach scheiß drauf! – Ich komm' mit rein.«

»So lob' ich mir das.«

Lauritz grinste und Tim wurde klar, dass er die ganze Zeit bezweckt hatte, dass er ihm folgte. Der Mann war ein verkanntes Genie.

Macintosh machte seinem Namen alle Ehre. Seine Finger huschten wie eine Schar emsiger Termiten über die Tastatur und entlockten Roland neidvolle Blicke. Roland war im Kommissariat für sein Adlersuchsystem bekannt, weil seine

Art, die Tasten mit kreisend erhobenem Zeigefinger zu lokalisieren, um schließlich wie ein Raubvogel auf sie herabzustoßen, dem Jagdverhalten des Tieres ähnelte. Ein Wort lauerte hinten in Rolands Kopf, umzäunt von Stacheldraht. Lange hatte er es gemieden, doch heute schien es omnipräsent. Roland riss die Barrikaden weg. Das Wort, das er befreite, lautete ›Resignation‹. Er hieb auf die Tischplatte.

Macintosh wandte ihm irritiert den Blick zu.

»Was hat der Tisch dir denn getan?«

»Ach, nichts.«

Er hasste es, sich geschlagen zu geben. Marsha sollte recht behalten. Er stand wie 'ne Eins auf dem Schlauch.

»Ich hab' da möglicherweise was zu tun«, grummelte er.

Es half alles nichts. »Auf ein Neues, Herr Kranz«, murmelte Roland bitter. Er griff zum Hörer.

Das Kissen klebte wie ein Klettverschluss an seinem Stoppelbart. Fresko realisierte erst nach dem vierten Klingeln, dass ihn jemand anrief. Seine Kopfschmerzen waren jenseits von Gut und Böse. Träge griff er nach dem Handy und besah sich das Display. Es war die Nummer, die er als ›Klinger, Kripo‹ eingespeichert hatte. Er sah die Visitenkarte quasi vor sich. Mit flatternden Fingern tippte er auf sein Smartphone ein, wobei er versehentlich den Anruf ablehnte.

»Verdammt.«

Fresko rief zurück.

»Soll das ein Scherz sein?«, kam es barsch vom anderen Ende der Leitung.

»Tschuldigung, bin gerade erst aufgewacht. Was gibt's?«

Er war so dehydriert und restalkoholisiert, dass er zitterte und sein rechtes Handgelenk mit der Linken umklammern musste, um das Handy still zu halten.

»Können Sie ins Präsidium kommen, damit wir uns persönlich unterhalten? Es ist dringend.«

»Ja, natürlich. Wann?«

»Halb Zwei?«

»Das lässt sich machen.«

Ich habe heute sowieso nichts vor – außer auszunüchtern.

Er legte auf. Eine Aureole schien die Wasserflasche auf seinem Nachtschrank zu umgeben. Fresko trank ausgiebig und mit gierigen Schlucken. Das Zittern ließ allmählich nach. Der Kopfschmerzriese in seinem verkaterten Schädel schrumpfte ein wenig zusammen.

Fresko schwang sich aus dem Bett und kam schwankend hoch. Er schloss für einen Moment die Augen und verlor beinahe das Gleichgewicht. Augenblicklich riss er sie wieder auf. Er fühlte sich wattiert. Sein Kopf schien anstelle eines Gehirns bloß Watte zu enthalten. Seine Gedanken waren verkleistert und verklebt. Sie kamen ihm langsam, als müssten sie sich erst durch eine zähe, weiße Schicht an die Oberfläche kämpfen. *Die Polizei* – Fresko blinzelte – *möchte meine Unterstützung.*

Auf Beinen wie aus Glas wankte er aus seinem Zimmer und die Treppe hinunter.

Lis' Reaktion ließ nicht lange auf sich warten. Er hatte es ja geahnt. Seine Frau stand mit vor der Brust verschränkten Armen im Türrahmen der Küche und nickte in Richtung Küchentisch. Nickte in Richtung der zu Dreivierteln geleerten Whiskeyflasche.

»Dir geht's also gut, ja? Erklär mir das, Dionysos.«

Fresko versuchte sich erst gar nicht an einer Erklärung und ließ einfach den Kopf hängen. Ein besorgter Ausdruck trat in Lis' Augen. Sie trat zu ihm und legte ihm eine Hand an die Wange. »Hey, was ist los?«

Er hob den Kopf und sah sie an. Sein Blick war leer und schien geradewegs durch sie hindurchzugehen. Lis küsste ihn auf den Mundwinkel.

»Du brauchst ein Katerfrühstück. Wir reden später.«

Fresko nickte dankbar.

Er bestrich sein Brot dick mit Butter, die sich auf dem erhitzten Toast sofort verflüssigte. Öl zischte in der Pfanne. Lis briet die Eier an. Sie machte sie mit Zwiebeln, Speck und etwas Zucker. Ihr Patentrezept. Lis häufte die Eier auf zwei Teller und setzte sich zu ihm an den Tisch.

Ihr Gespräch kreiste einige Minuten um Lappalien, bis der Elefant im Raum Lis zu groß wurde.

»Und?«

Fresko hob fragend den Blick und traf auf mitfühlende Augen.

»Was ist geschehen, dass du dich so damit quälst? Ist jemand gestorben?«

»Schlimmer.«

Lis suchte nach dem Witz in seinen Worten und fand keinen. Erschrocken musterte sie ihn.

In knappen Sätzen setzte er sie ins Bild. Seine Stimme war ein trockenes Krächzen. Er räusperte sich, trank etwas, setzte neu an.

Als er geendet hatte, schwieg Lis. Nachdenklich drehte sie eine blonde Strähne zwischen den Fingern. Ein Bein angewinkelt, eins aufgestützt, saß sie auf dem Stuhl, und zupfte am Saum ihres T-Shirts herum. Nach einer Weile brach sie das Schweigen: »Liebling, das hätte den Besten passieren können. Woher solltest du auch wissen, dass *er* es war? Selbst wenn du Alarm geschlagen hättest, hätte Jon flüchten können und möglicherweise hätte er dir etwas angetan.« Sie sah ihm ernst in die Augen. »Außerdem *will* dieser Polizist deine Unterstützung. Du kannst dabei helfen, ihm das Handwerk zu legen. Hör also auf, dich selbst zu Grunde zu richten! Das lasse ich nicht zu!« Sie erhob sich, stemmte energisch die Hände in die Hüften und blies sich eine Strähne aus der Stirn.

Er sah sie entschuldigend an.

Lis setzte sich auf seinen Schoß und verschränkte ihre Hände in seinem Nacken. »Schatz.«

Er wich ihrem Blick aus.

Sie beugte sich über ihn und zog ihn zu sich heran, streichelte seinen Nacken. »Mach' dir keine Sorgen«, flüsterte sie. Fresko hob den Kopf und küsste sie, nahm ihren Geruch in sich auf. Er legte seine Hände an ihre Wangen und zog sie mit den Daumen nach. Lis fuhr ihm über Rücken und Arme, vergrub ihre Hand in seinen Haaren. Sie hatten den Funken der Romantik all die Jahre kultiviert und Fresko würde nicht zulassen, dass er jetzt verlöschte. Er ließ seine Hände ihren Rücken hinabwandern. Sie grinste schelmisch und zog ihn vom Stuhl hoch.

Lis war Liebe, Lust und Leidenschaft. Und Flucht. Als sie sich vereinigten, war Jon vergessen, doch sobald die Lust ihn verließ, schlich er sich auf leisen Sohlen wieder in Freskos Hirn.

Lis lag in Freskos Arm, den Kopf auf seine Brust gebettet und folgte mit ihrem Blick ihren verschränkten Fingern. Fresko starrte durch sie hindurch in weite Ferne. Sie stützte sich auf einen Ellbogen auf und sah ihm in die Augen. Ihr offenes Haar ergoss sich in einem goldenen Wasserfall über die linke Seite ihres Kopfes. »Du bist wieder bei ihm, hm?«

»Was?« Freskos Pupillen erinnerten an ein Objektiv, das sich scharfstellte. »Ja, vielleicht ...«

Seine Stimme schien von weit her zu kommen. Lis beugte sich vor und küsste ihn auf die Stirn. Die Decke verrutschte und gab den Blick auf ihre linke Brust frei. Fresko sah seine Frau versonnen an. Betrachtete ihre weiblichen Rundungen, den Leberfleck auf ihrem Schlüsselbein, die kleine, mondförmige Narbe an ihrer Hüfte.

»Ist es denn wirklich so arg, wie es sich anhört?«

Er strich ihr übers Haar. Seine Augen wurden wieder glasig. »Ich fürchte, es ist noch wesentlich schlimmer.«

Das Kollektiv

Die Decke des saalartigen Raumes ruhte auf Säulen. Verschnörkelte Ornamente wanden sich in komplizierten Mustern um sie herum wie steinerne Schlangen. Symbole einer fremden Dynastie, degradiert zu Prunk und Protz. Ein wuchtiges ovales Ungetüm, gefertigt aus bestem Mahagoni, beherrschte das Zentrum des Raumes. Drum herum standen fünf gepolsterte Stühle. Der Tisch schien der Tafelrunde nachempfunden.

Kein Wunder, dachte Kristy.

Jeremia hatte schon immer einen Hang zur Theatralik besessen. Sie hatte sich etwas verspätet. Kristy war im Verkehr stecken geblieben. Die anderen waren bereits da. Nun ja, fast alle. Ein Stuhl blieb leer. Jeremia saß gegenüber der anderen vier, in einem Halbkreis angeordneten Stühlen, am Kopfende des Tisches. Er hob grüßend die Hand, eine Kippe zwischen Zeige- und Mittelfinger geklemmt, und aschte ab in den Kristallaschenbecher. Der Rubin an seiner Rechten brach das Sonnenlicht. Sein Kopf war kahlgeschoren und ungewöhnlich groß, was ihm Ähnlichkeit mit Marvels Modok verlieh. Jeremia Marlin war seit jeher der Kopf ihrer Gruppe. Er trug einen mattschwarzen Dreiteiler – Armani, natürlich – nebst roter Krawatte, unter dem sich Muskelberge wölbten.

Er lächelte Kristy zu und entblößte eine Partie strahlend weißer Zähne. Augenringe wie Boxsäcke ließen ihn wirken wie ein in die Jahre gekommener Mafioso. Er hatte etwas von Don Corleone. Macht troff ihm aus jeder Pore.

Sie nickte ihm zu. Kristy war in ein teures Businesskostüm gekleidet, das ihre Figur betonte. Sie trug das Monatseinkommen eines mittelständischen Familienvaters am Leib. Es war ein Resultat ihres Verschleißes an reichen Ehemännern, der ihr im Kollektiv den Beinamen ›Schwarze Witwe‹ eingebracht hatte. Und wenn schon. Sie trug den Titel mit Stolz. Schließlich hatte sie ihn sich *hart* erarbeiten müssen.

Ihre Stiefeletten klackerten auf dem steinernen Untergrund. Sie steuerte auf den Stuhl neben Messing zu. Seit jeher sprachen sie Samuel mit seinem Nachnamen an. So hatte er es lieber. Obendrein umgab den freundlichen, untersetzen Mann die Aura eines alten Schulmeisters. Das Siezen gehörte irgendwie dazu.

Samuel Messing trug seinen Reichtum nicht so dekadent zur Schau wie Jeremia. Man hatte ihn gelehrt, nicht zu verschwenden. Er hatte sich im Laufe der Jahre zu einem einflussreichen Bankier gemausert. Hinter den Kulissen war er noch weit mächtiger. Sie alle waren das. Messings graumelierter Haarkranz zeugte vom Ende der mittleren Jahre. Er war in Würde gealtert. Sein mausgrauer Maßanzug wurde von einer schlichten hellblauen Krawatte dekoriert, die seine Augenfarbe unterstrich. Eine Anstecknadel aus Messing komplettierte das Erscheinungsbild.

Bevor Kristy bei dem Stuhl zu Messings Rechten angelangt war, erhob sich der Mann, der zwei Plätze zu seiner Linken saß. Jesse Lunk. Messing war reinlich. Sein Anzug war gebügelt und ihm wie auf den Leib geschneidert. Lunks grässlicher Anzug schien ausschließlich aus Knitterfalten zu bestehen. Er besaß ein beispielloses Talent dafür, auch im feinsten Zwirn absolut heruntergekommen auszusehen. Seine Zunge turnte ihm im Mund herum wie ein übereifriger Trapezkünstler. Er erinnerte Kristy an einen Alienparasiten, der seinen Wirtskörper nicht recht zu lenken wusste. Durch die Drogen hatte er sich nicht mehr so richtig im Griff. Mit einem Zwinkern in den Augen zog Lunk ihr den Stuhl zurück.

»Wie schön, dass du gekommen bist.«

Er rollte anzüglich mit den Augen.

Kristy setzte sich kommentarlos und maßregelte ihn mit einem scharfen Blick aus ihren Kristallaugen. Ein verächtliches Grinsen umspielte Lunks Mundwinkel. Seine Augen wanderten ihren Hals hinab.

Nicht schon wieder.

Entnervt verschränkte sie die Arme vor der Brust und die turnende Zunge verschwand in Lunks Mund.

»Ist das der Blick, den du deinen Göttergatten zuwirfst, bevor du sie kalt machst?«, witzelte er.

Kristy lächelte. »Und wenn's so wäre?«

Lunk hob abwehrend die Hände und setzte sich.

Kristy hob abschätzig eine Braue.

Selbstgefälliges Arschloch.

Messing sah sie wissend aus seinen wässrig blauen Augen an, nickte unscheinbar in Lunks Richtung und grinste dünn. Kristy quittierte seine Geste mit einem theatralischen Augenverdrehen. Lunk zog einen Kuli aus dem Hemd und ließ ihn zwischen den Fingern entlangwandern. Wirbelte ihn herum wie einen Drumstick. Sie hielten ihn beide für einen ausgemachten Schwachkopf. Aber er gehörte dazu, damals wie heute, daran war nicht zu rütteln. Die

Vergangenheit verband sie alle mit einem kräftigen, hässlichen Band, das sich bis in die Gegenwart zog.

Sie spürte Jeremias Blick auf sich ruhen und erwiderte ihn warm. Er musterte sie eingehend, nickte ihr schließlich bedächtig zu und fasste den Nächsten ihrer kleinen Runde ins Auge. Kristy wippte ungeduldig mit einem Bein unter dem Tisch. Als er sie alle beäugt hatte, erhob Jeremia das Wort. Seine Stimme klang voll und feierlich wie die eines Kirchenpredigers. »Meine lieben Freunde –«

Jesse klickte nervös mit dem Kugelschreiber. Mine rein, Mine raus, Mine rein. Jeremia sah ihn stirnrunzelnd an. Mine raus. Mine rein.

»Jesse!« Die Maske des Predigers wanderte in die Requisite. Jeremia hieb auf den Tisch, wobei sein Ring eine Kerbe in das dunkle Holz schlug.

Jesse zuckte zusammen. Sein Finger verharrte untätig über dem Druckknopf.

»Könntest du dein Spielzeug wohl für einen Augenblick in Frieden lassen? Ich wünsche mir Beiträge anderer Art!«

Jesses Blick flog wild zwischen ihnen umher wie Kugeln in einem Flipperautomaten. Nervös nestelte er an seiner Krawatte herum. Der Raum war unnatürlich still geworden. Drei Augenpaare richteten sich vernichtend auf ihn.

Jeremia grinste.

Das Rudel folgt mir. Sehr gut.

Jesses Lippen verkamen zu einem dünnen Strich. Er presste sie so stark aufeinander, dass sie sich weißlich verfärbten. Doch er gehorchte und ließ folgsam den Stift sinken.

Gute Idee, dachte Kristy.

Sie wusste, wozu Jeremia im Stande war. Dem kräftigen Mann wohnte eine ungeheure Behändigkeit inne. Sie waren alle Hochkaräter, aber er war mit Abstand der Gefährlichste im Raum. Jeremia unterschätzte man nicht. Sie wusste, wo das enden konnte: Meist mit dem Gesicht nach unten in einem Graben.

Jeremia lächelte Lunk gewinnend an und neigte leicht das Haupt. Bei ihm ging es um die kleinen Gesten.

»Danke.« Er rollte mit dem Kopf herum, ließ die Wirbel knacken und wandte sich ihnen erneut zu. »Ihr fragt euch sicherlich, warum Arthurs Stuhl unbesetzt ist. Nun ja, wir scheinen uns in einer etwas prekären Situation zu befinden.« Er machte eine kleine Kunstpause. »Irgendein Arschloch ist gestern bei dem alten Arth eingestiegen und hat ihm eine Kugel reingejagt. Ich sprach heute Morgen mit seiner völlig aufgelösten Frau.«

Lunk sah Jeremia an und sagte: »Ist er ...?« Er zog das zweite Wort unnatürlich in die Länge, sodass es mehr nach *ääär* klang.

Jeremia faltete feierlich die Hände auf dem Tisch und nickte. »Ein Jammer für die Kinder.«

Seine Stimme troff vor falscher Anteilnahme.

Kristy war zu perplex, um etwas zu sagen.

Arth? Tot?

Messing nickte bedächtig und faltete ebenfalls die Hände. Seine Anteilnahme wirkte ehrlich. Er schien schon davon gewusst zu haben. Oder auch nicht, schwer zu sagen. Der Mann war unergründlich.

Kristy dachte nach. Sie trauerte nicht im Mindesten. Der Eiskristall in ihrem Innern war zu so etwas nicht fähig. Ihre

111

Gefühle waren anderer Natur. Konnte es sein? Konnte es sein, dass *er* irgendwie dahintersteckte? Und wenn es stimmte, dann –

Dann musst du verschwinden!

Sie hob die Hand.

»Wäre es möglich, dass *er* entkommen ist?«

Sie musste den Namen nicht aussprechen.

Mit einer wegwerfenden Handbewegung wischte Jeremia ihren Einwand beiseite wie eine lästige Fliege. »Wir wissen gar nichts. Die Presse hat noch keine Meldung gebracht.«

Verschwinde, Kristy! Wenn dir das Leben lieb ist, verschwinde von hier!

Der Mann in dem grässlichen Anzug hob einen Finger und schnipste ungeduldig.

Jeremia legte den Kopf schief. »Ja, Jesse?«

Er war die Geduld selbst. Scheinbar.

»Angenommen, es handelt sich tatsächlich um ihn. Es könnte doch sein, dass der alte Sack uns verpfiffen hat, bevor er verreckt ist.«

Und wieder einmal säte Jesse ausnahmslos Furcht und trieb das Rudel auseinander. Jeremia war es leid.

Messing korrigierte den Sitz seiner Goldrandbrille und hob die Hand. Er sah dabei aus wie das älteste Schulkind der Welt. Jeremia nickte in seine Richtung. Mit seiner samtenen Stimme, die dem Gesprächspartner stets zu schmeicheln schien, sagte Messing: »Aber nun lasst uns doch Ruhe bewahren.«

Lunk entspannte sich merklich. Kristys Bein wippte schneller. Messing fuhr fort: »Erst einmal wissen wir gar nicht, wer ihn umgebracht hat. Der liebe Arth hat sich in den vergangenen Jahren in so manchem schmutzigem Milieu herumgetrieben, wie ihr wisst. Er hätte nicht auf der Straße spielen sollen. Warum sollte sein Ableben uns in Gefahr bringen? Ruhe bewahren, Freunde. Ich schlage vor, dass wir unsere Lauscherchen weit aufsperren und täglich kommunizieren, um uns gegenseitig von unserer Vitalität zu überzeugen.«

Jeremia war zufrieden. Seine rechte Hand machte wieder einmal Gebrauch von ihrem diplomatischen Geschick. Blieb bloß zu hoffen, dass Kristy keine Zicken machte.

Lunk hauchte Kristy einen Kuss zu. »Ich ruf' dich an.«

Sie würdigte ihn keines Blickes. Kristy glaubte Jeremia nicht. Dass er durch Messing sprach wie durch eine Bauchrednerpuppe, war so sicher wie das Amen in der Kirche. Er hatte kein Treffen einberufen, um ›einfach abzuwarten‹. Jeremia hatte anderes im Sinn. Er wollte sich persönlich davon überzeugen, dass seine Schäfchen bei der Stange blieben. Vielleicht wünschte er ihnen sogar den Tod. Schließlich teilten sie die Gewinne auf und Arth war ohnehin auf bestem Wege gewesen, auszusteigen. Er hatte sich schon lange nicht mehr beteiligt. Nicht wie sie. Weniger Mitglieder bedeuteten größere Gewinnmargen für jeden. Einfachste Mathematik. Nun gut; sie würde abwarten. Aber nicht lange. Jeremia nickte Messing dankend zu und lehnte sich zurück. »Warten wir ab, wie sich das Ganze entwickelt.«

Neugierige Nachbarn

Der Septembermond stand noch am Himmel, als Jon heim-
kehrte. Seine Muskeln brannten. Er war die Bewegung nach
dem langen Aufenthalt in Haft nicht mehr gewohnt. Sein
Zellenworkout war ein Scheiß dagegen gewesen.

Der Hof lag noch im Dunkeln. Kein Wunder, um kurz
nach drei. Jon schloss auf und schlurfte die knarzende
Treppe hinauf ins Badezimmer. Seine Finger waren klamm
vor Kälte. Er drehte den Hahn auf und wusch sich die
Hände mit warmem Wasser. Ein Blick in den Badezimmerspiegel zeigte ihm einen anderen Mann als den Flüchtigen,
der die Anstalt verlassen hatte. Seine Haare waren sauber
und ordentlich gekämmt. Die Augenringe hatten sich deutlich verkleinert. Seine Haut besaß einen weniger kränkli-
chen Ton, da er so lange unter der brennenden Sonne mar-
schiert war und nach Prankes üppiger Mahlzeit fühlte er
sich kräftiger. Mit dem Ausbruch hatte ihn auch seine Ap-
petitlosigkeit verlassen. Sein nächtliches Abenteuer hatte
ihn erfrischt und seine Akkus wieder aufgeladen. Er fühlte
sich energiegeladen und bereit zu neuen Gräueltaten.

Jon legte sich aufs Bett und schloss zufrieden die Augen.
Er versuchte sich vorzustellen, wie Jeremia und die anderen
reagieren mochten, wenn sie Wind davon bekamen, dass
ihre Runde geschrumpft war. Ein verklärtes Lächeln umspielte seine Mundwinkel. Der erste Streich hatte gesessen.
Arthurs Gesicht blitzte vor ihm auf. Es blickte ihm aus einem blutenden Loch entgegen; dort, wo sein linkes Auge
gewesen war.

Geschieht dir Recht, Wichser.

Zu seinem Gesicht gesellte sich ein weiteres: Die Frau aus der Gasse. Und noch eins: Der Wachmann. Drei schwebende Totengesichter blickten ihn verständnislos aus ihren gebrochenen Augen an.

Jon bekam Kopfschmerzen. Seine Gedanken quälten sich durch seinen Schädel wie eine schwerfällige Nacktschnecke. Er fühlte sich blockiert.

Und schuldig.

Hatten sie sterben müssen?

Arthur? Mach dich nicht lächerlich!

Und die Anderen? War es rechtens?

Sie waren im Weg!

Aber waren sie das? Wirklich?

Ja, verdammt! , zischte die Stimme, die er beinahe nicht als seine eigene erkannte.

Jon schlug die Augen auf. Er fühlte sich, als hätte er sich mit einem alten Freund gestritten. Der Raum schien sich zu biegen und zu krümmen. In der Luft lag ein Summen wie von einem Bienenschwarm. Energisch schüttelte er den Kopf, versuchte das insektenhafte Geräusch zu vertreiben. Jon ging ins Badezimmer und spritzte sich kaltes Wasser ins Gesicht. Die Hände um die Keramikrundung des Waschbeckens verkrampft, den Blick starr auf die Spiegelfläche geheftet. Das Spiegelglas schien sich ihm entgegenzuwölben. Er blieb eine Weile stehen, bis das beängstigende Gefühl nachließ und der Raum zur Ruhe kam. Er blinzelte und es war bloß eine ebene, reflektierende Fläche.

Tageslichthalluzination, schoss es ihm durch den Kopf. Musste die Aufregung sein.

Sie frühstückten in Prankes Küche an einem wackligen Holztisch mit karierter Decke. Der Mechaniker hatte Hausmannskost gezaubert. Eine appetitliche Kombination aus mexikanischen Bohnen, Würstchen, Ei, Zwiebeln und Ketchup. Jon hätte hundemüde sein müssen, doch seit Arthurs Tod stand er wie unter Strom. Er wusste, dass er schaffen konnte, wozu er sich verpflichtet hatte. Dennoch beunruhigte ihn etwas. Das Gefühl, nicht ganz Herr seiner Sinne zu sein, saß ihm wie Widerhaken im Fleisch.

Pranke deckte die Teller auf. Altes Porzellangeschirr mit Enten darauf. Als er sich vorbeugte, um vor Jon einen Teller abzustellen, registrierte Jon, dass die Haut am zweiten Fingerglied des rechten Ringfingers des Mechanikers einige Nuancen heller war als an seinen restlichen. In Ermangelung eines anderen Gesprächsthemas, sprang er darauf an.

»Du bist noch nicht lange geschieden.«

Pranke hob erstaunt die Brauen. »Woran haben Sie's erkannt, Holmes?«

Jon deutete auf den Ringfinger.

Pranke rieb sich geistesabwesend die Stelle, an der der Ring einst gesessen hatte. »Ja, stimmt. Rita ist erst vor ein paar Monaten weg.«

Jon hob entschuldigend die Hände. »Ich wollte nicht ...«

»Ist schon gut. Ich wein' ihr keine Träne nach. Außerdem sind Ehen der Tod der Libido.« Er zwinkerte.

Jon spielte mit, um das Gespräch am Leben zu erhalten und prostete ihm mit dem Wasserglas zu. »Darauf trinken wir einen.«

Als er fertig gegessen hatte, oder wie Pranke es treffender ausdrückte: ›gefressen hatte wie 'n Mähdrescher‹, stieg

116

in Jons Erinnerung plötzlich ein Bild aus Legionszeiten an die Oberfläche. Er sah sich mit seiner metallenen Brotdose in einer der unzähligen Baracken, in denen er während der Zeit in der Legion gelebt hatte. Sie hatten damals oft in der Einheit gegessen, während in ihrem Rücken Geschütze donnerten. Pranke erinnerte ihn an einen ehemaligen Mechaniker, der seinem Zug angehörte. Wie war noch gleich sein Name gewesen? Antolin, Antoine? Antoine, richtig. Er war auch geschieden und ein notorischer Säufer. Bei einem Fronteinsatz hatte es ihn zerrissen. Das war weit, weit draußen gewesen im Norden Malis. Sie hatten die Vororte der Stadt Gao gesichert, die von Jihadisten besetzt worden waren. Im Geiste sah Jon, wie Antoine auf die Gehwegplatte trat; die Sprengfalle auslöste, die sich darunter befand und dann – Das Bild seines zerfetzten Körpers bedrängte ihn. Es tat weh. Seine innere Kamera ging auf Zoom. Er sah die Halswirbel, die durch Antoines zarte Haut stachen wie knöcherne Klingen, sah seinen Leichnam, der aussah wie eine vollkommen verdrehte Gliederpuppe. Jon hatte die Erinnerung nicht bewusst produziert. *Etwas* hatte sie hervorgerufen, gewaltsam in seinen Fokus gerückt. Er kniff die Augen zusammen. Kopfschmerz brandete auf wie eine plötzliche Springflut.

Pranke spülte ab. Er bemerkte Jons Misere nicht.

In der Werkstatt wartete ein Haufen Arbeit. Den ganzen Vormittag verbrachten sie damit Radlager zu wechseln, Stoßdämpfer zu erneuern und Felgen neu zu bereifen. Jon arbeitete beinahe mechanisch, um sich von dem Kopfschmerz abzulenken. Es erinnerte ihn an das wiederholte

Zerlegen seiner Waffe in der Armee. Stumpf, zielführend, wichtig. Die praktische Arbeit erlaubte ihm, nebenbei zu planen. Nach Arthurs Tod würden sie sich umhören. Es war nur eine Frage der Zeit, bis sein Ausbruch es in die Zeitung schaffte. Sein angefressenes Inventar bereitete ihm Sorge. Nachdem er Arthur und die Frau erschossen hatte, blieben ihm noch 13 Patronen.

Bloß 13! Nicht viel mehr als drei pro Kopf.

Jon löste Bremssattel und Bremsscheibe an einem alten Ford. Darunter kam das Radlager zum Vorschein. Er versuchte es abzuziehen, doch nichts geschah. Das verkackte Teil war festgegammelt. Er brauchte einen Hammer, um das Lager runterzuschlagen.

Jon schlurfte zur Werkbank in der Mitte der Halle. Werkzeug lag verstreut auf der Arbeitsfläche. Metallreste und Sägespäne bedeckten das Holz. Jon wühlte in dem Wust herum, bis er einen Hammer fand. Aus einer Laune heraus steckte er einen Schraubendreher ein, dessen gelber Plastikgriff aus einer unaufgeräumten Schublade hervorlugte.

Man kann ja nie wissen.

Er machte sich wieder an die Arbeit.

»Tom?«

Jon sah auf.

»Bring mir mal 'ne neue Fettkartusche. Ist im Karton neben der Tür im Schuppen.«

»Alles klar.« Jon wischte sich die Hände an einem Lappen ab und schritt zu dem heruntergekommenen Bretterverschlag, den Pranke Schuppen schimpfte.

Die Tür war schwergängig und quietschte in den Angeln. Er musste wild an ihr herumreißen, bis sie schließlich nachgab und so ruckartig aufflog, dass es ihn beinahe umwarf. Es roch muffig. In einem ausrangierten Versandkarton fand er die Kartusche. Er wollte sich gerade zum Gehen wenden, als etwas seine Aufmerksamkeit erregte: Ein Feldstecher hing an der Wand. Jon nahm ihn vorsichtig von seinem Nagel herunter. Er hielt ihn in Händen wie ein seltenes Relikt, spähte durchs Okular und überprüfte die Rändelschraube, mit der sich die Schärfe verstellen ließ. Ein bisschen verstaubt, aber sonst? Er nahm das altmodische Fernglas und ging zurück zu Pranke. Im Näherkommen winkte Jon ihm mit dem Feldstecher zu. »Kann ich mir den 'ne Weile ausleihen?«

»Na sicherlich, Tom.« Pranke nahm ihm die Kartusche ab. »Wofür brauchst 'n das gute Stück, wenn ich fragen darf?«

Als Jon sprach, klang seine Stimme seltsam verträumt. »Ich will Vögel beobachten. Die kommen erst abends raus.«

Pranke musterte ihn einen Augenblick kritisch. Jon zwinkerte ihm verschmitzt zu und der unangenehme Moment war vorüber. Prankes Argwohn verschwand. Sein erster Gedanke kam ihm unfair vor, wo Tom doch so gut anpackte. Und das bei diesem Hungerlohn. Ein feiner Kerl. Wirklich ein feiner Kerl. »Na dann viel Spaß!«

Jon reckte den Daumen nach oben.

Pranke ließ seinen Schraubenschlüssel klappernd in den Werkzeugkasten fallen. Er nahm ein durch unzählige Benutzungen zerknittertes Taschentuch aus der Tasche und wischte sich die Stirn. Dunkle Flecken hatten sich unter seinen Armen, an Kragen und Rücken gebildet. Ein Rorschach aus Schweiß. »Das war's. An der Front gibt's nicht mehr zu holen. Willst 'n Belohnungsbierchen, Tom?«

»Danke, ich trinke nicht.«

Pranke sah ihn entgeistert an. »Du wärst der erste abstinente Mechaniker, der mir je untergekommen ist. Vielleicht sollte ich bei 'ner Fernsehshow anrufen, oder so.« Er zuckte die Schultern und grinste. »Naja, bleibt mehr für mich.«

Sie hatten sich erneut in Prankes bescheidener Küche eingefunden und aßen zu Mittag. Der Feldstecher lag sicher im Rucksack, ebenso wie der Schraubenzieher und die P99. Jon grinste in Gedanken an seinen kleinen Schatz. Das Mittagessen bestand aus gebackenen Bohnen mit Würstchen und reichlich Bier. Jon bekam so langsam einen Eindruck davon, warum die Werkstatt so schlecht lief. Pranke schien der Konsum nichts auszumachen. Er hatte den ganzen Tag wie ein Stier gearbeitet und schaufelte munter Bohnen in sich hinein. Der alte Radiorekorder auf der Fensterbank gab kranke Störgeräusche von sich.

Wenn er ein Pferd wäre, hätte man ihn erschossen.

»... Mehrere Morde halten Frankfurt in Atem.«

Jon hörte auf zu kauen.

Scheiße.

»Mach das Gesülze aus. Ich will Musik hören.«

Pranke sah ihn erstaunt an. »Hast du das gehört? Morde in Frankfurt? Man, das ist wie in so 'nem Krimi.«

»Ja, hab's gehört. Na gut, dann lass laufen.«

Pranke drehte am Lautstärkeregler.

»Am Freitag ereignete sich ein Stromausfall im Nordend-West, der Jon Frick die Flucht ermöglichte. Der vorbestrafte Mörder wird gegenwärtig von der Polizei gesucht.

Während seiner Flucht hat Frick einen Wachmann getötet. Ob die Tote, die gestern Vormittag im Sandweg gefunden wurde, ebenfalls auf sein Konto geht, ist weiterhin fraglich. Die Polizei bittet um Hinweise. Der fahndungsleitende Ermittler Lauritz Peters sagte im exklusiven Antenne-Frankfurt-Interview –«

Das Radio rauschte. Sie bekamen nichts mehr rein. Pranke schlug mit der flachen Hand aufs Gehäuse, doch es half nichts. Seufzend stellte er das ramponierte Gerät ab. Stille senkte sich über den Esstisch wie ein herabschwebendes Leichentuch. Pranke sah Jon verstohlen an, musterte ihn im Profil.

»Was guckst 'n so?« Jon lächelte spröde. Sein Grinsen blätterte an den Rändern ab.

»Oh, Pardon.« Pranke senkte beschämt den Blick. »Ich wollte nicht ...«

»Nein, schon gut.«

»Wie du meinst.« Pranke klopfte ihm väterlich auf die Schulter. Der Mechaniker war leicht errötet.

Jon ließ sich nichts anmerken. Der Mann besaß mehr Verstand, als er ihm zugetraut hatte. Das konnte zum Problem werden.

Die Sonne war den Himmel gemächlich entlanggeschritten und stand jetzt hoch über ihnen. Jon fühlte sich nicht so sicher wie zuvor. Prankes verstohlener Blick hatte ihm unmissverständlich gezeigt, dass er nicht unsichtbar war. Er fragte sich außerdem, ob Fresko die Polizisten beriet. Es gefiel ihm nicht, dass da draußen jemand war, der monatelang versucht hatte, ihn zu entschlüsseln.

Es ging wieder an die Arbeit. Die Innereien ausgeweideter Autowracks und ausrangierte Elektrogeräte, die sich in unordentlichen Haufen auf dem Hinterhof türmten, wollten sortiert werden. Zu Jons Füßen wehte totes Laub, das der Wind erbarmungslos vor sich hertrieb wie ein Orkan ein Segelschiff. Pranke saß in einem Campingstuhl neben einem Autowrack und ließ sich gemächlich mit billigem Fusel volllaufen. Jon schleppte technisches Gerät und Autoersatzteile von A nach B. Sein Shirt spannte. Die langen sehnigen Muskeln traten deutlich hervor.

»So 'n Haussklave ist schon was Feines.«

Pranke lachte dreckig.

»Arschloch!« Jon spuckte aus.

»War nur Spaß. Ich dank' dir; ehrlich. Mein Rücken macht das nicht mehr so mit.« Er lüpfte die Schirmmütze und wischte sich den Schweiß von der Platte.

Jon riss fluchend an einem Querlenker, der sich in einer verrosteten Trommelbremse verkeilt hatte. Pranke säuberte sich die Fingernägel mit einem Taschenmesser und sah verstohlen zu ihm hinüber. Tom erinnerte ihn im schräg einfallenden Licht an den Verrückten aus dem alten Hitchcock Streifen. Nates oder so. Ihm wurde anders, wenn er sah, wie Tom den Mund zusammenkniff. Wie seine Augen sich verengten und zu blitzen schienen, wenn etwas nicht so lief, wie er wollte. Es hatte etwas Raubtierhaftes.

»Wo lebt deine Ex-Frau eigentlich?«

Jon hielt inne und wandte sich ihm zu.

Der Knall einer Fehlzündung ließ ihr Gespräch ein jähes Ende finden.

Sie fuhren herum.

Ein alter Datsun fuhr auf den Hof und wirbelte Staub auf. Knirschend kam er vor Prankes Wohnhaus zum Stehen. Dem Auto entstieg ein rotnasiger Mann mit Strohhut.

Ein Strohhut! Im September!

Jon schüttelte den Kopf. Im Outback liefen die Uhren anders. Pranke baute sich mit in die Hüfte gestemmten Händen neben ihm auf.

»Da brat' mit einer 'n Storch.«

Jon sah verständnislos zu ihm herüber.

»Axel, du alter Teufelskerl. Was machst 'n du hier?«

Jon trug weiter Geräte von rechts nach links und taxierte den Neuankömmling mit kritischen Blicken. Axel hob grüßend die Hand und kam zu ihnen herüber.

»Das weißt du genau, du Kapitalistenschwein. Ich brauch' 'ne neue Dieselpumpe und du meintest, du könntest mir eine verscheuern.«

»War das heute?« Pranke blickte nachdenklich drein. Sein Gesicht war bereits leicht gerötet vom Alkohol. Ein Grinsen erhellte seine Züge. »Jetzt fällt's mir wieder ein, stimmt. Sonntag, 16 Uhr: Axel ausnehmen.« Pranke trat zu einer Kiste neben dem Campingstuhl, in dem er zuvor gesessen hatte. Er öffnete sie und reichte Axel ihren Inhalt, der ihn so behutsam entgegennahm, als handle es sich um eine Ming Vase.

»Und das Teil funktioniert?«

»Natürlich!« Pranke grinste breit.

»Was willst 'n haben für den Lachs?«

»240 Tacken.«

»Halsabschneider.« Axel fingerte ein abgewetztes Lederportemonnaie aus der Tasche. Betont langsam blätterte er

Scheine in seine Hand, zählte zweimal nach und reichte sie dem Mechaniker. Pranke verstaute das Bündel zufrieden lächelnd in seiner Brusttasche.

»Wer is'n deine neue Hilfskraft?« Axel warf Jon einen kurzen Blick zu.

»Tom. Tom Martens. Findiger Bursche. Packt ordentlich mit an. Ist mir gestern auf 'n Hof gestolpert.«

Alarmiert hob Jon den Kopf.

»Ach ja?« Axels Augen verengten sich zu Schlitzen. Seine Augen tasteten ihn ab wie Röntgenstrahlen. »Kenn' ich dich irgendwoher?« Der Landwirt kratzte sich am Kopf.

Jon ließ von seiner Arbeit ab und wandte sich ihm zu.

»Nicht, dass ich wüsste.«

»Hm, komisch. Ich kenn hier eigentlich jeden.«

Axel runzelte die Stirn und zupfte an einem Träger seiner fleckigen Latzhose. »Naja, ich will dann auch mal. Karen macht mir die Hölle heiß, wenn ich nicht rechtzeitig zum Essen da bin. Tag die Herren!«

Pranke gab ihm die Hand. Jon nickte ihm knapp zu. Axel machte auf dem Absatz kehrt und ging mit der Pumpe unter dem Arm zu seinem Auto.

Jon sah ihm nach.

Pranke stupste ihn von der Seite an. »Axel hat sich echt eine geangelt. Das Intelligenteste, das ihr je über die Lippen gekommen ist, war sein Sperma.« Der Mechaniker lachte dreckig. Jon stimmte nicht in das Gelächter mit ein. Er reagierte überhaupt nicht. Pranke stupste ihn erneut an. »Tom, alles klar?« Pranke ärgerte sich; er fand sich echt lustig.

»Ja. Klar.«

»Komm, wir zerlegen den Rest.«

Jon blickte dem Wagen hinterher und fragte sich, ob er möglicherweise ein Problem hatte. »Okay.«

Pranke bemerkte eine Veränderung in Toms Gesicht. »Ist wirklich alles okay?« Unsicher trat Pranke von einem Fuß auf den anderen. Tom machte ihm ein wenig Angst.

Vor Jons innerem Auge tobte ein Krieg. Irgendetwas in ihm hatte eine Lawine an Flashbacks losgetreten. Ihm war, als wäre er erneut auf dem Schlachtfeld.

(Detonationen. Das ungleichmäßige Rattern eines Maschinengewehrs.)

Die Totengesichter tanzten ihm vor den Augen wie schaurige Luftballons. Sein Schädel wummerte. »Mir ist nicht gut, bitte entschuldige. Ich sollte mich hinlegen.«

(Einschlagende Granaten. Feuerhimmel.)

Pranke warf ihm einen langen Blick zu. »Mach das, Tom. Hast gut was weggeschafft.« Er klopfte ihm wohlwollend auf die Schulter.

Jon streifte das vollgeschwitzte Shirt ab und duschte ausgiebig in der kleinen Butze neben seinem Zimmer. Das Wasser erfrischte ihn und kühlte seine aufgewärmte Haut. Der Strom schmerzhafter Bilder hatte sich an seinen unbekannten Ursprung zurückgezogen und bedrängte ihn nicht länger. Jon fiel auf, wie müde er war. Seine Glieder schienen Zentner zu wiegen. Er bekam keinen geraden Gedanken hin. Die letzte Nacht verlangte ihren Tribut. Schmutz sammelte sich zu einem dunklen Film und rann in den Abfluss. Geistesabwesend blickte er hinab auf die strudelnden Schlieren.

Als Jon fertig geduscht hatte, warf er sich nackt aufs Bett. Er zog die Decke bis zum Kinn hoch und presste die Hände an die Seiten. Der kleine Bruder des Tods nahm ihn in Empfang auf Reisen ins Niemandsland. Und es ging hinab in schwarze und schwärzere Tiefen. Seine Atemzüge wurden tiefer. Er träumte.

Jon stand in einem altmodischen Badezimmer mit verdreckten Kacheln und starrte auf einen Toten. Einen ihm bekannten Toten. Zögerlich stupste er ihn mit der Schuhspitze an.

»Arth?«

Das gekräuselte, silbrige Brusthaar war mit Blut versetzt; das zerschlissene Nachtgewand vollgesogen und dunkelrot. Reglos lag er auf den Kacheln. Beine lang ausgestreckt, Arme an den Körper gepresst.

Jon ging vor ihm in die Hocke. Ein Lachanfall schüttelte Arthurs Körper. Ließ ihn Klumpen husten, die mit einem ekelerregenden Geräusch auf die Kacheln klatschten. Einige Lacher entwichen als unmenschliches Gurgeln, da sich die Laute ihren Weg durch Blut und zerfetztes Gewebe bahnen mussten. Jon wollte schreien, doch er konnte sich nicht bewegen. Der Tote bewegte sich mechanisch, wie an Fäden gezogen. Langsam, ganz langsam, wandte er sich ihm zu. Seine Nackenwirbel knirschten wie die rostigen Scharniere alter Truhen. Arthurs linkes Auge war ein verkrustetes, schwarzes Loch, in dem das Geschoss kupfern glänzte, das Jon hineingejagt hatte. Er grinste ihn totenschädelgleich aus einem Mund an, der nicht mehr war als eine offene Wunde. Fleischfäden baumelten lose in seinem Rachen. Jon stand da wie versteinert. Das Ding, das einmal Arthur gewesen war, kämpfte sich auf einen Ellenbogen hoch. Es griff zum Rand der Badewanne und zog sich stöhnend empor.

»Er ist hier und du musst dich ihm stellen. Hier bei dir!«

Arthurs Stimme war ein unirdisches Grollen. Sie schleppte sich ihm entgegen und die Worte ertranken in dem Meer aus Blut, das seinen Rachen füllte und ihm über die Lippen schwappte. Er riss die Hände hoch und wankte Jon entgegen. Das Nachthemd über seinem Bauch riss und offenbarte kalkweiße, tote Haut.

»Er *ist hier!*«

Der Raum krümmte und bog sich, als würde er von einem Hustenanfall geschüttelt. Die Wände wurden mit einem Mal weit fortgerissen und alles flog auseinander. Die Szene verging in einem Wirbel aus Farben. Die einzige Konstante blieb Arthurs grausames Lachen und das letzte seiner Worte, das sich ständig wiederholte.

Hier. Hier. Hier.

Jon fand sich auf einem offenen Feld wieder. Weit und breit war niemand zu sehen. Er erkannte den Wald, an dessen Rand er sich in den Hochsitz geflüchtet hatte. Vor ihm lag der See, in dem er sich gewaschen hatte. Er trat an sein Ufer. Das Wasser glänzte wie silberbeschichtetes Glas. In der Oberfläche spiegelte sich sein Gesicht.

Und noch jemand.

Hinter ihm.

Er ruckte herum.

Der Schattenmann aus seinem Traum sah ihm mit schief gelegtem Kopf entgegen. Jetzt konnte er ihn deutlicher erkennen. Seine Konturen waren ihm schrecklich vertraut. Das Wesen lachte mit seiner samtenen Stimme und breitete die Arme weit aus wie ein Kind, das einen Vogel imitiert. Jon wich zurück. Der Schattenmann lief, immer noch lachend, mit flatternden Armen auf ihn zu. Jon riss schützend die Arme hoch. Als der Mann ihn fast erreicht hatte, zerstob er in einer Wolke aus Schwärze.

Die Wolke hüllte ihn ein, verdichtete sich um ihn herum. Jon versuchte panisch ihr zu entkommen und schlug mit den Händen nach dem dichten Dunst. Erst war ihm, als boxe er gegen eine Nebelwand, dann bekamen seine Hände tatsächlich etwas Festes zu fassen und er schlug danach.

Nichts geschah.

Die Wolke hüllte ihn ein wie ein pechschwarzer Kokon und zog sich langsam zusammen. Er konnte nichts dagegen tun. Es wurde enger in ihrem Innern; enger und enger, bis sie sich schließlich wie eine zweite Haut an ihn schmiegte.

Sie wurden eins.

Verschmolzen.

Und dann war da nichts mehr.

Auf Achse

Roland erhob sich von seinem Bürostuhl und ließ dabei einen Schauer aus Käsenachokrümeln zu Boden rieseln. Er klopfte sich das Hemd ab, wischte die Reste weg, nahm einen ausgiebigen Schluck Cola und rülpste. Er war ein wandelndes Sammelsurium schlechter Angewohnheiten. Gewaltsam hatte er seinem Körper den Schlaf durch den Konsum von Kaffee und Cola vorenthalten und das Ergebnis dieses Selbstmissbrauchs lag nun in Form eines übermüdeten, verklebten Geistes vor ihm. In den vergangenen zwei Tagen hatte er kaum ein Auge zugetan. Keiner von ihnen hatte das. Lauritz war dennoch fit wie ein Turnschuh.

Der Bastard.

Mochte am Fisch liegen. Lauritz schwor drauf.

Die Abteilung für Kapitalverbrechen lief auf Hochtouren. Mittlerweile hatten sie sich als Team soweit eingespielt. Klugmann, Lauritz und er dirigierten gemeinsam Ermittlungen und Fahndung. Das SEK war vorinformiert und hielt sich bereit.

Roland bezweifelte, dass Frick sich noch in der Nähe befand. Mittlerweile saßen ihnen die Medien ganz schön im Nacken. Die Presse verlangte immer lauter nach Ergebnissen. Roland benötigte etwas Abstand, weil die stockenden Ermittlungen ihn frustrierten. Den Ermittlern, mit denen er redete, ging es nicht besser, doch immerhin trugen sie weniger Verantwortung. Über der ganzen Dienststelle lag eine Glocke aus Frust. Er musste hier raus – Und das konnte er sogar, weil Herr Kranz ihn darum gebeten hatte.

Fresko hatte eigentlich fahren wollen, sich aber eingestehen müssen, dass es nicht ging. Es war außerdem nicht gerade scharf auf die Standpauke, die seine Frau ihm bei seiner Rückkehr gehalten hätte. Schließlich bat er den Ermittler, ihn draußen einzusammeln. Er hatte vorgeschlagen, ihn draußen zu treffen, ›weil er grad auf dem Sprung war‹. Hatte er zumindest gesagt. Insgeheim wollte er bloß an die frische Luft, um seinen Kater loszuwerden.

Es regnete wie aus Eimern, was Fresko dazu veranlasste, seinen Schritt zu beschleunigen. Ein schneidender Wind ging und er raffte seinen Mantel enger um sich. Der Polizist würde ihn an der Ecke Reversbrunnenweg/Moorsteig einsammeln. Der Moorsteig machte seinem Namen alle Ehre. Der nicht asphaltierte Weg hatte sich durch den starken Regen in eine Morastlandschaft verwandelt. Schmutzigbraun rann das Wasser zu großen Pfützen in den Vertiefungen des Weges zusammen. Kleinere Äste, Blätter und Dreck trieben umher. Fresko musste höllisch aufpassen, in keine der Pfützen zu treten. Seiner Frisur war das Wetter ebenfalls nicht gerade zuträglich. Haargel vertrug sich nicht mit Nässe.

Ein Regenschirm wäre 'ne gute Idee gewesen.

Wäre Lis wach gewesen, hätte sie ihn daran erinnert. Aber sie hatte geschlafen und er wollte sie nicht wecken. Sei's drum. Er war alt genug, sich um seinen eigenen Regenschirm zu kümmern. Sollte man meinen.

Er hatte den Moorsteig durchquert und das Straßenschild des Reversbrunnenwegs kam zu seiner Rechten in Sicht. Dankbar verließ Fresko den schlammigen Pfad und ging den Fußgängerweg entlang. In einiger Entfernung parkte der schwarze Opel.

Roland sah den völlig durchnässten, jungen Mann in seine Richtung steuern. Er hatte ihn aus dem Moorsteig kommen sehen und konnte sich vorstellen, dass seine Schuhe vor Dreck starrten. Der Gedanke daran, dass er seinen sauberen Wagen versauen würde, entlockte ihm ein Knurren. Da war er auch schon.

Der Therapeut riss die Tür des Wagens auf und glitt auf den Beifahrersitz. Roland wollte gerade ansetzen, sich lautstark über die dreckigen Schuhe aufzuregen, als er realisierte, dass sie den Boden nicht berührten. Der junge Mann entledigte sich vorsichtig seiner Schuhe und legte sie behutsam seitlich in den Fußraum. Fresko hob den Blick und sah Roland schief lächelnd an.

Der Punkt geht an dich, dachte Roland.

»Herr Therapeut«, presste er zwischen zusammengebissenen Zähnen hervor.

»Herr Polizist.«

Freskos Haare waren eine Wucht. Der Regen hatte es nicht verbessert. Er war der Mann, der einen roten Igel spazieren trug. Roland startete den Wagen.

»Ich kann Sie nicht gebrauchen, solange Sie trinken.«

Es war keine Frage, sondern eine Feststellung. Der Mann stank zehn Meilen gegen den Wind. Fresko wandte sich beschämt ab.

Sie fädelten sich in den Verkehr ein und hielten vor einem Kreisverkehr. Das Kreisverkehrsschild anzustarren, bereitete Fresko erhebliche Kopfschmerzen. Die Pfeile schienen sich im Uhrzeigersinn zu drehen. Träge senkte er den Blick.

»Sie trinken noch nicht lange«, bemerkte Roland.

Überrascht wandte Fresko sich ihm zu.

»Woher wollen Sie das wissen?«

»Benimmst dich wie nach deinem ersten Brand.«

Fresko stutzte. Sie waren jetzt also per du.

»Ach ja? Scheinst dich ja auszukennen.«

Als Roland ihm kurz sein Gesicht zuwandte, erblickte Fresko auf seinen Wangen die charakteristischen roten Äderchen eines Langzeittrinkers.

Der Kreisel war frei und sie fuhren an. Roland hatte sich in den letzten Jahren mühsam von dem bösen Flaschengeist distanziert; aber er hatte auf ein anderes schlechtes Pferd umgesattelt. Die Abstinenz hatte ihn zu Zucker und Kippen gebracht.

Fresko zupfte am Gurt herum und sah zu Boden. Die Welt drehte sich.

»Ich habe mich umentschieden«, sagte Roland. »In deinem Zustand kannst du den Kollegen nicht unter die Augen treten. Wir fahren nicht zum Präsidium, sondern einfach 'n bisschen 'rum und reden. Macht den Kopf frei.«

Er war ohnehin nicht besonders scharf darauf, sich wieder in die bedrückende Atmosphäre der Dienststelle zu begeben. Dorthin, wo die Bilder dreier Toter anklagend von der Wand zu ihm hinabstarrten, als gäben sie ihm die Schuld an ihrem Ableben.

»Danke. Ich bin echt völlig verstrahlt.« Fresko grinste zerknittert und rieb sich die Schläfen.

»Auf dem Rücksitz liegt 'ne Flasche Wasser.« Roland wies mit dem Daumen über seine Schulter.

»Danke.« Fresko griff hinter sich und schraubte den Deckel ab. Das Wasser lichtete den Nebel in seinem Kopf etwas. »Wie läuft die Fahndung? Deinem Anruf nach wohl nicht so gut.«

»Es ist ein Opfer dazugekommen«, sagte der Polizist düster.

Die Schuldgefühle waren zurück und prügelten Fresko tiefer in den Sitz. »Wer war er?« Seine Stimme war belegt.

»Grundel? 'N reicher Pharmafuzzi. Hat im Verfahren damals 'ne wichtige Rolle ge–«

»Doch nicht Arthur Grundel, oder?« In Freskos Augen stand pure Bestürzung.

Das änderte alles.

In knappen Sätzen schilderte Roland ihm den derzeitigen Ermittlungsstand.

Fresko verfiel in grüblerisches Schweigen.

Der Regen wurde heftiger. Roland schaltete die Scheibenwischer eine Stufe rauf. Bei ihrem Anblick wurde Fresko erneut übel. Sie pendelten zu schnell. Er sah weg. »Warum bin ich überhaupt hier?«, fragte er schließlich in die Stille hinein.

»Weil wir zu wenig über Frick wissen. Seine Motivation, seinen Antrieb, seinen psychischen Zustand – einfach alles. Wir können nicht einschätzen, wie er sich weiter verhält. Besonders jetzt; nach diesem Racheakt. In seiner Vorgeschichte gibt es ein Riesenloch. Für die Monate vor dem ersten Mord – seit seiner Rückkehr aus der Fremdenlegion – konnten wir nicht einmal seinen Aufenthalt ermitteln.«

»Es liegt ein undurchdringlicher Schleier über dem, was er zwischen seinem Abschied von der Legion und dem Mord getan hat. Ein blinder Fleck«, sinnierte Fresko.

»So weit war ich bereits, danke. Hat er Feinde?«

»Niemand Explizites, soweit ich weiß. Das lässt sich bei Jon nämlich schwer sagen, weil er sich überall wie ein Fremdkörper fühlt und jedem misstraut. Diese grundlegende Veranlagung wird sich in den nächsten Tagen verschlimmern. Was seinen psychischen Zustand angeht, dürfte er mittlerweile ein kritisches Stadium erreicht haben. Sein Ausbruch liegt –« Fresko sah auf die Uhr. Es konnte unmöglich vorgestern gewesen sein. »– zwei Tage zurück. Sein Medikamentenspiegel baut sich seit über 60 Stunden ab. Die letzten Tabletten hat er am Vorabend des Stromausfalls bekommen. Wir müssen uns wohl überraschen lassen, in welcher Form sich sein Trauma manifestiert, wenn sein Spiegel gegen Null geht.«

Roland pfiff durch nikotinverfärbte Zähne. »Das müssen wir wohl. Was *könnte* denn passieren?«

»Jon wird seine Resilienz verlieren.«

Immer diese Fachsprache, dachte Roland.

»Was bedeutet das?«

»Wenn ich richtig liege, wird er durchdrehen, sich aufspalten. Sein Urteilsvermögen ist komplett durcheinander. Er wird Stimmungsschwankungen bekommen. Albträume. Die dissoziative Identitätsstörung wird beginnen, ihn zu beherrschen.«

Roland nickte langsam.

»Da bei Jon außerdem Symptome einer Posttraumtischen Belastungsstörung vorliegen, wurde er mit neueren Antidepressiva behandelt. Diese SSRIs sind selektive Serotonin-Wiederaufnahme-Hemmer.«

Roland kam nicht ganz mit.

»Und jetzt nochmal ohne Fachchinesisch.«

»Die Medikamente bewirkten, dass er zusammenhielt. Sie hielten ihn in einer Person. Man kann sie sich als eine Art Kleber vorstellen. Jon wird nicht verstehen, was mit ihm geschieht. Er weigert sich, seine kaputte Psyche zu akzeptieren. Jedenfalls –« Der Therapeut schlug die Beine übereinander. »Wenn er die Tabletten nicht mehr nimmt, bilden sich die Symptome seiner Störung wieder aus. Er wird von innen korrumpiert.«

»Will heißen, er hat ordentlich 'n Knacks weg?«

»In etwa.«

»Woher kommt das alles?«

Fresko erinnerte sich an die Therapiestunden zurück. Jon zu behandeln war, als spähe man in einen bodenlosen Abgrund, über dem Wolken dahinzogen, die einem jede Möglichkeit nahmen, einen Blick auf all das, was am Grunde lag, zu erhaschen. Man wusste nur, dass es tief hinab ging.

Verdammt tief.

»Es hat mit seiner Vergangenheit zu tun. Aber er hat sich stets sehr vage gehalten.«

Als er weitersprach, klang seine Stimme abwesend. »Was ihm in der Legion passiert ist, scheint ihn schwer traumatisiert zu haben.«

»Glaubst du, dass er sich wieder einpendelt?«

Was dann geschah, gefiel Roland ganz und gar nicht. Fresko wandte ihm sein besorgtes Gesicht zu. Seine Haut wirkte wächsern, die Augen glasig.

»Nicht wirklich. Und ohne Medikamente wird es von Tag zu Tag schlimmer.«

Jesse

Regen prasselte an die Fensterscheibe und verwischte die Konturen der Moorlandschaft, zu der das Feld hinter dem Haus verkommen war, so dass sie aussah wie das expressionistische Naturgemälde eines mäßig talentierten Malers. Jon trommelte einen steten Rhythmus gegen die Scheibe und ließ seinen Blick über die Szenerie schweifen. Die Wolken hingen tief an diesem Tag. Ihre Farbe war von einem schmutzigen Grau. Es war ein Abend, wie gemacht dafür, sich drinnen zu verkriechen und tief eingekuschelt bei einem heißen Kakao ein gutes Buch zu genießen. Den Kakao konnte er sich schenken.

Erst die Arbeit, dann das Vergnügen.

Wobei ebendieser Arbeit wohl ein gewissen Vergnügen innewohnte. Er lachte in sich hinein.

Aus dem Kakao wurde dann Kaffee – Pranke hatte ihm erlaubt, sich an der Maschine in seiner Küche zu bedienen und Jon hatte eine volle Kanne aufgesetzt, die er sich nun gemächlich einverleibte – und aus dem Buch eine Skizze. Fachmännisch zog Jon gerade Striche über das Blatt, notierte sich die Namen und Adressen, die Arthur ihm so bereitwillig mitgeteilt hatte.

Mehr oder weniger.

Einige Buchstaben neigten sich gefährlich zur Seite und schienen kurz davor umzukippen, weil er sie voller Hass aufs Blatt gekritzelt hatte. Jon versah das Blatt mit den Zeiten und Haltestellen der Buslinie und rechnete die nächsten Tage durch. Seine Augen blickten ernst, während er arbeitete. Die Nachttischlampe verlieh seinen Zügen ein beinahe dämonisches Aussehen. Er erhob sich und betrachtete sein Werk. Jon glich einem Feldherrn wie er mit auf der Tischkante aufgestützten Händen und gefurchter Stirn vor seinem Lageplan stand. In seinen Einsätzen hatte er gelernt, dass gute Vorbereitung durch nichts zu ersetzen war. Sein Rachefeldzug bedurfte akribischer Planung. Er kreiste den obersten Namen ein. Aus einer Laune heraus setzte er ›Arthur Grundel‹ darüber und strich den Namen durch, bloß, um das Bild zu komplettieren. Der nächste Bus fuhr in anderthalb Stunden.

Es war der gleiche Busfahrer, der ihn schon bei seiner ersten Fahrt herumkutschiert hatte. Jon tat der Alte leid. Was war das für eine Welt, in der Männer, die die 60 längst hinter sich gelassen hatten, die letzten Jahre vor ihrem Ruhestand damit verbrachten, nachts einen Bus herumzufahren, in den ohnehin beinahe niemand einstieg?

Ein Jammer.

Er wechselte ein paar Worte mit dem Fahrer. Er hieß Rudi und von ihm erfuhr Jon, dass es in den letzten Tagen eine großflächige Polizeiaktion gegeben hatte. Alle größeren Straßen seien noch immer gesperrt. Die Polizei erschien Rudi undiszipliniert und verblödet. Sie hätte ›nicht mehr den Schneid von früher‹.

»Die hätten wir in Stücke gerissen, damals«, sagte Rudi. Er reckte die knochige Faust.

Jon fragte sich, ob er mit ›damals‹ die 68er oder etwas anderes meinte – wenn der Alte Krawall gemacht hatte, konnte das zu allen möglichen Zeiten geschehen sein.

Nach einer Dreiviertelstunde kam der Bus kam neben der beleuchteten Endhaltestelle zum Stehen.

Endstation.

Die Türen öffneten sich zischend und ließen kalte Nachtluft ein. Jon wünschte Rudi einen schönen Feierabend und stieg aus. Den letzten Kilometer ging er zu Fuß.

Das Haus war unscheinbar. Nahtlos fügte es sich in die Reihe aus Vorstadthäusern ein. Jon vermutete, dass es Jesse gefiel. Gab ihm das Gefühl, unangreifbar zu sein. Vermutlich holte er sich darauf regelmäßig einen runter. Falls sein Schwanz dazu noch in der Lage war, hieß das. Drogen schädigten ja bekanntlich die Libido und seine Sucht war damals so offensichtlich wie sonst nichts. Die schlenkernden Bewegungen. Der verklärte Blick. Die unnatürliche Verrenkung des Mundes, die von Ecstasy- und Koksmissbrauch herrührte. Kieferkirmes. Jon konnte an der Fassade des Hauses kein geeignetes Fenster erkennen, um einzusteigen. Er musste kreativ werden.

Eine Backsteinmauer umgab Jesses Anwesen. Sie sah alt aus, marode. Womöglich hätte er mit etwas Anlauf daran hochspringen und darüber klettern können, doch das war gar nicht nötig. An einer Stelle wuchs ein knorriger Feldahorn dicht an der Mauer. Ein Feldahorn mit ausladenden, tiefhängenden Ästen und robustem Stamm. Wie gemacht dafür, eine Schaukel zu halten, oder jemandem zu ermöglichen, das Anwesen zu infiltrieren. Jon erkletterte behände den knorrigen Stamm und spähte über die Mauer. Er sah in einen ungepflegten, großen Garten hinab, spärlich beleuchtet von Licht, das durch einen Wintergarten gedämpft nach draußen schien. Jon hangelte sich vorsichtig an einem Ast hinab, bis er auf der anderen Seite der Mauer über dem Boden hing. Er ließ sich fallen und rollte in der Dunkelheit ab. Der Boden war aufgeweicht vom Regen. Matsch spritzte und besudelte seine Hose. Er würde sie wechseln müssen, um Fragen von Pranke zu vermeiden. Jon richtete sich auf und ging im Schatten der Mauer auf das Licht des Wintergartens zu wie die Motte, die zum Licht gerufen wurde. Ein roter Schleier lag ihm vor Augen und pulsierte im Gleichschritt mit seiner Wut.

Konfuzius sagt: ›Kontrolliere deine Emotionen‹, ging es ihm durch den Kopf. *Konfuzius am Arsch.*

Jon schlich gebückt die Backsteinmauer entlang. Sein Bein senkte sich bereits, als er das Tellereisen sah. Die Fangbügel funkelten wie poliert. Fluchend riss er sein Bein hoch und sprang rückwärts. Er keuchte.

Ein Tellereisen? Ein verdammtes Tellereisen?

Jon wandte sich zur Seite und erstarrte. Eine mit zugespitzten Bambusrohren gespickte Grube, die selbst dem Vietkong alle Ehre gemacht hätte, lag unverdeckt zu seiner Rechten. Die Pfähle waren versetzt auf dem Grund angeordnet, tödlicher als die Zahnreihen eines Haigebisses.

Verdammte Scheiße, was läuft hier?

Jesse hatte wohl auf seine eigene Art versucht, sich vor ihm zu schützen. Auf seine eigene, verquere Sadistenart. Jon hatte Glück gehabt, dass der Psycho noch nicht dazu gekommen war, das Loch abzudecken. Zweige und Blattwerk lagen zu einem Haufen aufgeschichtet in der Nähe des gierigen Schlunds. Er zwang sich zur Ruhe, bewegte sich wenig und trat nur auf Stellen, die sicher erschienen. Wer wusste, was sich noch in dem Garten verbarg?

Jon verharrte in der Bewegung, als ein Auto in die Einfahrt einbog. Er wich in den tiefen Schatten der Backsteinmauer zurück und kauerte sich hin; die Pistole im Anschlag. Er rief sich das Bild eines Pendels vor Augen, das bedächtig hin- und herschwang und spürte seinem Tempo nach. Allmählich verlangsamte sich seine Atmung. Sein Schießausbilder hatte ihm diese Technik beigebracht.

Die Lichter im Haus flammten auf. Durch die Glasscheibe des Wintergartens sah er wie Jesse sich seines Mantels entledigte, den Flur durchquerte und in einem Raum mit einer kleinen Tür verschwand. Er konnte ihn unmöglich gesehen haben. Kurz darauf tauchte er wieder auf. Mit einem Baseballschläger. Und Jon wollte seinen Augen nicht trauen, aber war das Stacheldraht, der sich in schwarzen Spiralen um ihn ringelte? Es sah ganz so aus.

Jesse grinste und kam auf die Terassentür zu. Er schwang den Schläger in langsamen Achten und pfiff so laut, dass Jon es selbst von draußen hörte. Ein Schalter wurde betätigt und Licht erhellte den Garten.

Jon fühlte sich wie ein Präparat unter dem Mikroskop. Reflexartig barg er die Pistole zwischen seinen Jackenärmeln. Ihre Blicke trafen sich. Jesse nickte ihm von drinnen aufmunternd zu und zeigte auf den Schläger. Er öffnete die Tür, um dem Eindringling, der es wagte, sein Grundstück zu infiltrieren, den Schädel einzuschlagen, machte zwei Schritte nach draußen und Jon erschoss ihn ohne Umschweife auf der Türschwelle.

Zweimal in die Brust.

Jesse stieß den Atem aus. Ein ungläubiger Ausdruck trat in sein Gesicht. In einem Muskelspasmus riss er den

Schläger hoch und kippte hintenüber. Halb drinnen, halb draußen, kam das Bündel aus Armen und Beinen zur Ruhe.

Jon kauerte zitternd und mit klingelnden Ohren an der Mauer, bis die Anspannung seinen Körper so weit verließ, dass das Gefühl, sich bewegen zu können, zurückkehrte. Unsicheren Schrittes und mit den Augen nach Fallen suchend, durchquerte er den Garten, bis er erneut vor dem Feldahorn stand. Er sprang hoch, bekam einen Ast zu fassen, schwang sich über die Mauer und verschwand in der Nacht.

Verwandlung

Jon biss auf seinen Handballen, bis es weh tat. Speichel floss ihm aus dem Mundwinkel und langsam den Handrücken hinab. Er sah krank aus, wie er da so zusammengekauert auf dem Bett saß. Für einen Moment schien die ganze Welt still zu stehen; der Wind verstummt, das Rufen des Käuzchens, das irgendwo draußen in einem Baum saß, erstorben. Dann brachen Schuld und Scham als unkontrollierte Schluchzer aus ihm heraus und schüttelten seinen sehnigen Körper. Er krallte sich mit beiden Händen in die Bettdecke, bis die Knöchel weiß hervortraten.

Der Wachmann. Die Frau aus der Gasse.

Die Gesichter der Toten tanzten vor seinem inneren Auge auf und ab. Gesichter Unschuldiger. Sie begannen zu rotieren. Ein Karussell der Schuld. Seine Aufgabe erschien ihm zu groß und lastete als unsichtbares Gewicht auf seinen Schultern. Jon war fast bereit aufzugeben. Die Wand flimmerte. Er fühlte sich wirklich nicht gut.

Sie hatten es verdient! Sie waren im Weg! , schnappte seine innere Stimme.

»Es waren Unschuldige!«, sagte er laut in den leeren Raum hinein.

Opfer des höheren Plans!

Er versuchte, seinen Geist zusammenzuhalten, doch die Teile entglitten ihm, ließen sich nicht mehr miteinander verbinden und stießen sich ab wie Magnete. Schwarze Flecken tanzten vor seinen Augen wie zersplitterter Obsidian. Jon rang die Schluchzer nieder und erhob sich schwindelnd. Er taumelte durch den Raum in Richtung Badezimmer. Seine Hand rutschte zweimal wirkungslos ab, ehe sie sich fest um den kalten Knauf der Tür schloss. Wie ein vom Sturm Heimkommender riss er sie auf, stand einen Moment schwankend im Rahmen und knallte sie hinter sich zu.

Seine Gesichtszüge zeigten ihm das Bild eines Anderen. Eines Rastlosen, Wütenden, Mordlüsternen. Jon erschrak vor dem stechenden Blick. Er wich vom Spiegel zurück. Kopfschmerz explodierte, ließ ihn taumeln. Er musste sich am Waschbecken festhalten, um nicht zu Boden zu gehen. Sein Atem ging stoßweise. Zitternd hob er den Blick. Sein Gesicht war zu einer hämisch grinsenden Fratze verzerrt. Etwas schien die Kontrolle über seine Mimik zu übernehmen. Nein, nicht etwas. *Jemand.*

Du wusstest, dass es so kommen würde, hast es immer gewusst.

»DU LÜGST!«, schrie er dem Spiegel entgegen.

Ein grollendes Lachen in seinem Inneren quittierte den Ausbruch. Jon wollte aus dem Zimmer flüchten, sich beruhigen, diese Gedanken verbannen. Doch er blieb wie angewurzelt stehen, unfähig sich zu rühren. Starr blieb sein Blick auf das Spiegelbild geheftet; auf diesen Mann, der aussah wie er, aber nicht er *war.* Es war der Mann aus seinem Traum. Der Schattenmann. Jon bäumte sich erneut gegen ihn auf.

»VERSCHWINDE!«

Erlaube mir, ab hier zu übernehmen, wisperte die Stimme mit falscher Höflichkeit.

»Das kannst du nicht, du bist nicht –« Er konnte nicht weitersprechen. Der Kopfschmerz steigerte sich ins

Unermessliche. Ein Knacken ertönte in seinen Ohren, gefolgt von weißem Rauschen und er brach zusammen, landete auf dem gefliesten Boden. Jon war es, der zu Boden ging, doch ER war es, der sich erhob. ER war es, der sich den Staub abklopfte und seinen Blick auf den Spiegel richtete. Jon war gefangen in sich selbst. Er versuchte die Kontrolle über seinen Körper zurückzugewinnen, doch der Andere erstickte seine Versuche lässig im Keim. ER sandte ihm ein Sperrfeuer schrecklicher Bilder, eine Komposition des Best-of der Fremdenlegion, die ihm ins Herz schnitten, ihn quälten und zurückhielten.

»Lass es zu«, raunte ER ihm mit SEINER Stimme zu, »Vertrau mir. Gib deiner inneren Stimme endlich den Raum, nach dem sie verlangt.«

Die Fugen zwischen den Badezimmerkacheln verwandelten sich vor SEINEM geistigen Auge in Fadenkreuze.

»Ich lass' dich nicht mehr raus, wenn du nicht spurst! Tu endlich, was getan werden muss!«

Was kann ich tun? , fragte Jon, reduziert auf eine Stimme in seinem eigenen Schädel.

»Alles, was nötig ist!«

Der Strom aus Bildern riss ab. Jon gewann die Kontrolle über seinen Körper zurück. Der *Andere* nahm in der dunklen Ecke seines Schädels Platz, der er entstiegen war. Schwer atmend stand Jon vor dem Spiegel. Er stand noch dort, als die Sonne aufging.

Scharade

Sonnenlicht fiel durch die Panoramascheiben und erhellte den Konferenzraum. Die Gruppe hatte sich wieder eingefunden. Zwei Plätze blieben leer.

Jeremias Hände ruhten auf den Lehnen seines Stuhls, was ihn irgendwie königlich erscheinen ließ. Er trug einen teuren, anthrazitfarbenen Anzug und eine noch teurere Uhr. Er richtete sich auf, wissend um seine einschüchternde Wirkung. Mit einem prüfenden Blick bedachte er die zwei Verbliebenen. Die Geste galt mehr Kristy als Messing. Dieser war ihm treu ergeben. Kristy hingegen neigte dazu, sich ihrem schwachen Nervenkostüm zu beugen. Nerven wie Drahtseile trafen auf Nerven wie Zahnseide. Jeremia griff hinter sich und pfefferte eine Zeitung auf den Tisch. Sie segelte über die Holzplatte, Messing und Kristy entgegen. Werbeanzeigen flatterten in alle Himmelsrichtungen davon wie ein Schwarm aufgeschreckter Tauben.

»Seht es euch an. Kristy, ich muss mich wohl bei dir entschuldigen.« Jeremia neigte das Haupt und lachte trocken.

Kristy griff nach der Zeitung. Auf der Titelseite beschrieb eine Schlagzeile reißerisch den Ausbruch. Daneben prangte ein älteres Schwarz-Weiß-Bild Jons.

Na bitte.

Ihm wurden zwei Morde angelastet. Scheinbar hatte sich ihm ein Wachmann in den Weg gestellt und eine Frau seinen Fluchtweg geschnitten. Es wurde von einer Gefährdung für die Allgemeinheit gesprochen. Von Arthur war keine Rede.

Dieser ungezogene Junge.

Kristy faltete die Zeitung behutsam zusammen und reichte sie Messing. Der Bankier warf einen kurzen Blick darauf und schob sie Jeremia zu.

Kristy dachte nach. Dass Jesse sich nicht gemeldet hatte, konnte nur eines bedeuten. Allerdings waren Junkies extrem unzuverlässig, von daher konnte es wohl auch zweierlei bedeuten. Vermutlich lag er vollgedröhnt in seinem Wohnzimmer und bestaunte das Teppichmuster. Vermutlich. Aber ›vermutlich‹ reichte nicht. Mit ›vermutlich‹ blieb man nicht am Leben.

»Wir sollten warten«, sagte Jeremia bestimmt. Er pochte mit seinem beringten Finger auf den Mahagonitisch. »Bloß keine voreiligen Schlüsse ziehen. Ihr wisst, wie unzuverlässig Jesse sein kann.«

Seine Argumentation hatte etwas Unaufrichtiges an sich. Sie war so falsch wie eine Rolex vom Flohmarkt. Kristy stieß sich mit ihrem Stuhl vom Tisch ab. »Keine Chance. Ich bin raus.«

Bedächtig säuberte Messing seine Brille und hob die Stimme. »Aber, aber. Nicht so voreilig.«

Sein Tonfall hatte etwas von dem guten alten Mathelehrer, den jeder einmal gehabt hatte; stets darauf bedacht, eine entspannte Atmosphäre zu erhalten und Ordnung in das verwirrte Hirn zu bringen. Er redete, als wolle er ihnen eine komplizierte Gleichung auseinandersetzen, um ihnen zu zeigen, dass es gar nicht so schlimm war.

»Ich denke, wir sollten vorerst in Erfahrung bringen, wie weit unsere *Freunde* von der Polizei mit ihrer Arbeit sind. Wie es um die Ermittlungen steht, meine Liebe. Ich werde das in Angriff nehmen.« Er schürzte die Lippen und zwinkerte ihr zu. Sein weißer Haarkranz und die Falten verliehen Messing einen weisen Touch.

Kristys Widerstand belustigte Jeremia. Stellte sie ihn etwa in Frage? Wie hübsch. Wie niedlich. Sie war zumindest gut daran beraten, es zu tun. Er hatte im Verborgenen ein Aufgebot an Söldnern mobilisiert. Sein Anwesen würde zu einer Festung mutieren. Sollte Jon nur kommen. Messing und er wussten, dass Jesse tot war. Wussten, dass Jon sein Junkie-Dasein vorzeitig beendet hatte. Messing war zu ihm gefahren, als er nicht auf Jeremias Kontrollanruf reagierte und hatte seine Leiche gefunden. Ihre Scharade diente bloß dazu, Kristy bei der Stange zu halten. Er konnte sich nicht länger zurückhalten. »Bist du dabei, Kristy?«

Für Kristy war es ein leicht zu durchschauendes Manöver, das Jeremia abzog. Jon würde sie jagen wie Karnickel bei einer Treibjagd. Sie brauchte ihre eigenen Jungs, um sich abzusichern. Jeremia wiederholte sich und man sah ihm die Anstrengung an, die es ihn kostete, ruhig zu bleiben und das Feuer im Zaum zu halten, das in ihm loderte.

»Bist du dabei?« Er sah ihr forschend in die Augen.

»Natürlich«, trällerte sie. Lügen war so leicht wie atmen. *Du musst sofort verschwinden, Kristy!*

Jeremia ließ die Knöchel knacken. »Dann ist es abgemacht. Diese Made wird uns nicht vertreiben.«

III.

Mittlerweile fragte er nicht mehr nach einem Grund. Er hatte den Takt verstanden, in dem sie zu ihm kamen. Sie ließen ihn sich immer soweit erholen, dass er aufnahmefähig für den nächsten Akt blieb. Dann schlugen sie zu. Er hatte gebetet, Gott angefleht, er möge ihn erlösen. Vergeblich. Der Herr war anscheinend mit Anderem beschäftigt. Schlaf war sein einziger Freund hier unten; doch er währte nie lang genug. Er versetzte und verließ ihn stetig, wie es ihm gerade passte. Fieberhaft hatte er nach einer Möglichkeit zur Flucht gesucht.

Und aufgegeben.

Die Schellen, an denen die Ketten befestigt waren, saßen bombenfest. Die Tage gingen unbemerkt in die Nächte über. Das stete Halbdunkel veränderte sich nicht. Es war unmöglich zu sagen, wie lang er sich bereits in diesem Keller befand.

Das Dreiergespann war zurück. Er versuchte, sich in Trance zu versetzen, seinen Geist an einen anderen Ort zu transferieren. Die Faust holte ihn ins Diesseits zurück. Ein Tritt in den Bauch quittierte seinen Versuch, sich aufzuraffen. Lang ausgestreckt blieb er liegen. Der Bärtige und der Verrückte sahen dem Bulligen dabei zu, wie er ihn traktierte. Wehrlos ließ er es über sich ergehen. Was konnte er auch groß tun? Gemeinsam nahmen sie ihn in die Zange. Abermals konnte sich der Mann mit den verrückten Augen nicht zurückhalten.

»Brich ihm nichts. Sonst reicht er ihr nicht«, herrschte der Bullige ihn an.

Ihr?

»Es ist so weit.« Der Bullige nickte in Richtung Sessel. Sie traten zurück. Von der Person im Sessel hatte er nie mehr gesehen als einen Ärmel und einen winkenden Arm. Sie war nicht auf seine Gespräche eingegangen. Es ängstigte ihn, dass da jemand saß, der ihm zusah. Die Person auf dem Sessel erhob sich und trat ins Licht der Glühbirne. Es war ein schmächtiger, kleiner Mann, in einem adretten grünen Anzug, der ihn wie einen Kobold aussehen ließ. Schatten schienen in den Falten zu wohnen, die sein Gesicht überzogen. Das Licht der Glühbirne wurde von seiner Brille reflektiert. In der Linken hielt er einen kleinen Gegenstand. Es war eine Spritze. Ihre Nadel reflektierte das Licht. Der Mann trat mit erhobener Spritze vor. Sie war mit einer milchigen Flüssigkeit gefüllt.

Er zuckte vor der Nadel zurück.

»Es wird nur kurz weh tun. Gegen deine Schmerzen.«

Er wand sich, versuchte seinen Arm von der Spritze wegzudrehen, doch der Bärtige und der Bullige hielten ihn fest. Der kleine Mann schnipste mit dem Finger gegen die Spritze und injizierte direkt in die Vene seiner rechten Ellenbeuge.

Er atmete hektisch. »Was ist –?«

»Keine Sorge, es ist kein Gift. Nur ein kleiner Muntermacher«, unterbrach ihn der kleine Mann. »Fürs Grobe bin ich nicht gemacht. Ich schaue es mir nur gerne an.« Er zwinkerte ihm zu. Lachfältchen umgaben seine Augen. Das war irgendwie noch beängstigender. Die Flüssigkeit begann zu wirken und ließ seine Gedankengänge in Sackgassen enden.

»Was ist das?«

»Sschh, sschh. Du könntest die Show vermasseln.« Die Stimme des Mannes war samtweich. Er zwinkerte ihm zu und zog sich in die Schatten zurück. Die Polster des Sessels ächzten.

149

Er halluzinierte. Bunte Luftballons schwebten in dem Raum umher. Wesen, die unmöglich real sein konnten, jagten in einem irren Tempo über die Wände hinweg. Ein flirrendes Karussell aus Farben hüllte ihn ein. Ihm wurde übel. Er erbrach sich. Da er sich wegen seiner angeketteten Hände nicht abwischen konnte, blieben Klümpchen Erbrochenes an Kinn und Shirt kleben. Er schüttelte sich, doch das machte es nur noch schlimmer.

»Wir müssen dich waschen«, sagte der Bullige.

Ihm wurde der Kopf zurückgezogen. Der Bärtige machte sich an den Fesseln zu schaffen und nahm sie ab. Er wollte den Mann schlagen, doch war vollkommen benommen von der Droge. Seine Fäuste öffneten sich schwach. Die Hände strichen kraftlos über den Stoff seines Poloshirts.

»Du kannst ihr nicht so dreckig unter die Augen treten«, sagte der Bärtige.

Da war es schon wieder: Ihr?

Der Bullige wandte sich zu dem Verrückten um. »Hast du alles drauf?«

»Ist im Kasten.«

»Gut.« Der Bullige faltete die Hände.

Er wandte den Kopf. Das Lämpchen einer Kamera blinkte in der Dunkelheit. Ein rotes, kaltes Elektroauge, das sein Leiden auf Film bannte. Wie lang mochte die Kamera schon dort stehen? Hatten sie alles gefilmt?

Der Bullige und der Verrückte zerrten einen Bottich herüber, von der Art, wie sie auch Maurer bei der Arbeit verwendeten. In ihm schwappte dunkles Wasser. Er wurde hochgerissen und eingetunkt. Eiskaltes Wasser flutete seine Atemwege. Er hustete und gurgelte, glaubte ertrinken zu müssen. Sie zogen ihn an den Haaren zurück.

150

Seine Lungenflügel brannten und füllten sich gierig mit Luft. Keuchend rang er nach Atem Er sah die Welt durch den bunten Schleier der Droge.

»Die Schonzeit ist zu Ende«, sagte der Verrückte.

Abermals ging es hinab in den Bottich.

In dieser Dunkelheit, mit dem Kopf nach unten, hatte Zeit keine Bedeutung. Wasser lief seine Nase hoch. Die Drogen, die in seinem Blut zirkulierten, machten alles nur noch schlimmer, ließen ihn mehr von allem fühlen. Abermals wurde er zurückgezogen. Gierig atmete er ein.

»Ich seh' da noch Schmutz«, witzelte der Verrückte und stieß ihn voran ins Wasser.

Unfähig zu erkennen, ob er ein- oder ausatmen sollte, und von mehr Panik als Wasser überströmt, spürte er unglaubliche Erleichterung, als er hochgezogen wurde und in der Senkrechten verblieb. Mit dem Licht kamen auch die Ballons und irren Farben zurück. Er ritt auf dem Trip, stieg wieder ins Karussell.

Der Bullige grinste breit. »Sieh dich an, wie sauber du geworden bist.« Er warf ihm einen entzückten Blick zu. »Frisch wie aus dem Ei.«

Sie hielten ihn an den Armen fest. Der Verrückte links, der Bärtige rechts. Er schüttelte den Kopf, weil sich ihre Gesichter durch die Droge verdoppelten und umherrutschten, als lägen sie auf einer schiefen Ebene. Der Bullige umrundete ihn und beäugte ihn prüfend. »Sollte genügen.« Er baute sich vor ihm auf. Der Mann ließ die Muskeln spielen, wippte in den Knien wie ein Boxer und versetzte ihm einen Schlag. Er flog nach hinten und knallte mit dem Hinterkopf gegen das Eisenrohr in seinem Rücken. Es gab ein hohles Klong von sich. Die Stimme des Irren folgte ihm in die Dunkelheit: »Sie mag sie sauber.«

Im Heuhaufen

Der Sturm war da.

Frick war der Aufmacher der Montagszeitung. Sie hatten die Öffentlichkeitsfahndung gestartet und seinen Namen, seine Beschreibung und ein Foto über die Medien verbreitet. Im Minutentakt trudelten Hinweise in der Dienststelle ein und warteten darauf, strukturiert und abgearbeitet zu werden. Die geplanten zehn Mann reichten dafür bei Weitem nicht. Die Polizei erhielt Anrufe von Wichtigtuern und überängstlichen Einwohnern. Die ganze Geschichte wurde aufgebläht und gebar unkontrolliert Gerüchte, die jeden gehaltvollen Hinweis mit sich rissen und in ihrem Strudel versenkten. Jeder wollte etwas gesehen haben. Das Bearbeiten der 'Hinweise' hatte bisher nichts Substanzielles zu Tage gefördert. Vor einer Stunde hatte dann noch ein ›Hellseher‹ angerufen, der durch sein drittes Auge hinter dem zweiten Gesicht in der Lage war, Frick zu orten. Hatte er zumindest gesagt.

Klassischer Aluhutträger, dachte Roland.

Die Flut nahm kein Ende. Und irgendwo in diesem Wust war er. Frick. Die tödliche Nadel im sprichwörtlichen Heuhaufen. Rolands Schreibtisch sah aus wie Dresden '45.

Nur nicht so ordentlich.

Die Dienststelle summte wie ein Bienenstock. Unablässig klingelten Telefone, liefen Beamte von A nach B, kamen Meldungen der Personenfahndung rein und wurde Kaffee aufgesetzt. Viel Kaffee. Eimerweise Kaffee. Lauritz war bei seiner fünften Tasse. Roland und er diskutierten die

Sachlage, während Macintosh im Hintergrund auf seiner Tastatur herumklapperte und gelegentlich auf Französisch fluchte. Die Abgeschiedenheit von Macintoshs Büro tat gut. Roland hatte die Brücke auch deshalb verlassen, weil ihm unter dem Blick der Toten an dem Whiteboard ganz anders wurde. Er setzte ihn unter Druck. »Macht was!«, schien ihr Blick zu sagen. Was Fricks Motive anging, waren sie unsicher geworden. Der neue Tote – Jesse Lunk – schien keine Verbindung zu ihm zu besitzen, abgesehen davon, dass er – wie Roland fand – volles Rohr einen am Dach hatte. Die Ermittler hatten in seinem Garten Fallen gefunden, wie sie auch während des Vietnamkriegs zum Einsatz gekommen waren.

Des verschissenen Vietnamkrieges!, dachte Roland. *Richtige Fallen! Angespitzte Hölzer und so 'ne Scheiße.*

Es sah nach Schizophrenie aus. Oder nach Angst. Einige der Fallen waren noch nicht fertig und die anderen wirkten verflucht neu. Lunk schien sich auf Frick vorbereitet zu haben. Sie hatten in seinem Haus zudem einen beträchtlichen Drogenvorrat sichergestellt. Roland fragte sich allmählich, ob sie etwas Größerem auf der Spur waren. Vier Tote in vier Tagen. Die letzten drei erschossen mit der geraubten P 99; zumindest sah es bis jetzt danach aus. Die Geschosse, die Lunks Brust getroffen hatten, waren beide fragmentiert und mussten noch aufwendig untersucht werden. Es stand aber bereits fest, dass das Kaliber ebenfalls 9 mm war. Roland war davon überzeugt, dass es auch dieselbe Waffe war.

Lauritz nippte an seinem Kaffee. »Seine Vorgehensweise wirkt geplant. Mir gefällt das nicht, Mann! Er ist so verflucht schnell! Das ist diese militärische Denke. Zumal sich

153

die Tatorte in vollkommen verschiedenen Stadtteilen befinden.«

Roland hob eine Braue. »So weit bin ich auch schon.«

Lauritz zuckte mit den Schultern.

Sie zogen einen Kreis um die Tatorte. Die Stellen waren mit einem roten X markiert.

»Ich hätte ja gesagt, er sitzt irgendwo in der Mitte der Tatorte, aber das ergibt keinen Sinn. Lunks Haus ist viel näher an der Anstalt als Grundels. Dieser Zickzackkurs macht mich *wahnsinnig*«, sagte Lauritz.

»Mich auch.« Roland strich sich bedächtig über den Schnauzbart. »Was ich mich frage, ist, warum er allen durch die Lappen geht. Alle größeren Straßen werden kontrolliert.«

»Die Fahrzeuge werden gründlich gecheckt. Ich mach' den Job auch nicht seit gestern.« Lauritz funkelte ihn an.

Roland hob abwehrend die Hände. »Hey, das war nicht auf dich gemünzt.«

Lauritz massierte seine Schläfen. »Sorry, ich glaub' wir sind alle ganz schön mit den Nerven runter.« Er wandte sich an Macintosh. »Gibt's was Neues von den Franzmännern, Toshi?«

Der Ermittler riss theatralisch die Arme hoch und ließ sie wieder sinken. »Je ne sais pas.«

»Mist.« Lauritz schüttelte den Kopf. »Ich check's nicht, echt nicht. Wie kann er sich denn einfach in Luft auflösen? Was haben die Franzmänner ihm bloß beigebracht?«

Roland fragte sich dasselbe.

Klugmann streckte kurz seinen Kopf ins Büro. Er sah so müde aus, wie Roland sich fühlte.

154

»Ihr habt Besuch aus der Klinik.« Er trat zur Seite und ließ Fresko eintreten. »Braucht ihr mich hier?« Klugmanns Tonfall zeigte nur zu deutlich, dass er ein Nein hören wollte. Roland wusste, dass sein Kollege auch reichlich zu tun hatte.

Er schüttelte den Kopf. »Geh' nur. Wir informieren dich später.«

»Alles klar.« Klugmann klang erleichtert. Er verzog sich in sein Büro.

Lauritz erhob sich. »Ich glaube, wir kennen uns noch nicht. Lauritz Peters, Leiter der Fahndung.«

Fresko schüttelte ihm die Hand. »Fresko Kranz. Ich bin Fricks Therapeut – und habe bei ihm offensichtlich einen miserablen Job gemacht.«

Lauritz winkte ab. »Sparen Sie sich das. Für Selbstvorwürfe ist jetzt nicht die Zeit. Möchten Sie einen Kaffee?«

Fresko verneinte und ließ sich auf dem Stuhl zu Rolands Rechten nieder, der offensichtlich für ihn gedacht war.

Roland schwieg.

Fresko warf ihm einen hilfesuchenden Blick zu. »Dass ich hier bin, kann eigentlich nur bedeuteten, dass es einen weiteren … Vorfall gegeben hat, oder?«

Roland nickte.

»Was ist passiert?«

»Jesse Lunk, vermutlich ein Drogendealer. Er war bisher polizeilich unbekannt, scheint aber ein ganz schönes Arschloch gewesen zu sein, nach dem, was wir in seinem Garten gefunden haben.«

»Was habt ihr denn –«

»Fallen.«

Fresko ließ das erstmal so stehen. Lauritz wandte sich an ihn. »Hat Frick während ihrer Sitzungen Jesse Lunk erwähnt? Könnten Lunks Drogenvorräte ihn zu seiner Tat motiviert haben? Uns fällt es nämlich bisher ausgesprochen schwer, eine Verbindung zwischen Lunk und Frick herzustellen.«

Fresko überlegte kurz. »Das mit den Drogen kann ich ausschließen. Frick ist nicht der Typ dafür. Das hätte man auch an seinem Umgang mit unseren Medikamenten bemerkt. Er hat sogar eher dazu tendiert, sie nicht zu nehmen. Der Name Jesse Lunk ist mir ebenfalls nicht bekannt; ob Frick ihn gekannt hat oder nicht, muss mittlerweile allerdings auch nichts mehr heißen.«

»Wie meinen Sie das?«, fragte Lauritz.

»Nun ja, In Anbetracht der Tatsache, dass Fricks Ausbruch« – Fresko hielt einen Moment inne und überschlug die Zeit im Kopf – »gut 80 Stunden zurückliegt, ist sein Medikamentenspiegel mittlerweile so niedrig, dass wir mit zunehmenden Beeinträchtigungen und partiellem Kontrollverlust rechnen müssen. Frick dürfte inzwischen vollkommen von seiner gestörten Psyche vereinnahmt sein. Es ist durchaus denkbar, dass gar keine Verbindung zwischen ihm und Herrn Lunk existiert und allein seine Psychose ihn angetrieben hat.«

»Ich glaube, die Rechnung geht nicht auf«, warf Lauritz ein. »Dafür wirkt die Aktion zu gezielt. Wenn Frick bloß darauf aus wäre, x-beliebige Leute umzubringen, wäre es A) sehr unwahrscheinlich, dass er *zufällig* einen Mann erwischt, der ein geheimer Drogenbaron zu sein scheint und B) wirft das die Frage auf, warum er nicht einfach in der nächstbesten Kirche ein paar Menschen über den Haufen ballert.«

Roland klinkte sich ein: »Und C) wären da noch die Fallen, die nur zu deutlich vermuten lassen, dass Lunk einen derartigen Besuch befürchtet hat.«

Fresko fuhr sich nachdenklich mit beiden Händen durchs Haar. »Das könnte stimmen. Frick ist eigentlich kein klassischer Gewaltverbrecher. Nicht im herkömmlichen Sinn. Wenn er in der Anstalt handgreiflich wurde, gab es dafür immer einen Anlass – auch wenn dieser für keinen anderen nachvollziehbar war. Man denke nur einmal an die Sache mit den Deckenlampen. Er wird *immer* von irgendetwas angetrieben.«

Roland schloss die Augen. »Lasst uns nochmal rekonstruieren: Frick bricht aus der Anstalt aus, entwendet eine Waffe und tötet Arthur Grundel. Den Mann, der uns damals auf seine Spur gebracht hat. Einen Tag später nutzt er die gleiche Waffe, um einen Mann zu erschießen, der scheinbar keine Verbindung zu ihm besitzt und obendrein über einen gewaltigen Drogenvorrat verfügt.«

Fresko wartete gespannt darauf, dass der Ermittler einen Schluss aus dem Gesagten zog, musste jedoch ernüchtert feststellen, dass Roland selbst nicht wusste, worauf er hinauswollte. Er ergriff das Wort, als offensichtlich wurde, dass Roland nicht weitersprechen würde.

»Was uns das Ganze jedoch zeigt, ist immerhin, dass Frick sich noch in der Nähe befindet, beziehungsweise, dass er scheinbar noch nicht flüchten möchte. Ob das gut ist, steht auf einem anderen Blatt.«

Lauritz nickte. »Was das vor-Ort-bleiben betrifft, könnte

es sein, dass Sie recht haben. Vielleicht sollten wir die Fahndung anders aufstellen. Können Sie aus seinem Zustand Rückschlüsse darauf ziehen, wie Frick sich verhält?«

Fresko blinzelte. »Wie genau stellen Sie sich –«

»Welche Verstecke wählt er? Wie bewegt er sich fort? Taucht er in der Menge unter oder hält er sich von Menschen fern?« Lauritz schlug bei jeder Frage mit der Faust auf den Tisch. »Was ist seine Lieblingsfarbe? Wo kauft er sein Gemüse?« Der Ermittler lachte, als Fresko ihn verdattert anstarrte. »Okay, okay. Zurück zum Thema: Können Sie Hypothesen entwerfen oder zumindest qualifiziert raten?«

Fresko nickte langsam. »Ich kann's zumindest versuchen. Hoffen wir, dass das irgendetwas bringt. Jon ist eine gottverdammte Granate ohne Sicherungsstift.«

Während Lauritz Fresko zu seinem Büro führte, um alles Weitere zu besprechen, begab sich Roland zur Hinweisaufnahme, um zu prüfen, ob einer der anderen Ermittler eine brauchbare Information für ihn hatte.

Roland ließ sich in seinen Schreibtischstuhl fallen. Er beugte sich vor und griff nach dem Telefon. Sein Rücken ächzte. Der Stuhl war ergonomisch suboptimal. Überhaupt war alles in diesen Zeiten suboptimal. Roland hielt das Telefon ans Ohr geklemmt. »Hier Klinger. Habt ihr irgendwas?«

Die Stimme am anderen Ende informierte ihn über die letzten Hinweise. Roland riss einen Notizzettel vom Block und fuhr dabei ungeschickt mit seinem Ärmel über den Schreibtisch. Seine Zettelwirtschaft geriet dabei vollkommen durcheinander, doch er maß dem Ganzen keine große Bedeutung bei.

Ist ohnehin für die Katz'.

Interessiert lauschte er der Stimme im Hörer und notierte sich eine der Adressen, die ihm genannt wurden. Er hoffte, dass er damit wenigstens Tim etwas aufmuntern konnte. Vielleicht würde ihm eine Aufgabe das Gefühl geben, gebraucht zu werden. Es tat ihm leid, ihn gestern so drangsaliert zu haben. Er ging ihn suchen.

Tim stand vor dem Teerkocher und wartete auf seinen Kaffee. ›Hoffnungsloser Fall‹ stand ihm förmlich ins Gesicht geschrieben. Schon immer war er so ekelhaft dünn, schlaksig und besaß überlange Gliedmaßen. Wie sie ihn beäugten, als wäre er ein sonderbares Insekt. Tim wusste, dass sie glaubten, er bemerke es nicht. Die Hänseleien aus seiner Schulzeit waberten durch seinen Kopf.

Gottesanbeterin Tim. Du bist eine verfluchte, menschliche Gottesanbeterin. Zu nichts zu gebrauchen.

Doch mit der Schule hatte es nicht geendet, oder? Jetzt war er Polizist und das Mobbing ging in die nächste Runde. Es trug ein anderes Gewand, aber es fühlte sich nicht *anders an*. Roland hielt absolut nichts von ihm; da war er sich sicher. Tim hasste das alles.

Roland sah Tims geknickte Haltung und spürte leichte Schuldgefühle. Er klopfte mit dem Fingerknöchel gegen den Türrahmen und Tim wandte sich ihm zu. Roland schwenkte den Zettel mit der Adresse.

»Ein Axel Wilkens hat eben angerufen. Auf einem Resthof außerhalb ist gestern 'n verdächtiger Typ aufgetaucht. Überprüf' das bitte mal, ja?«

»Ich?« Tim warf ihm einen argwöhnischen Blick zu.

Roland grinste breit. »Klar; wer sonst?«

159

Tim war genervt. Geschlagene fünf Minuten war er dem Traktor hinterhergeeiert, weil die schmale Straße, die am Waldrand verlief, nicht genug Spielraum für ein Überholmanöver bot. Endlich bog er ab und Tim wünschte ihm insgeheim eine gebrochene Achse. Er musste weit rausfahren bis zu der Adresse, die Roland ihm genannt hatte. Die Gegend sah aus wie ein Ort, an dem sich Hase und Fuchs noch gute Nacht sagten. Mächtige Tannen wuchsen an der Straßenseite und schluckten einen Großteil des Sonnenlichts. Einmal hielt Tim an, um eine Rehfamilie passieren zu lassen.

Ich bin echt am Arsch der Welt gelandet.

Nach einer Weile wurden die Bäume lichter und Tim erreichte eine Allee, die im rechten Winkel von der Waldstraße abzweigte. Er wechselte auf die neue Straße. Felder zogen sich an ihren Rändern dahin, gelegentlich unterbrochen von kleineren Baumgruppen. Schlaglöcher übersäten den Straßenbelag wie offene Wunden. In dem klapprigen Wagen spürte man jede Unebenheit doppelt und dreifach. Tim fuhr mit seinem eigenen, da den Polizisten durch die Personalaufstockung des Kommissariats allmählich die Dienstwagen ausgingen. Wer einen ergattern wollte, musste sich morgens sofort den Schlüssel reservieren. Er hatte die Chance verpasst, aber eigentlich störte es ihn auch nicht. Es beruhigte ihn, in seinem eigenen Wagen zu fahren – und das hatte er bitter nötig. Hier hatte er die volle Kontrolle, wurde nicht von Roland drangsaliert und herumgeschubst. Es war ein alter, rotlackierter Golf 2, der nur noch von Schrauben, Spucke und Hingabe zusammengehalten wurde. Sein Alter hatte sich die Kohle dafür mühsam zusammengespart. Seine Mutter schlug jedes Mal die Hände über dem Kopf zusammen, wenn sie ihn in seiner Todeskutsche herannahen sah. ›Sarg mit Rädern‹ hatte sie das Fahrzeug getauft. Als wäre es gestern, erinnerte Tim sich daran, wie sein Vater ihm den Wagen zur bestandenen Abschlussprüfung geschenkt hatte. Es war ein sonniger Juninachmittag gewesen. Sein Dad hatte ihm die Hand geschüttelt und ein Lächeln hatte die sonst so harten Züge weich gemacht. Es hatte nicht viele solcher Momente zwischen ihm und seinem Vater gegeben.

Der Wagen hatte viel mitgemacht. Geistesabwesend streichelte Tim das Armaturenbrett. Die Rücksitze hätten Geschichten vom vergangenen Sommer erzählen können. Marlen war die einzige Frau, mit der er je intim geworden war. Sie besaß ein freundliches, breites Gesicht und eine dänische Dogge, vor der er sich ein bisschen fürchtete. Bevor Tim entschieden hatte, ob er sich eine Beziehung mit ihr vorstellen konnte, hatte sie ein Jobangebot angenommen und war nach Norddeutschland gezogen.

Einmal waren sie von einem Bauern erwischt worden, als sie mit dem Wagen weit, weit raus, an ein – wie sie glaubten – verlassenes Feld gefahren waren. Tim war fleißig dabei, Marlens Acker zu bestellen, als er den Landwirt durch die Heckscheibe sah. Er hatte die Hände tief in den Taschen seiner Latzhose vergraben und schaute zu ihnen herüber, schien abzuwägen, ob er warten, bis sie ihn bemerkten, oder ihrem Liebesspiel ein plötzliches Ende bereiten sollte. Es war unmöglich zu sagen, wie lange er schon gespannt hatte, als Tim ihn bemerkte. Sie hatten sich fluchend angezogen, den Wagen gestartet und waren davongefahren, als wären ihnen die apokalyptischen Reiter auf den Fersen. Etwas so Peinliches war ihm seither nie wieder passiert. Er hatte sein Ziel erreicht.

Der Hof lag etwas abseits vom Schuss. Tim musste bei der Fahrt auf das Gelände hart nach rechts einschlagen, da er sonst einen Holzpflock umgefahren hätte, der nutzlos mitten in der Zufahrt stand. Er lenkte seinen Wagen in die Mitte des Hofs, parkte und stieg aus. Sein Blick fiel auf zwei Flachbauten und einen langen, rechteckigen Kasten. Tim sah sich ratlos um. Das Tor des Kastens stand offen. Aus seinem Inneren drangen Geräusche.

Pranke und Jon montierten einen neuen Katalysator an einen alten Ford, als der Mechaniker ein Geräusch hörte. Er sah durch die milchigen Scheiben der Werkstatt, erblickte einen roten Golf und einen dürren Mann, der sich der Werkstatt näherte und etwas in seiner Hand hielt, das gefährlich nach Kripomarke aussah.

»Tom, Siehst'e den Bullen?«

Jon folgte Prankes ausgestrecktem Finger. Seine Augen wurden groß, als sein Blick auf die Marke fiel.

»Das ist kein Problem, Tom. Gar kein Problem. Warte in dem Bretterverschlag neben dem Schuppen. Wenn du dich beeilst, schaffst du's. Ich hol' dich ab, wenn die Luft wieder rein ist.«

Jon grinste anerkennend. »Bist' gut vorbereitet.«

»Du bist nicht der erste Asylsuchende hier.« Pranke zwinkerte ihm zu. »Jetzt mach', das du wegkommst.«

Jon verließ die Werkstatt durch den Hintereingang und schlich ihre Rückwand entlang.

Ein Hüne in einem fleckigen Blaumann und Schirmmütze trat aus dem Schatten der Werkstatt in die milde Septembersonne. Er blickte Tim fragend an.

Tim räusperte sich. »Bin ich hier richtig bei Feldallee 1?«

»Mehr Häuser gibt's hier nicht. Wollen Sie zu mir?«

Der Mann war ihm auf Anhieb sympathisch. Er wirkte sehr bodenständig, so wie er selbst.

»Ja. Tim Gartner, Kripo.« Er hielt ihm die Hand hin.

Der Mechaniker wischte die Rechte an seinem Blaumann ab und ließ Tims Hand in seiner verschwinden. »Ralf Eggers – oder Pranke, wenn Ihnen das lieber ist.«

»Uns wurde gemeldet, dass Sie auf ihrem Hof einen Neuzugang haben. Einen gewissen Tom Martens?«

Der Mechaniker sah ihn verwirrt an. »Nie gehört. Ich schraube allein. Für zwei wirft die Werkstatt nicht genug ab. Hier kommen nur Kunden.«

»Würde es Sie stören, wenn ich mich etwas umsehe?«

»Und wenn's so wäre?« Pranke kniff kurz die Augen zusammen, lächelte dann aber. »Tun Sie sich keinen Zwang an, Herr Wachtmeister.«

Tim nickte schüchtern. »Danke.«

Er betrat die Werkstatt und sah sich um. In dem Raum war natürlich keine andere Person. Was hatte er auch erwartet? Sein Blick wanderte über einige Autos auf Unterstellblöcken – an einem hatte Pranke wohl gerade noch geschraubt –, allerlei Werkzeug und eine große Werkbank. Auf ihrer Arbeitsfläche lag ein Schild. MITARBEITER GESUCHT, stand in schrägen Lettern darauf geschrieben. Daneben lagen noch Nägel und die Zange, mit der der Mechaniker sie rausgezogen hatte. Tim tat auf schrecklich interessiert an dem ganzen Zeugs, obwohl er nicht recht wusste, wonach er eigentlich suchte. Pranke stand hinter ihm und blickte belustigt drein.

»Wenn Sie Fragen haben, nur zu.«

Tim hielt inne in seiner unorganisierten Spurensuche. »Ist Ihnen in letzter Zeit etwas Verdächtiges aufgefallen?« Pranke riss theatralisch die Augen auf. »Verdächtig?« Er winkte müde ab. »Nein, nichts Verdächtiges. Abgesehen davon, dass mein Furz in letzter Zeit nach Seife riecht.« Er lachte scheppernd.

Tim grinste unbeholfen. »Kennen Sie einen Axel Wilkens?«

»Natürlich! Was hat der Halunke angestellt?«

Prankes Blick bekam etwas Gieriges. Klatsch und Tratsch waren ihm lieb und teuer.

»Er sagte, dass Sie einen neuen Mitarbeiter hätten. Sagte, er wäre wie aus dem Nichts erschienen.«

Der Mechaniker kratzte sich am Kopf. »Das wüsste ich aber. Der Spinner will mich nur ärgern.«

Tim nickte. »Möglich. Wir erhalten leider derzeit recht viele solcher Anrufe.«

Pranke wirkte interessiert. »Es ist wegen diesem entlaufenen Irren, richtig?«

»Sie haben davon gehört?«

»Klar, es kam über die Nachrichten. Ich wohne zwar etwas ab vom Schuss, aber nicht hinterm Mond. Wenn in Frankfurt einer aus 'ner Anstalt ausbricht und anfängt, Leute umzubringen, bekomme ich das mit.«

»Das ist gut. Wir sind leider auf Hinweise aus der Bevölkerung angewiesen. Frick könnte sich *überall* verstecken.«

164

Der Bretterverschlag war eine gute Sache. Sonnenlicht fiel durch die Ritzen und ließ Staubpartikel in der Luft tanzen und glitzern. Jon spähte durch einen Spalt zwischen den Brettern wie durch eine Schießscharte.

Mach den Polizisten kalt, Jonni.

Nein.

ER war unsicher; das spürte Jon. ER konnte nicht sehen, was der Beamte in der Werkstatt tat und das machte ihn ganz fuchsig. Eine Eisenstange war unter das Dach geklemmt, um einen schiefen Holzhaufen zu stützen, damit er nicht zur Seite wegrutschte. Sicherheitshalber riss Jon sie aus der Verkeilung, um eine provisorische Waffe zu haben. Der Holzstapel neigte sich gefährlich, aber er hielt.

Der Polizist und Pranke traten aus der Werkstatt. Pranke verwickelte ihn in ein Gespräch. Sie inspizierten die Elektrogeräte auf dem Hinterhof. Pranke gab Jon ein Zeichen das Versteck zu wechseln, als der Kripomann gerade abgelenkt war. Er stellte die Eisenstange vorsichtig ab, drückte sich rückwärts aus dem Verschlag und schlich außen herum die Rückseite entlang, zurück in die Werkstatt. Von dort beobachtete er die beiden durch die trüben Fenster.

Jemand beobachtet mich, dachte Tim.

Ein leichtes Unbehagen entstieg seiner Magengegend und nistete sich in seinem Denken ein.

Mach dich nicht lächerlich.

Er wandte sich in Richtung eines niedrigen Schuppens, der sich neben der Werkhalle befand. »Was ist da drin?«

»Kram und Zeug. Mein Ersatzwerkzeug und so. Werfen Sie gerne 'n Blick rein.«

Tim durchsuchte den Raum. Abermals, ohne zu wissen, wonach überhaupt. Und selbst wenn er es gewusst hätte: Frick war ein Schatz, den er nicht finden wollte. Nachdem er im Schuppen nicht fündig geworden war, inspizierte Tim den Bretterverschlag zu seiner Rechten. Er enthielt lediglich Feuerholz, das bis unter die Decke auf einem schrägen Haufen gestapelt war. Eine Eisenstange lehnte daran. Tim konnte hinter dem Holz nichts erkennen. Zwischen dem Stapel und der Rückwand schien sich ein Zwischenraum zu befinden. Tim nahm die Eisenstange, trat aus dem Verschlag und wandte sich an Pranke. »Kann ich die einmal benutzen?«

»Tun' Sie sich keinen Zwang an.« Pranke musste sich zusammenreißen, die Beunruhigung, die ihn beim Anblick der Stange überkommen hatte, aus seiner Stimme fernzuhalten. Hatte der Polizist einfach die Stange gelöst? War es Tom gewesen? Er konnte den Beamten unmöglich fragen, ohne verdächtig zu erscheinen. Pranke war sehr besorgt.

Jon erstarrte, als der Kripomann aus dem Bretterverschlag trat. Fluchend wich er einen Schritt vom Fenster zurück. Der Polizist hatte die Eisenstange in der Hand und wandte sich an Pranke. Jon konnte nicht hören, was gesprochen wurde, aber er hatte ein ungutes Gefühl bei der Sache.

Tims Unbehagen hatte sich verflüchtigt. Hinter dem Haufen war er nicht fündig geworden. Nachdem er seine Runde auf dem Hof beendete, hatte er darum gebeten, sich in den Wohnhäusern umzusehen. Die Räume rochen nach abgestandenem Bier und Schweiß. Sie waren zwar unordentlich, aber sauber, was Jon betraf. Pranke hatte ihm noch ein Stück Kuchen aufgequatscht. Das Bier hatte Tim dankend zurückgewiesen. Ihr Gespräch war noch ein Weilchen um Lappalien gekreist, doch schließlich zum Erliegen gekommen. Er fand nichts. Nicht, dass ihn das gestört hätte. Tim war geradezu erleichtert. Sie standen vor seinem Wagen und schüttelten sich die Hände.

»Wir melden uns möglicherweise nochmal bei weiteren Fragen.«

»Natürlich. Tun Sie das.«

Tim drehte sich im Kreis und ließ ein letztes Mal den Blick schweifen. Er blieb an der Plakette von Prankes Wagen hängen, der vor dem Wohnhaus parkte. Tim zeigte darauf. »Ich drück' heute mal 'n Auge zu, aber der muss schleunigst zum TÜV.«

»Alles klar, Herr Kommissar!« Pranke reckte einen schwieligen Daumen nach oben. »Ich fahr gleich los. Ham' se' recht mit'm TÜV.«

»Tut mir leid, Sie bei der Arbeit gestört zu haben.«

»Ach, kein Problem. Vorsicht ist die Mutter der Porzellankiste oder so.« Pranke grüßte zum Abschied. Tim stieg ein und startete den Wagen. Der Mechaniker winkte ihm nach.

Der Polizist fuhr davon. Pranke runzelte die Stirn.

Vollidiot.

Als das Auto des Beamten außer Sicht geraten war, trat Jon aus der Werkstatt in den Halbschatten der Torschwelle und hob fragend die Brauen. Sein Gesicht lag teilweise im Dunklen. Pranke sah zwei zu einem dünnen Strich zusammengepresste Lippen. Ihn beschlich ein unangenehmes

Gefühl. Da lag etwas in Toms bohrendem Blick. Etwas Dunkles.

»Wie ist es gelaufen?«, fragte Jon knapp. Sein Tonfall besaß etwas Gebieterisches.

»Gut, gut. Er hats geschluckt.«

Jon trat in die Sonne. Sein Blick ging in die Ferne, schien unsichtbare Gebirgsketten zu erwandern.

»Wollen wir es hoffen.«

Aus irgendeinem Grund ängstigte dieser Satz Pranke mehr als alles andere.

Hintergedanken

Während sich Klugmann im Büro herumschlug, war Roland auf der Straße. So hatte er es ohnehin lieber. In seinen Augen bot es keine Vorteile, den Aktenaufbau zu beaufsichtigen und die Büroermittlungen zu leiten. Man puzzelte bloß vor sich hin und verkam allmählich zu einem übellaunigen Sesselfurzer. Roland musste sich eingestehen, dass er das auch so geschafft hatte. Aber immerhin konnte er ab und an mal raus. Er beneidete Klugmann kein Stück.

Der Anrufer hatte ihn zu sich nach Hause eingeladen. Der Kunde war ein einflussreicher Mann. Samuel Messing leitete eine kleine Privatbank und war Inhaber diverser Geschäftshäuser und Firmengrundstücke. Sein Haus entsprach ganz dem griechischen Stil. Tonziegel, weiß gekalkte Wände. Es wurde von einem hübschen Gärtchen eingerahmt. Einige kleinere Bäumchen wurden mit schräg aufgestellten Holzleisten gegen den Sturm stabilisiert. Mediterrane Sträucher bildeten eine grüne Grenzlinie am Rande seines Grundstücks. Die Ziersträucher waren akkurat zurechtgestutzt, sodass sie aussahen wie grüne Köpfe.

Das hätte Edward mit den Scherenhänden nicht besser machen können.

Roland stellte den Wagen ab.

Messing empfing ihn freudig winkend. Er stand in Pantoffeln und einem wollenen Pullover in der offenen Tür. Der Wind spielte mit einzelnen Strähnen seines kurzen, weißen Haares. Der Mund war zu einem großväterlichen Lächeln verzogen, dass wohlwollende Grübchen sehen ließ.

Roland stieg aus, hob grüßend die Hand und schritt den gekiesten Weg zu Messings Haustür hinauf. Hortensien und Herbstastern wuchsen an seinen Seiten und verströmten einen betörenden Duft. An dem Mann war ein Kleingärtner verloren gegangen. Er war ihm auf Anhieb unsympathisch. Da lag etwas Lauerndes in diesen wässrig blauen Augen, wie Piranhas, die unter der Oberfläche eines Sees kreisten.

»Herr Klinger, wie schön, dass Sie meiner Bitte gefolgt sind.«

Sie schüttelten sich die Hände. Roland war, als berühre er einen weichen, toten Fisch. Messing strahlte ihn an wie eine Neonreklame. Roland grinste zuckrig zurück.

»Die Freude ist ganz meinerseits.«

Er trat ein.

Es roch angenehm in Messings Haus. Es war sauber und ordentlich, nicht so zwanghaft wie bei Marsha, aber bestimmt und nüchtern eingerichtet. Hier wohnte ein kühler Kopf, ein klarer Geist. Der Boden war von einem orientalischen Teppich bedeckt, der ihre Schritte verschluckte. Zu beiden Seiten des Flurs ging eine Tür ab. An seinem Ende befand sich eine Treppe. Ölgemälde mit biblischen Szenen hingen links und rechts der Seitentüren exakt gegenüber. Es herrschte ein warmes, heimeliges Licht, dass von gedimmten Lampen mit fächerartigen Schirmen herrührte. Alt, aber geschmackvoll, fand Roland. Messing zeigte ihm die Garderobe. Roland entledigte sich seines Mantels und schlüpfte aus den Schuhen.

»Kann ich Ihnen einen Tee anbieten? Kaffee? Irgendetwas anderes?«

Der Bankier legte die Hände übereinander und nahm eine – wie er fand – leicht unterwürfige Haltung ein, so als wäre er ein Kammerdiener.

Arschkriecher.

Roland wies das Angebot dankend zurück.

Messing führte ihn in einen Nebenraum, in eine Art Bibliothek. Ein gewaltiges Bücherregal beherrschte die Westseite. Der Mann schien vielseitig interessiert zu sein. Rolands Blick wanderte über Thomas Mann, Steinbeck, Hemingway, Bukowski. Einige Bücher befanden sich in maßgefertigten Schutzumschlägen. Sah antiquarisch und wertvoll aus.

Sie nahmen am Fenster in einander gegenüberstehenden Sesseln Platz. Die Sessel hatten die Farbe eines milden Tannengrüns und waren von der Art, wie sie auch ein Geschichtenerzähler bevorzugt hätte. Gut gepolstert, mit einer großen Sitzfläche, in der man zu versinken schien. Roland tat es, Messing eher weniger. Der Bankier legte locker die schmalen Hände auf die Armlehnen. Messing verursachte nicht das leiseste Geräusch, wenn er sich bewegte. Der untersetzte, bebrillte Mann war Roland auf eine Art unheimlich, die er nicht recht zu benennen wusste.

»Wie ich Ihnen bereits am Telefon sagte, habe ich Jesse Lunk gekannt. Er erzählte mir, dass jemand am Freitagabend verdächtig um sein Grundstück schlich.«

Der Bankier log offensichtlich. Roland hatte das Grundstück und die zweieinhalb Meter hohe Mauer gesehen, die es einrahmte. Sie war auch der Grund dafür, dass die Nachbarn seine Fallen nicht bemerkt hatten. Und Lunk hatte keine Außenkameras. Wenn der Mann sich nicht direkt in seinem Garten befand, hätte er ihn nicht sehen können. Roland behielt seine Zweifel für sich.

»Haben die Nachbarn etwas mitbekommen?«

Der Bankier zupfte nachdenklich an seinem Pullover. »Nein, ich glaube nicht. Der Mann hat wohl darauf geachtet, keine Aufmerksamkeit auf sich zu ziehen.«

»Hat Herr Lunk gesagt, wie er aussah?«

»Jesse sagte, er wäre circa 1,80 groß und von athletischer Statur. Langes, dunkles Haar, graue Augen.«

Messing beschrieb Frick.

»Hilft Ihnen das?« Er musterte ihn interessiert über den Rand seiner Brille hinweg.

Roland zögerte. »Vielleicht.«

Die Information, dass Frick Lunk umgelegt hatte, stand noch nicht in der Zeitung und war für die Öffentlichkeit nicht zugänglich. Der Bankier hatte ihm am Telefon erzählt, dass er zufällig bei seinem Freund vorbeigekommen war. Zufällig. Roland wurde das Gefühl nicht los, dass der Kerl ihn an der Nase herumführte. Messing hielt mit seinen Informationen hinter dem Berg. Er wusste etwas. Da war etwas, das ihm anhaftete. Etwas Abstoßendes wie der süßlich-faule Geruch im Fußraum vergessener Bananenschalen.

»Wann hat Herr Lunk Ihnen davon erzählt?«

»Das war vorgestern; am Samstagabend, gegen 18 Uhr.«

»Warum waren Sie noch gleich bei Herrn Lunk?« Roland beugte sich interessiert vor.

»Mein Besuch war rein geschäftlicher Natur. Jesse war Kunde meiner Bank. Es ging um eine größere Geldanlage; er wollte sein Depot vergrößern. In Einzelfällen führe ich die Beratung bei den Klienten zu Hause durch und ich muss Ihnen gestehen, ich hatte auf einen netten Plausch gehofft.« Messings Stimme kippte plötzlich. »Eine Nachbarin erzählte mir, dass er *ermordet* wurde. Davon abgesehen waren überall Polizisten.«

Messing mimte den ernstlich Betroffenen. Nach all den Jahren, die Roland bei der Kripo arbeitete, hatte er ein feines Gespür dafür entwickelt, wenn jemand versuchte, seinen verlogenen Arsch zu retten. Die ganze Geschichte wirkte konstruiert. Und überhaupt: Eine Depoterweiterung? Von zu Hause aus? Der Kerl war eindeutig nicht ganz koscher.

»Unterhalten Sie häufiger Freundschaften zu ihren Klienten?«

Messing kniff leicht die Augen zusammen. »Gelegentlich.«

»Und Sie sind zufällig bei ihm vorbeigekommen?«

»Wollen Sie mir etwas unterstellen, Herr Klinger?« Messing runzelte die Brauen.

Roland ging nicht weiter darauf ein.

Messing brach das gefährliche Schweigen, indem er selbst das Wort ergriff. »Es ist so schrecklich, was dem armen Jesse geschehen ist. Es hat doch nicht etwa mit diesem entlaufenen Irren zu tun?« Er musterte ihn prüfend aus seinen blassblauen Augen.

Piranhaaugen!

In Rolands Geist leuchtete ein Warnlicht auf. Der Bankier benutzte Lunk als Vehikel, um etwas über Frick zu erfahren. Aber warum?

»Das können wir derzeit nicht ausschließen. Aber wir wissen nichts mit Gewissheit. Die Obduktion ist noch nicht durch. Es ist wirklich schrecklich, was Ihrem Freund zugestoßen ist.« Er kratzte sich am Kinn.

Messing erwiderte nichts. Seine Mine war undurchdringlich. Glatt wie eine Schieferwand. Roland biss sich die Zähne daran aus. Sie würden ihn verdeckt nochmal überprüfen müssen. Wenn Messing bei Lunk gewesen war, musste ihn einer der Anwohner gesehen haben. Er wollte das Gespräch zu einem Ende bringen. Die ganze Situation war ihm höchst unangenehm.

»Sie haben mir sehr geholfen. Die Polizei dankt Ihnen für Ihre Unterstützung.«

Messing lächelte klebrig. »Gerne.«

Sie standen vor dem Haus. Von Osten her kam eine steife Brise, die Rolands Mantel bauschte. Messing war ihm nach wie vor unheimlich. Wieder beschlich ihn dieses Unbehagen. Roland dämmerte so langsam, dass es hier nicht mit rechten Dingen zuging. Es waren unbekannte Mächte am Werk und er empfand sich als Figur in einem Spiel, dessen Spielzüge er weder sehen konnte, noch verstand.

Sie gaben sich die Hände. Der Händedruck des Bankiers war auch beim zweiten Mal widerlich. Kein Vergleich zu Marsha.

Bleib bei der Sache, Roland.

»Viel Erfolg bei den Ermittlungen.« Messing lächelte aufmunternd.

»Danke. Und vielen Dank für Ihren Anruf.«

»Nicht doch.« Der Bankier machte eine wegwerfende Handbewegung.

Roland erwiderte steif sein Lächeln und ging zu seinem Wagen, den Kopf voller Fragezeichen.

Als der Polizist sich entfernte, lächelte Messing nicht mehr.
Er rief Jeremia an, um Meldung zu erstatten.

Kristy

Pranke hatte ihm bereitwillig den Rest des Tages freigegeben, weil er den Sonntag durchgearbeitet hatte und Jon nutzte die Zeit für eine dringende Mission.

Er trug dunkle Jeans und einen unbedruckten schwarzen Pullover. Sein Equipment war im Rucksack; die P99 unter dem Pullover, verborgen in ihrem Holster. Jon hatte neben Kristys Haus hinter einigen Mülltonnen Stellung bezogen. Er sondierte die Lage.

Die Lage war beschissen. Kristy wohnte direkt an der Straße in einem großen Stadthaus, an dessen Rückseite sich ein Garten anschloss. Es war sonnig und die Gegend war voller Menschen. Kinder malten mit Kreide auf dem Gehweg und ein älteres Ehepaar auf einer Bank sah ihnen dabei zu. Zwei junge Männer gingen mit einem Hund Gassi und unterhielten sich angeregt. Jon hatte gerade überlegt, ob es ihm gelingen könnte, unbemerkt in den Garten zu gelangen, als sich die Tür öffnete.

Kristy trat in den Sonnenschein. Sie war noch schöner als in seiner Erinnerung, doch ihr Äußeres würde ihn nicht zum Narren halten. Das Einzige, was ihn daran hinderte, ihr etwas anzutun, waren die Menschen auf der Straße. Er konnte sie vor so vielen Zeugen unmöglich erschießen. Kristy marschierte zielstrebig die Allee entlang; anscheinend hatte sie etwas zu erledigen.

Er folgte ihr.

Das Castellano war eines der angesehensten Restaurants in der Innenstadt und sündhaft teuer. Der imposante

Sandsteinbau dominierte die umliegenden Häuser an dem runden Platz. Die Plaza, ihre Restaurants und Cafés waren an diesem sonnigen Tag gut besucht. Es war Jon ein Leichtes gewesen, sich hinter den Bäumen der Allee zu verbergen und Kristy unbemerkt zu folgen. Er saß auf einer Bank im Park, dem Lokal gegenüber und beobachtete sie einigermaßen sichtgeschützt durch die Bäume hindurch. Das Rädchen, mit dem er die Schärfe des Feldstechers einstellte, knirschte leicht, als er es drehte. Jon konnte bis ins Innere des Lokals sehen. Die Scheiben waren unverspiegelt, damit jeder die speisende Oberschicht begutachten konnte. Die ganze Gruppe schien einen Haufen Kohle zu besitzen.

Eine ältere Dame ließ sich neben ihm auf der Bank nieder.

»Junger Mann, was machen Sie denn da?« Sie musterte ihn scharf über den Rand ihrer Brille.

»Ich beobachte Vögel.«

Sie schüttelte den Kopf und kramte in ihrer Handtasche.

Kristy betrat das Lokal und klappte ihre Sonnenbrille zusammen. Einige Männer betrachteten sie aus dem Augenwinkel und sie tat, als bemerke sie es nicht. Sie sah hinreißend aus und sie wusste es. Ihr Kleid war tief ausgeschnitten und blutrot. Die blonden Haare wallten ihr über die Schultern. Ein junger Kellner eilte herbei, um sie in Empfang zu nehmen. Er führte sie zu einem Tisch mit Blick auf Park und Plaza. Im Gehen nickte sie dem Barkeeper im hinteren Bereich des Lokals zu. Er stand an einer Bar, die jeden Whiskykenner ehrfürchtig werden ließ. Die edlen Tropfen waren teilweise älter als die Gäste.

Kristy setzte sich. Der Kellner zog sie mit seinen Blicken aus und sie ließ ihn gewähren.

»Möchten – möchten Sie schon etwas trinken?«

Er wurde ganz rot beim Sprechen.

Süß.

»Nein, danke. Bitte geh' in die Küche und sag' Vincent, dass Kristy ihn sprechen möchte. Wärst du so nett?«

Der Mann nickte, als hinge sein Leben davon ab und verschwand in der Küche.

Vincent kam mit ausgebreiteten Armen auf sie zu. Eine Narbe verlief ihm quer über die rechte Wange und verlieh ihm eine wilde Note.

»Kristy! Was machst *du* hier?«

Sie erhob sich und umarmte ihn fest. »Das Übliche. Ist Milos da?«

Kristy mochte Vincent. Er war sehr von sich überzeugt, so wie sie selbst und ließ sich nicht von ihr einschüchtern.

»Klar. Er is' hinten.« Vincent wies mit einem Finger über seine Schulter.

Sie senkte die Stimme. »Ich brauche euch. Es ist ernst.«

Vincent verschränkte die kräftigen Unterarme vor der Brust. »Wann?«

»Sofort.«

»Und wie lange?«

»Mindestens die nächsten Wochen, bis sich die Lage beruhigt hat. Ich habe da wen an den Hacken. Der Mann ist verflucht gut in dem, was er tut.«

»Okay, Ich sag's ihm. Aber wenn es so arg ist, wie es sich anhört, brauchen wir das schwere Gerät. Das muss ich erst holen. Dauert 'n Weilchen.«

178

»Wie lange?«

»Knappe halbe Stunde.«

»Okay. Dann in 30 Minuten bei mir.«

»Ist gebongt.« Vincent verabschiedete sich und verschwand in der Küche.

Jon beobachtete das Geschehen von draußen. Die alte Dame fütterte Enten mit Toastbrot aus einer Plastiktüte. Reizend. Der Typ sah trotz der Kochschürze so gar nicht nach Koch aus, fand Jon. Mehr nach Metzger. Er hatte ein ungutes Gefühl bei der Sache. Kristy erhob sich.

Beeil dich, wisperte ER.

Sie verließ das Restaurant, wobei ihr einer der Kellner die Tür aufhielt, welche sie elegant durchschritt. Jon kannte den Fluss ihrer Bewegungen zu gut. Diese Grazie, mit der sie einen Schritt vor den anderen setzte. Das flüssige Gold ihres Haares, das sich über ihre Schultern ergoss. Jon sprang auf und spurtete ihr voraus. Er sah sich um und überprüfte, ob Kristy Kurs hielt. Sie tat es. Jon konnte sich keinen Reim darauf machen, was das Treffen mit Narbengesicht zu bedeuten hatte, aber er ahnte Übles.

Kristy eilte die Plaza entlang. Die Menschengrüppchen auf dem offenen Platz hatten sich aufgelöst. Ein Liebespaar schlenderte unter den Bäumen der Allee am Ende der Plaza dahin. Es war ein Jammer, dass sie verschwinden musste. Sie mochte die Gegend. Eine undurchdringliche Wand aus Regenwolken hatte sich vor die Sonne geschoben und trieb die Menschen in ihre Häuser. Schlagartig hatte sich die Welt verdunkelt.

Kristy fühlte sich beobachtet. Allerdings *wurde* sie auch ständig beobachtet – oder vielmehr begafft. Aber dieses Gefühl war anders. Es fühlte sich kalt an. Es stach. Sie drehte sich mehrfach um, konnte aber niemanden entdecken.

Mach dich nicht lächerlich.

Sie bog in ihre Straße ein. Das Haus lag verlassen da. Die Gegend war menschenleer. Ihre Absätze klackerten auf dem Gehweg. Klackerten ihr zu laut. Als Sie an ihre Haustür gelangte, hatte sie den Schlüssel bereits in der Hand. Sie schloss auf.

In Sicherheit. Endlich.

Vincent und Milos würden bald da sein. Kristy öffnete die Tür und Jon sprang hinter der Mülltonne hervor wie ein böser Schachtelteufel und schubste sie in den Flur. Sie schlug sich den Kopf am Schuhschrank an. Er warf die Tür hinter ihnen zu und trat ihr in den Unterleib. Sie reagierte nicht. Jon war zufrieden. Die schwarze Witwe war ihm ins Netz gegangen.

Er sperrte die Tür ab und warf sie sich über die Schulter wie einen Kartoffelsack. Jon setzte sie auf einen Küchenstuhl und fesselte sie mit Klebeband. Leute an Stühle zu fesseln, schien zu einer Gewohnheit zu werden.

Sie weinte. Ihre Augen waren verquollen, der Lidschatten verwischt. Die Tränen zogen helle Furchen in ihr Make-Up und machten sie hässlich. Ein Spülschwamm, den Jon zu einem Knebel umfunktioniert hatte, steckte tief in ihrem Mund. Ihr Kleid war verrutscht und gab eine schwarze Spinne frei, die unter ihr linkes Schlüsselbein tätowiert war. Kristy zerrte an den Fesseln und versuchte durch den Knebel hindurchzuschreien, doch alles, was ihren Mund verließ, waren undeutliche, gedämpfte Laute. Jon hielt das Tranchiermesser aus ihrem Messerblock in der Hand wie die Friseurin den Kamm, eine Hand in die Hüfte gestemmt und musterte sie stumm.

Bring sie um!

ER knurrte wie ein wildes Tier.

Noch nicht, widersprach Jon. *Sie muss es erst rausrücken.* Jon wandte sich an Kristy. »Du hast etwas, dass ich brauche und wie ich sehe, hast du bereits gepackt.« Er deutete auf die Taschen, die vor der Anrichte in der Küche standen. Eine Schwarze mit Tragegurt erregte seine Aufmerksamkeit. »Da ist ein Laptop drin, nicht wahr? Werde ich auf der Festplatte ein Andenken finden? Menschen wie du bewahren so etwas doch sicherlich auf.«

Kristy antwortete nicht, doch das Funkeln in ihren Augen war Antwort genug.

Jon ging zu den Taschen und fand in der vorderen tatsächlich einen Laptop.

»Das Ganze hier muss nicht länger dauern als nötig. Ich nehme dir jetzt den Knebel ab, damit du mir das Passwort sagen kannst, okay? Und ich rate dir, nicht zu schreien, sonst –« Er deutete auf das Messer.

Kristy nickte. Jon stellte sich hinter sie und nahm ihr den Knebel ab. Rasch zog er seine Hand weg, damit sie ihn nicht beißen konnte.

Kristy würgte und spuckte aus, was vermutlich an dem dreckigen Spülschwamm lag. Jon sah, wie sich alles in ihr dagegen sträubte, ihm das Passwort zu verraten, doch letztlich siegte ihre Angst, als er sie mit dem Messer berührte und sie sagte es ihm.

»Ich danke dir.«

Jon gab das Passwort ein und der Laptop antwortete mit dem Windows-Jingle und dem diesen begleitenden WILL-KOMMEN. Er legte Kristy den Knebel wieder an und durchsuchte den PC, bis er fündig wurde.

Das ist es.

Was er sah, erschütterte ihn, obwohl er darauf vorbereitet gewesen war. Er klappte den Laptop zu, schob ihn zurück in die Tasche und ging traurig lächelnd zu Kristy. Sie versuchte etwas zu sagen, doch der Knebel ließ es nicht durch.

Jon stieß das Messer druckvoll zwischen den Rippen in Kristys Herz. Ihre Bewegungen erstarben und sie sackte zusammen. Die Augen, die so viele Männer verzaubert hatten, starrten stumpf und gebrochen ins Leere. Jon dachte, dass sich das Blut ganz schlecht aus den Parkettfugen entfernen lassen würde. Er hatte schon immer Probleme damit gehabt, den Moment zu würdigen.

Drei waren erledigt, blieben noch zwei. Jeremia war ein schwerer Brocken, aber wenn Jon ehrlich war, freute er sich auf die Herausforderung. ›Den Kreis durchbrechen‹ nannten es die Psychologen. Er zog es jedoch vor, den Kreis zu zerstückeln, zu verbrennen und danach auf sein Grab zu spucken. *Das* brachte sein Blut in Wallung.

Sein Instinkt sagte ihm, dass sie aufrüsten würden. Wie aufs Stichwort geriet ein schwarzer Ford Explorer mit getönten Scheiben in sein Blickfeld. Jon sah ihn durch die Küchenfenster.

Der Wagen hielt draußen.

Fuck.

Zwei Männer stiegen aus und hielten auf die Tür zu. Sie trugen dunkle Cargohosen mit Aufsatztaschen und funktionelle Westen, wie sie Jäger benutzten. Ihre Kleidung war seltsam ausgebeult. Jon vermutete Waffen unter den Westen. In dem Einen erkannte er den Koch aus dem Restaurant. Der Andere war ein grimmig dreinblickender Lulatsch, der nach Balkan oder Schwarzmeerküste aussah. Sie trugen große Segeltuchtaschen.

Lass mich raus!, zischte ER gierig.

Nein! Verschwinden wir!

Er atmete schnell.

Lass mich raus! Die Hure hat sie geschickt, um dich umzubringen!

Jon geriet ins Wanken. Er hielt sich an der Kommode fest. Die Schritte kamen näher.

Lass mich raus!

ER schickte ihm einen Strom aus Bildern entgegen.

(Leichen, Schrapnelle, abgerissene Gliedmaßen.)

Jon schwitzte. ER sandte ihm ein Sperrfeuer schmerzlicher Erinnerungen. Es tat weh.

Lass es zu! Ein roter Film legte sich über sein Blickfeld.

Lass es zu!

Er gab nach.

Vincent klopfte und die Tür schwang auf. Die beiden traten ein. »Sorry Kris', hat 'n bisschen länger gedauert. Wieso sollen w–« Er verstummte abrupt. Sein Blick fiel auf die Leiche im Stuhl am Ende des Flurs. Er erstarrte. Sein Gehirn brauchte zwei Sekunden, um den Schock zu verarbeiten.

Jemand ist hier.

ER warf die Tür mit dem Fuß zu und rammte Vincents Kollegen den Schraubenzieher bis zum Griff in den Hals.

Vincent wirbelte herum. Sein Blick blieb an dem Schraubenzieher hängen, der bis zum Griff in Milos' Hals steckte. Milos gab ein pfeifendes Röcheln von sich, die Augen verdrehten sich ins Weiße und er sackte zusammen.

Einen Augenblick lang standen Vincent und ER sich reglos gegenüber, dann stürzte Vincent sich auf ihn, doch ER duckte sich unter ihm weg und rannte den Gang entlang. Vincent zog ein langes Messer aus seiner Weste und stürmte ihm wie ein Bulle hinterher.

ER riss eine Tür auf, schlüpfte hindurch und schlug sie hinter sich zu. Vincent kam ihm nach und rammte die Tür mit der Schulter. Sie flog auf.

Vincent betrat den Raum. Vor ihm lag eine weiße Wanne, die halb von einem schweren Duschvorhang verdeckt war. Zu seiner Rechten war ein Keramikwaschbecken unter einem hohen Spiegel angebracht. Er glaubte, hinter dem Vorhang eine Bewegung gesehen zu haben. Seine Mundwinkel verzogen sich zu einem bösen Lächeln. Vincent zog den Duschvorhang grob zur Seite. Er riss ab. Die Ringe, die ihn hielten, fielen klackernd zu Boden.

Die Wanne war leer.

ER trat hinter der Tür hervor und rammte Vincents Schädel gegen Badezimmerspiegel und Waschbecken. Scherben regneten zu Boden. Vincent fuhr herum, richtete sich im Drehen auf und verpasste ihm eine linke Gerade, sodass er sich einmal um die eigene Achse drehte und zu Boden ging. Vincent knurrte und brachte die Rechte mit dem Messer nach vorn.

ER hatte einen kupfernen Geschmack auf der Zunge. Grinsend setzte er sich auf und wischte sich den blutigen Mund. »Weiter. Komm schon.«

Vincent stach nach ihm. ER duckte sich weg und stieß ihm eine Spiegelscherbe, die er vom Boden aufgelesen hatte, als er zu Boden ging, tief in die Brust. Vincent gab ein ersticktes Röcheln von sich. Er wollte sein Messer heben, doch ER kickte es ihm aus der Hand und stieß ihn gegen die Wand. Vincent rutschte zu Boden, beide Hände auf die Brust gepresst. ER nagelte ihn am Boden fest, bis er verblutet war. Schwer atmend erhob er sich und ließ Jon wieder ans Schaltpult.

Jon war ihm dankbar, doch er wusste: Das Aas saß neben ihm. In ständiger Alarmbereitschaft. Jon fühlte sich schlecht. Er hatte Unschuldige ermordet. Schon wieder.

Komm schon, das waren jetzt wirklich schwere Jungs.

»Du bist widerlich.«

Mein Gott, ich bin deine Moralpredigten so leid. Schau endlich nach, was in den Taschen ist.

ER hatte recht. Jon ging in den Flur und öffnete die erste Segeltuchtasche.

Jackpot.

In ihr befanden sich ein Nachtsichtgerät und vier Schalldämpfer. Zwei Halbautomatische – eine Glock 17 und eine Beretta 92 A1 – lagen in ihren Holstern beieinander. Die zweite Tasche enthielt Munition, die für eine halbe Armee gereicht hätte und ein Sturmgewehr. Ihm fiel noch etwas ein. Er durchwühlte die Taschen der Toten und fand einen Autoschlüssel. Jon verließ Kristys Haus durch die Tür und ging – eine Tasche in jeder Hand und den Laptop über der

Schulter – zum Explorer. Ein Druck auf den Schlüssel und der Wagen blinkte zweimal auf. Ein Lächeln stahl sich auf sein Gesicht: Er hatte ein Auto.

Timmis Chance

Tim kippelte. Auf seinem Schoß lag ein abgegriffener Groschenroman. Er hatte ein Faible für solche Bücher mit ruchlosen Halunken, schönen Damen und melodramatischen Actionszenen. Flache Handlung und straffe Spannungsbögen waren seine Leidenschaft. Er wusste, die Literatur war nicht gerade anspruchsvoll, doch sie genügte ihm. Warum sollte alles auch immer anspruchsvoll sein? Man konnte auch einfach mal die simplen Dinge genießen.

Nachdem er bei dem Mechaniker gewesen war, hatte Tim durchgegeben, dass es sich um eine Falschmeldung handelte und war nach Hause gefahren. Die nächste Dienstbesprechung war erst in zwei Stunden und er brauchte etwas Abstand von dem Stress. In den letzten Tagen war er länger im Kommissariat gewesen als zu Hause. Mittlerweile neigte sich der Nachmittag seinem Ende zu. Der Tag ging in die Verlängerung. Tim saß am Schreibtisch in seiner kleinen Stube und balancierte gefährlich sein Gewicht auf dem Stuhl. Er blätterte die Seite um. Und erstarrte.

Irgendetwas stimmte nicht. Ihm war, als hätte er einen gewischt bekommen. Das Puzzleteil tanzte dicht außerhalb seiner Reichweite im schwarzen Raum. Irgendetwas mit dem, was der Mechaniker gesagt hatte. Und mit … mit der Werkbank. Genau. Irgendetwas mit der Werkbank war ganz und gar nicht in Ordnung. Tim legte das Buch zur Seite und leckte sich mit der Zunge über die Lippen. Die Idee wollte heraus, aber steckte noch irgendwo fest. Tim dachte angestrengt nach. Pranke in seinem Kopf: *Ich arbeite alleine.* Plötzlich löste sich der Einfall aus seiner Verkeilung, schoss hervor und detonierte in seinem Schädel wie ein Feuerwerkskörper.

Scheiße.

Das Schild! Die Schrauben! Der Holzpfosten in der Einfahrt! Auf der Werkbank hatte ein Schild gelegen! Das SCHRAUBER-GESUCHT-Schild war frisch abmontiert worden; aber Pranke hatte gesagt, er arbeite allein! Tim schlug sich vor die Stirn, ein elektrisierendes Prickeln am ganzen Körper. Man konnte es drehen und wenden wie man wollte: Es ergab keinen Sinn. Verdammt! *Pranke versteckt Frick.* Er war sich fast sicher.

Seine Gedanken rasten. Er musste Roland anrufen! Jetzt gleich! Vor lauter Tatendrang geriet seine Balance durcheinander. Der Stuhl schmierte unter ihm weg und er landete unsanft auf dem Boden. Tim erhob sich und rieb sich das Steißbein. Entnervt hieb er auf den Tisch.

Fuck.

Er hatte dem Mechaniker geglaubt und Pranke hatte ihn wirklich hinters Licht geführt.

»Dieser verlogene Hundesohn«, stieß er zwischen zusammengepressten Zähnen hervor.

Roland würde noch in der Dienststelle sein. Seit der Scheiß am Freitag begonnen hatte, lebten sie quasi dort. Tim rief ihn an und trommelte ungeduldig auf die Tischplatte.

»Geh ran, verflucht! *Geh ran!*«

Er kam sich nicht im Mindesten komisch vor, wie er da in den leeren Raum hineinschrie. Nachdem er das zweite Mal dazu aufgefordert wurde, eine Nachricht auf dem AB zu hinterlassen, gab er es auf und lief zu seinem Wagen.

Roland war im Begriff ein verspätetes Mittagessen einzunehmen und grübelte noch immer über diesen verschlagenen Bankier nach. Er fragte sich, ob Fresko ihm weiterhelfen konnte. Falls eine Verbindung zwischen Frick und Messing bestand, wusste der Therapeut wohlmöglich davon. Plötzlich wurde die Tür aufgerissen und Tim stürmte mit hochrotem Kopf herein.

»Roland! Roland, komm sofort mit!«

Noch nie hatte er seinen Schützling so außer sich erlebt. »Sachte, sachte. Was hat dich denn erwischt?«

»Das Schild! Ich bin so ein Idiot! Das Schild ist weg!«

Roland sah ihn verständnislos an. »Welches Schild? Was meinst du?«

Tim setzte ihn rasch ins Bild. Roland strich sich bedächtig über den Schnurrbart. Er wusste, dass Tim gerne Unwichtiges und Wichtiges durcheinanderbrachte, aber er wollte sich ihm nicht widersetzen, nachdem er die letzten Tage so harsch zu ihm gewesen war. Vermutlich war es bloß ein Schwarzarbeiter.

»Du *könntest* recht haben.« Nachdenklich wog er den Kopf in den Händen.

»Ja, oder?« Tim tappte ungeduldig mit dem Fuß.

»Am besten sehen wir uns das mal an.«

Roland lenkte den Zivilwagen gemächlich durch die Zufahrt und umfuhr behände den Holzpflock, der in ihrer Mitte stand. Tims Rechte trommelte ungeduldig auf seinem Knie. Sein Blick fiel auf Prankes Wagen, den er bereits am Morgen gesehen hatte. Der Mann hatte ihn gelinkt! Und beim TÜV war er auch nicht gewesen!

Roland stieg auf die Bremse und parkte vor dem Wohnhaus des Mechanikers.

»Beeil dich!« Tim warf ihm einen gehetzten Blick zu.

»Entspann di–«

Doch Tim hörte ihn nicht mehr. Er war aus dem Wagen gesprungen und hatte die Tür offenstehen lassen. Tim sprintete zur Tür und klingelte Sturm. Roland stieg aus und folgte ihm gemächlich.

Pranke staunte Bauklötze, als er die Kripobeamten durchs Fenster sah. Kopfschüttelnd schlurfte er zur Tür.

»Nanu, Sie schon wieder. Kann ich Ihnen helfen? Stimmt etwas n–?«

Tim fiel ihm abrupt ins Wort.

»Erklären Sie mir das mit dem Schild! Warum haben Sie das verdammte Schild abgenommen?«

Pranke verstand. Ende der Vorstellung. »Er ist bloß ein Hilfsarbeiter, der mit seiner Ex Probleme hat, Jungs. Kein Grund zur Panik.« Beschwichtigend hob er die schwieligen Hände. Aber war Tom bloß ein Hilfsarbeiter? Hatte er es nicht besser gewusst und sich nur nicht getraut, ihn anzuzweifeln? Hatte er sich nicht gesagt, dass er ihn an *(Bates)* den Psycho aus dem alten Hitchcockstreifen erinnerte?

Aus dem Augenwinkel nahm Tim eine Bewegung war. Er ruckte mit dem Kopf herum. Sein Zeigefinger schnellte in einer 90-Grad-Drehung nach rechts und erwischte Roland beinahe am Kopf.

»Dahinten! Hinter der Werkstatt! Er rennt weg!«

Die Polizisten ließen den verwirrten Mechaniker stehen und rannten ihm hinterher. Pranke kratzte sich am Kopf, zuckte mit den Schultern und ging wieder ins Haus.

Jon war gerade erst von Kristy zurückgekehrt. Den Explorer hatte er am Rand des Waldes geparkt, der sich hinter den Feldern erstreckte, damit Pranke keinen Verdacht schöpfte. In der Laptoptasche hatte er einige USB-Sticks gefunden. Jon war gerade dabei gewesen, Dateien von Kristys Laptop auf einen Stick zu ziehen, der aussah wie ein Pick-Up-Riegel, als er beobachtet hatte, wie der schwarze Opel auf dem Hof hielt. Ein Mann war herausgesprungen, kaum dass der Wagen zum Stehen gekommen war und er hatte in ihm den Bullen vom Morgen erkannt. Jon hatte sich das Holster mit der P99 umgeschnallt, den Stick eingesteckt und war geflohen.

»Stehen bleiben!«, brüllte Roland.

Frick blieb nicht stehen.

Würde ich auch nicht, dachte er.

Frick hatte das Ende des Hofs erreicht und näherte sich dem Feld hinter den Häusern. Roland gab einen Warnschuss in die Luft ab. Frick machte keine Anstalten, stehen zu bleiben; er schien sein Tempo sogar noch zu erhöhen. Roland hatte noch nie auf jemanden geschossen, doch verdammt, es gab immer ein erstes Mal. Er zielte und feuerte. Die Kugel zischte tief links an Frick vorbei und schlug mit einem dumpfen *Fump* in das klumpige Erdreich des Feldes ein. Tim versuchte erst gar nicht zu schießen; er war mit Laufen beschäftigt. Da er Roland ins Schussfeld lief, steckte dieser die Waffe weg. Auf die Distanz und mit dem sich bewegenden Ziel war sie ohnehin nicht zu gebrauchen.

Es war eins von diesen Stoppelfeldern, über die man als Kind gelaufen war; völlig unbändig und frei. Jetzt sah die

Situation anders aus. Roland keuchte. Tim war an ihm vorbei gehetzt als wäre es nichts. War's vermutlich auch nicht, bei seinem Tempo. Frick war ihnen nicht weit voraus, doch der Abstand vergrößerte sich stetig. Rolands Atmung ging stoßweise. Sein Kopf war puterrot und von Schweiß überströmt. Was waren diese Ex-Soldaten auch so verflucht sportlich?

Was bist du auch so verflucht langsam?

Irgendwie schaffte Tim es, noch einen Zahn zuzulegen und den Abstand zu verringern. Seine weite Hose flatterte an den langen Beinen wie ein Wimpel im Sturm.

Frick hatte das Ende des Feldes erreicht, wo das Gelände in den Wald überging. Das Feld war noch modderig vom Regen des Vortags, rutschig und verschlammt. Die Stoppeln ragten daraus hervor wie Schnorchel aus dem Wasser. Roland rutschte aus und schlug der Länge nach hin. Er hob den Kopf und spuckte Dreck. Er sah wie Tim kurz nach Frick zwischen den Bäumen verschwand. Roland wischte sich mit einem Ärmel die Erde vom Gesicht und wuchtete sich ächzend hoch. Als er seinen rechten Knöchel belastete, knirschte irgendetwas und ein Pfeil aus Schmerz schoss seinen Körper hinauf. Mit zusammengebissenen Zähnen humpelte er über das Feld und versuchte, seinen Knöchel nicht zu belasten.

Tim sah Frick vor sich, konnte ihn atmen hören, hatte ihn fast erreicht. Ein nie gekanntes Gefühl von Macht überkam ihn. Er war der Jäger und der gefürchtete Killer flüchtete vor ihm wie das Schaf vor dem Wolf. Endlich hatte er die Möglichkeit, Roland etwas zu beweisen, einen Meilenstein für seine Karriere zu legen. Ab heute hatte er bei ihm einen Stein im Brett.

Niemand wird je vergessen wie ich –

Frick war um eine Gruppe eng stehender Tannen verschwunden. Er folgte ihm und wurde abrupt hart an der Schläfe getroffen. Tim ging zu Boden. Irgendetwas Warmes lief ihm seitlich am Kopf hinab. Mühsam rappelte er sich auf. Frick war sofort über ihm, hob die Pistole und ließ den Griff abermals in Tims Stirn krachen. Erneut ging er zu Boden. Blut rann ihm in die Augen und behinderte seine Sicht. Gehüllt in einen roten Nebel kroch Tim rückwärts.

»Wieso bist du immer noch wach?« sagte ER an Tim gewandt. ER hatte das Ruder an sich gerissen, als ihm die Lage zu gefährlich wurde. Hatte Jon einem Bombardement ausgesetzt, dem er nicht standhalten konnte.

Lass gut sein. Der ist hinüber.

»Nein!« ER sandte Jon ein Bild.

Das wagst du nicht. Herrgott, du gefährdest die ganze Mission! Wir können es uns nicht leisten.

»Ich denke, eine Patrone können wir noch entbehren. Was meinst du?«

Wir müssen hier weg. Wag es ja nicht!

ER zuckte die Achseln. »Scheinbar braucht es ein Exempel, um dich in die Schranken zu verweisen. Du gibst hier nicht den Ton an.«

Mit diesen Worten senkte ER den Lauf der Pistole auf Tims Stirn.

»Letzte Worte?«

Tim war zu geschockt, um zu antworten.

»Nein? Auch gut.« ER lächelte.

Als Tim begriff, wurden Ewigkeiten zu Augenblicken gepresst. Sein Leben lief wie ein Film in einem aberwitzigen Tempo vor ihm ab; jedes Bild schmerzlich schön, gestochen scharf und so realistisch wie auf einem 4K-Monitor. Er sah die Bilder wie im Traum – sein erstes Mal mit Marlen auf dem Rücksitz, den Tag, als er die Polizeiausbildung beendet hatte und seine Mutter, die ihn in den Armen hielt. Die Spule hatte ihr letztes Bild erreicht. Er sah seinen Vater, der ihm feierlich die Wagenschlüssel überreichte und das breite Grinsen, das die ernsten Züge erweichte. Tim hielt diesen Gedanken fest.

ER drückte ab.

Das Aufblitzen an der Mündung sah Tim nicht mehr. Er hörte nicht das friedliche Rauschen des Windes, den Nachhall der Detonation des Schusses, spürte nicht den schwachen Windhauch, der sein Haar umspielte, sah nicht SEINEN verzerrten Gesichtsausdruck. Die Welt faltete sich zusammen und der Vorhang schloss sich. 540 Joule Mündungsdruck entfalteten ihre tödliche Wirkung.

Jon schrie sich innerlich die Seele aus dem Leib, doch das kümmerte IHN nicht. ER warf einen Blick über die Schulter, aber der andere Polizist war nicht zu sehen. Hastig wandte er sich nach rechts, in Richtung Explorer, und schlug sich zwischen den Bäumen durch.

Plötzlich zerriss ein Schuss die Stille. Krähen erhoben sich krächzend aus den Baumwipfeln. Roland pumpte die Lungen voll auf und schrie. »*Tim?*«

Keine Antwort.

»*Tiiiimm!*«

Roland rannte. Sein Fuß war ihm scheißegal. Jedes Aufsetzen trieb ihm einen glühenden Speer in den Körper und Tränen in die Augen. Mühsam erreichte er den Waldrand und suchte den Boden nach Fußspuren ab. Zu seiner Linken sah er frische Abdrücke. Er folgte dem aufgeworfenen Laub, bog um eine Tannengruppe und erstarrte.

Tims Leichnam blickte Roland anklagend aus gebrochenen Augen an. Blut, Hirnmasse und Schädelfragmente hatten sich mit dem Herbstlaub vermischt. Ein Sonnenstrahl malte ihm einen goldenen Kreis auf die Brust.

Die Bäume warfen ihre Schatten bereits lang aufs Feld, als die Verstärkung ihn fand. Roland war neben dem Leichnam zusammengesunken. Er lehnte am Stamm einer Eiche und atmete zittrig. Eine sonderbare Kälte hatte von ihm Besitz ergriffen. Er schloss die Augen und senkte den Kopf, gedachte seines ermordeten Kollegen. Wie hatte er Frick so leichtsinnig folgen können?

Falsch.

Roland schüttelte den Kopf. Er wusste es besser. Wenn er ehrlich war, wusste er es verdammt nochmal besser.

Es ist deine Schuld. Du hast dir gefallen in deiner Position, hast ihn herumgeschubst und getriezt, wie es dir in den Kram passte. Nun sieh, was es eingebracht hat.

Im Angesicht seines toten Kollegen erlebte Roland einen jener Momente, in dem man bemerkte, worauf es wirklich im Leben ankam. Seine Gedanken verengten sich auf einen Punkt.

Marsha.

Er musste sie anrufen; dann würde alles wieder gut werden. Der Gedanke war vollkommen irrational, aber drängend. Er musste sie anrufen. Sie hatten sich treffen wollen und er würde zu spät kommen. Wie in Trance tippte er auf den grünen Hörer. Er fühlte sich seltsam losgelöst von allem. Unbeteiligt; distanziert. Sein Kopf war so leicht. Seine Schultern trugen einen Ballon. Es hätte ihn nicht gewundert, wenn er plötzlich abgehoben wäre. Der Anruf wurde entgegengenommen.

»Petrovski?«

Er mühte sich ab, seine Stimme ruhig zu bekommen, doch es wollte ihm nicht recht gelingen. Sie klang in seinen Ohren total unnatürlich. Wackelig und dünn.

»Sorry, dass ich ... noch nicht da bin. Es hat ... Komplikationen gegeben.« Rolands Blick war glasig und ging in weite Ferne. Er zwang sich, nicht zu Tim hinab zu sehen.

»Ich bin nicht mehr in der Anstalt; es war spät. Kommen Sie zu mir nach Hause.«

Gott, sehnte er sich nach ihr.

»Okay.«

Trauma

Er verspätete sich. Sie hatte geputzt – zweimal. Mittlerweile glich die Wohnung einem frischgepellten Ei. Kein Staubkörnchen verunreinigte den spiegelblanken Boden. Marsha seufzte. Wieder fand sie sich vor dem Spiegel, befindlich in Selbstbetrachtung. Dieser Polizist ging ihr nicht mehr aus dem Kopf. ›Es hat Komplikationen gegeben‹, hatte Roland gesagt. Was auch immer das heißen mochte. Es klopfte. Marsha schrak zusammen. Sie schloss die Augen und atmete tief durch.

Benimm dich, Mädchen!

Marsha öffnete die Tür, bereit Roland die Tirade ihres Lebens zu halten, doch als sie seine geröteten Augen und den leeren Blick sah, lösten sich ihre Gedanken in Rauch auf und sie schämte sich. Er sah wirklich schlecht aus. Sie trat einen Schritt zur Seite und bat ihn, hereinzukommen. Roland nickte stumm und folgte ihrer Einladung. Marsha wies ihm den Weg Richtung Sitzecke und ließ sich auf dem Sofa nieder. Roland nahm ihr gegenüber in einem Sessel Platz. Aus der Nähe betrachtet, sah er noch mitgenommener aus. Da er keine Anstalten machte, etwas zu sagen, übernahm sie die Initiative.

»Möchten Sie ein Glas Wasser?« Sie fühlte sich unwohl.

»Hm?« Rolands Konzentration lag im Sterben. Seine Gedanken waren umwölkt von (*Herbstlaub, Gehirnmasse*) Timmis totem Blick.

»Ob Sie etwas trinken möchten.«

»Ja, sicher. Gerne.«

Seine Stimme war so schwach wie ein Grashalm im Sturm. Marsha ging in die Küche und ließ die Tür offen. Sie stellte sich auf die Zehenspitzen, holte zwei Gläser aus dem Schrank über der Spüle und füllte sie unter dem Wasserhahn. Verstohlen warf sie einen Blick über die Schulter. Rolands Gesicht war wächsern wie eine Totenmaske. Die Augen starrten stumpf ins Leere. Er hatte seinen Hut abgenommen und knetete die Krempe geistesabwesend zwischen den Fingern wie einen Antistressball. Marsha fluchte leise, als das Glas überlief und ruckte mit dem Kopf zurück. Sie nahm ein Geschirrtuch vom Haken, wischte es ab, füllte das Zweite und kehrte zurück zur Sitzecke. Sie hielt ihm ein Glas hin. Roland hob eine zitternde Hand und griff danach. Unsicher führte er es zum Mund, wobei ihm Wasser über den Rand schwappte, und stellte es, ohne daraus zu trinken, zurück auf den gläsernen Couchtisch. Er schloss die Augen.

»Könnte ich –« Roland räusperte sich und setzte neu an. »Könnte ich das Badezimmer benutzen?«

»Klar.« Sie wies auf eine Tür zu seiner Linken.

Er nickte knapp und erhob sich. Marsha sah ihm nach, wie er unbeholfen in Richtung Badezimmer wankte. Als er drinnen war und sich umdrehte, um die Tür zu schließen, trafen sich ihre Blicke und sie fühlte sich elend. Der Ausdruck auf seinem Gesicht tat ihr beinahe physisch weh.

Roland kotzte sich seine Seele aus dem Leib. Er stand unter Schock und er wusste es. Ein bräunliches, wässriges Gemisch klatschte in die Schüssel. Klümpchen des Frühstücks. Die Milchbrötchen gingen zuerst über Bord. Was folgte, waren saure Fäden, die träge den Abfluss hinabstrudelten. Roland atmete schwer und wischte sich zitternd mit dem Handrücken den Mund ab. Er wusch sich die Hände und öffnete die Tür. Marshas Gesicht war ein einziges, bestürztes Fragezeichen. Roland schwankte ihr auf Beinen wie aus Gummi entgegen. Es fühlte sich an, als würde er durch dickflüssigen Sirup waten. Jeder Schritt war schwerer als der Vorige.

Sie sah ihn ängstlich an. »Geht es Ihnen nicht gut?«

Er war fast bei der Sitzecke angelangt.

»Bin unterzuckert.«

Roland wollte noch mehr sagen, doch er konnte nicht. Er war wieder im Wald.

(*Er bog um die Tannen und sah*) In seinen Ohren knackte es. Marshas Stimme wurde leiser, als würde sie langsam an einem unsichtbaren Regler heruntergedreht. (*Die Gehirnmasse mischte sich mit dem Laub*) Er hörte einen tinnitusähnlichen Pfeifton. (*Timmys gebrochener Blick, seine stumme Anklage*) Sein Blickfeld verengte sich. Marshas Stimme war nur noch ein Flüstern. Bestürzung in ihren Augen. Ob sie sah, was mit ihm ...? (*deine Schuld, deine Schuld, DEINE SCHULD!*) Roland verlor den Halt und kippte vornüber. Er sah den Glastisch wie in Zeitlupe auf sich zukommen, dann schloss er die Augen und Schwärze empfing ihn.

Marsha kniete vor Roland, stützte mit einer Hand seinen Kopf und flößte ihm mit der anderen Cola aus einer Dose ein. Sie hatte schnell geschaltet, war in die Küche gerannt und hatte sich das erstbeste Zuckergetränk gekrallt, dass sie in die Finger bekam. Rolands Blick war verschwommen. Er trank aus der Cola wie das Baby von der Muttermilch. Der Polizist sah so hilflos aus, so desorientiert. Als er ausgetrunken hatte, stellte sie die Dose weg und strich ihm übers Haar. Sie ahnte, dass sie seinen Blutzuckerspiegel nur noch gerade so stabilisiert hatte. Es hätte wirklich nicht viel gefehlt und er wäre komatös geworden. *Wirklich* nicht viel.

Rolands Blick klärte sich. Die Konturen um ihn herum wurden schärfer, wurden zu einem Gesicht. Einem hübschen Gesicht.

Großartiger Auftritt, Meister! Wie man sich lächerlich macht, Klappe die Erste!

Marsha saß vor ihm. Sie hatte die Hand auf seinem Haar und zuckte zurück, als sie bemerkte, dass er zu sich kam.

»Entschuldige, ich wollte nicht ...«

»Nein, schon gut.« Er hob beschwichtigend die Hände. Rolands Blick fiel auf die leere Coladose, die zu seiner Rechten auf dem Boden stand.

»Verdammter Diabetes.«

Er war dermaßen unterzuckert, dass er fast das Bewusstsein verloren hatte. Kein Wunder. Nachdem Tim ihm vom Mittagessen abgehalten hatte und er danach wie ein Irrer übers Feld gesprintet war, hatte es seinem ohnehin lädierten Körper gereicht. Er musste seinen Blutzuckerspiegel schleunigst heben.

»Hast du noch eine Cola?«

Instinktiv duzte er sie. Wurde auch langsam Zeit. Jegliche professionelle Distanz hatte er zusammen mit dem Couchtisch zerschmettert.

»Klar.« Marsha erhob sich und entfernte sich in Richtung Küche. Sein Blick folgte ihr.

Schlag dir das aus dem Kopf.

Roland setzte sich aufs Sofa und rieb sich die Schläfen. Marsha kehrte mit einer Colaflasche zurück und setzte sich ihm gegenüber. Die Flasche war vor Kälte beschlagen.

»Hier.«

Roland nahm sie dankend entgegen. Er schraubte den Verschluss ab und trank in langen Schlucken. Allmählich fühlte er sich etwas besser. Die verfluchte Rennerei über das Feld hatte ihm wirklich den Rest gegeben.

Nein, nicht den Rest. Nicht wirklich.

Tims Leichnam blitzte auf und ihm wurde sofort wieder übel. Marsha tippte ihm gegen den Handrücken. »Geht es dir wieder gut?«

Roland wandte sich zu ihr um und setzte sein bestes Alles-Routine-Ma'm-Gesicht auf. »Ja. Es geht schon.« Gott, er würde sich diese Show nicht mal selbst abkaufen.

Zwischen Marshas dunklen Brauen bildete sich eine kleine Falte. Skepsis stand ihr ausgesprochen gut.

»Sicher?« Sie dehnte das Wort wie einen guten Kaugummi.

Roland versuchte abzulenken. »Tut mir leid für den Couchtisch. Und für die Gläser.« Er sah zu dem traurigen Trümmerhaufen hinüber, zu dem er das Möbelstück verarbeitet hatte.

Marsha winkte müde ab. »Jetzt erzähl' endlich.«

Roland arrangierte die Kissen in seinem Rücken, damit sie weniger drückten und ließ sich zurücksinken. Er erzählte ihr von dem abgebauten Schild in Prankes Zufahrt, davon, dass Tim versucht hatte, Frick im Alleingang zu stellen. Roland erzählte ihr, dass er auf dem Feld gestolpert war und von dem Schuss. Als er zu Tims Tod kam, wollte sie etwas erwidern, doch er hob die Hand und gebot ihr, zu Ende zuzuhören. Nur den Anblick des toten Körpers, der reglos im sonnenbeschienenen Herbstlaub lag, ließ er aus. Er schloss damit, dass er Tim ein schlechter Mentor gewesen war. Marsha hatte ihm geduldig zugehört. Roland wusste, dass sie es sich verkniff, ihm zu sagen, dass er auf Freskos Meinung hätte Rücksicht nehmen sollen. Niemand hätte eine Überprüfung allein durchführen dürfen. Tim ohne Begleitung zu dem Resthof zu schicken, war bereits ein Fehler gewesen. Wenn jemand dabei gewesen wäre, hätte er die Situation vielleicht anders eingeschätzt und beim zweiten Mal wären Spezialkräfte angerückt, anstatt dass – Eine Träne stahl sich in Rolands Auge.

Marsha wusste nicht, wie sie sich verhalten sollte. Unsicher tätschelte sie seine Hand. Als er geendet hatte, standen auch in ihren Augen Tränen. Ärgerlich wischte sie sie beiseite. »Roland, ich kann mir vorstellen, wie du dich fühlst. Auch ich habe einen lieben Menschen verloren.«

Er sah sie fragend an.

Sie erzählte ihm von Maik und von ihrer beider Freundschaft. Der Verlust einte sie auf intime Weise.

Roland drückte ihre Hand. »Du hast getan, was getan werden musste. Maik zu schicken war Schadensbegrenzung. Ich hätte auf Verstärkung warten und ich hätte Tim *glauben* sollen. *Einmal* hätte ich ihm *glauben* und ihn nicht in Frage stellen sollen. Ich habe Tim ans Messer geliefert. Er hatte keine Chance. Und wir haben Frick nicht mal zu fassen bekommen.« Resigniert senkte er den Blick. »Sein Opfer war völlig umsonst.«

»Roland, hör auf.«

Gott, sah die Frau besorgt aus.

»Du hast getan, was du für richtig hieltst. Du hast dir nichts vorzuwerfen. Wenn ich schneller geschaltet hätte, wäre Frick womöglich gar nicht erst entwischt. Wir müssen alle weitermachen. Lass uns lieber überlegen, wie wir ihn zur Strecke bringen können.«

Sie sah ihn mitfühlend an und begann, seinen Arm zu streicheln. Roland sah ihr tief in die Augen und glaubte einen Funken in ihnen zu sehen. Einen Funken von ... ja wovon eigentlich? Einer plötzlichen Eingebung folgend, zog er sie enger an sich und sie ließ ihn gewähren. Ein wohliger Schauer rann seinen Rücken hinab.

Es lag keine Lust in ihrer engen Umschlungenheit. Sie waren bloß füreinander da. Zwei Menschen, geeint durch Trauer. Roland ließ sich in die Kissen sinken und Marsha folgte. Sie kuschelte sich an seine Brust und er strich ihr behutsam über den Rücken, vergrub seine Hand in ihrem Haar. So blieben sie liegen, in stummem Verständnis. Schließlich schlief Marsha an seiner Brust ein, was Roland ein zufriedenes Lächeln entlockte. Sollte Klugmann 'ne Weile übernehmen. Er hatte genug von dem ganzen Zirkus. Wenig später übermannten auch ihn Müdigkeit und Überanstrengung der letzten Tage. Der Schlaf steckte ihm einen Sack über den Kopf und zog ihn hinab in seine dunkle Höhle.

Jeremia

Jon fuhr mit dem Explorer bis zu Jeremias Anwesen. ER hatte ihm bereitwillig die Kontrolle übergeben, kaum dass er den Wagen am Waldrand erreicht hatte. Innerlich beglückwünschte er sich dazu, die Ausrüstung im Wagen gelassen zu haben. Die Segeltuchtaschen lagen auf dem Rücksitz. Bevor er den Explorer früher am Tag dort geparkt hatte, hatte er ihn nach weiteren Waffen durchsucht. Im Heck des Fahrzeugs befand sich ein schwarzer Koffer. In den Vertiefungen in seinem Inneren ruhten die Teile eines Oktokopters, sowie drei verschiedene Kameras. Infrarot, Wärmebild und eine Optische – perfekt für Aufklärung und Überwachung geeignet. Die Steuereinheit der Drohne besaß einen kleinen Bildschirm. Kristys Bodyguards hatten vermutlich vorgehabt, die Umgebung zu ihrem Schutz von oben zu überwachen.

Jon fuhr auf seinem Weg zu Jeremia einen großen Umweg, um mögliche Straßensperren zu umgehen. Die Maschen des Fangnetzes, das die Polizei geknüpft hatte, waren groß genug, um hindurchzuschlüpfen.

Jeremias Anwesen thronte einsam außerhalb der Stadt auf einem Hügel wie Draculas Schloss. Es war ein mehrstöckiger, imposanter Säulenbau, umgeben von einer weitläufigen Parkanlage. Das Gelände wurde eingefasst von einer steinernen Mauer mit schmiedeeisernem Tor. Die Aufmachung erinnerte ihn an eine amerikanische Südstaatenvilla. Um drei Seiten des Grundstücks zog sich ein kleines Nadelwäldchen. An der Vorderseite, auf Höhe des Tors, führte eine Straße vorbei. Jon bog vor der Straße ab und fuhr auf einem Forstweg in das Wäldchen, ehe er in das Sichtfeld einer möglichen Kamera geriet. Er parkte den Explorer zwischen den Bäumen, ein paar hundert Meter von der Außenmauer entfernt und stellte ihn so, dass er später, ohne zu wenden starten konnte. Jon stieg aus und sperrte den Wagen ab. Er atmete das beruhigende Aroma der Kiefernnadeln tief ein. Das letzte Tageslicht war längst erloschen. Er schnallte sich den Rucksack um. Ihm fehlte sein Camouflage-Anzug von früher. Der Rest nicht. Der Rest fehlte ihm ganz und gar nicht.

Jon suchte sich eine geeignete Kiefer an der linken Seite des Anwesens auf Höhe des Hauses und kletterte hinauf. Die Kiefer stand in dritter Reihe, sodass die vor ihm stehenden Bäume einen behelfsmäßigen Schutz boten. Der harzige Geruch der Rinde erinnerte ihn an den Wald, in dem er seine erste Nacht in Freiheit verbracht hatte. Er zuckte zusammen, als Äste unter seinen Schuhen knackten; dabei war es unmöglich, dass ihn jemand hörte, der sich nicht in unmittelbarer Nähe befand.

Reiß dich zusammen.

Jon zog sich in eine Astgabel und arrangierte sich, bis er einigermaßen komfortabel saß. Der Baum verdeckte ihn weitgehend, schützte ihn mit seinen Nadeln. In der Dunkelheit verschmolz er mit dem Stamm.

Bereit fürs Finale?

SEINE Stimme.

Jon nickte. Er sah durch das Nachtsichtgerät und justierte die Schärfe. Das Gerät verlieh allem einen verwaschenen Grünton, so als sähe man durch gefärbtes Glas. Er sah sich um. Bewaffnete Männer patrouillierten in den Parkanlagen. Sie trugen Taschenlampen. Ihre Lichtkegel, durch das Nachtsichtgerät grell weiß, wanderten träge zwischen den Hecken zu ihren Seiten hin und her wie leuchtende Pendel. Er zählte die Männer durch und kam auf fünf. Fünf war verflucht viel! Und das waren nur diejenigen, die er sehen konnte. Ein gekiester Weg verlief schnurgerade vom Tor zu Jeremias Eingangstür. Zypressen standen an seinen Seiten. Solche Bäume wuchsen hier für gewöhnlich nicht, doch sie taten es offenbar, wenn Jeremia es wollte. Musste ein Heidenaufwand für die Gärtner gewesen sein. Zur Linken des Haupthauses stand ein Carport. In den Boden eingelassene Scheinwerfer verliefen in einer Reihe um die Villa herum und verliehen dem Ganzen einen melodramatischen Touch. Jon fand es zum Kotzen. Die Karosserien von Jeremias Luxusschlitten glänzten im Schein von am Carportdach montierten Spotlampen. Zwei Bewaffnete standen vor den Autos und rauchten. Kabel wanden sich ihre Hemdkragen hinauf. Verdrahtet waren sie also auch noch. Jeremias Bluthunde waren ziemliche Brecher. Die Männer bewegten sich sehr sparsam. *Vermutlich Illegale,* dachte er. Sie sahen zumindest nicht nach handelsüblichem Sicherheitstrupp aus, eher nach tschetschenischer Mafia. Jons Blick wanderte über die Fassade des Hauses. Getönte Scheiben erschwerten die Sicht ins Innere. Etwas abseits stand ein kleines hölzernes Gebäude mit Ziegeldach. Vermutlich der Gärtnerschuppen. Zu Jeremia durchzudringen war schier unmöglich – wäre es gewesen. Ohne die Segeltuchtaschen.

Ich hab's dir gesagt.

»Halt die Klappe!«, flüsterte Jon. In ihm reifte ein Plan.

206

Jeremia stand am Fenster und ließ den Blick über seinen Besitz streifen. Griechische Statuetten säumten den Kiesweg der Parkanlage. Die Götter standen ihm Spalier. Er gefiel sich in dieser Vorstellung.

Jeremia Marlin war ein großer Name im organisierten Verbrechen. Er war ein Meister psychischer Manipulation. Es war diesen Lenkmechanismen geschuldet, dass er es überhaupt so weit gebracht hatte. Einige zwielichtige Gönner hatten ihn auf seinem Weg unterstützt; dabei hatte er klein angefangen. Er nutzte das Baugewerbe als Fassade. Die Marlin GmbH errichtete Straßen, Brücken und Gebäude. Die Ausführung und das Material ließen oft zu wünschen übrig, doch dank des Schmiergeldes an die richtigen Leute waren die Bauabnahmen unproblematisch. Und dennoch: Er war erst groß geworden, als er diese Idee gehabt hatte. Obwohl der *Drang* ja schon immer dagewesen war, in ihm loderte und stetig besänftig werden wollte. Jeremia lachte in sich hinein. Er hatte sich auf Jon vorbereitet. Sollte er nur kommen. Er würde nicht aus seiner Festung weichen. Was Kristy anbelangte, so hoffte er, dass Jon sie zu fassen bekam. Das Weibsstück war so schrecklich schwer zu lenken. Jon war ideal, um sie sich vom Hals zu schaffen. Die Gewinne ihres gemeinsamen Systemchens waren schon jetzt mehr als üppig, dennoch besaß es wohl seine Vorteile, den Kuchen in weniger Stücke zu teilen. Messing konnte bleiben. Vorerst. Er leistete hervorragende Überzeugungsarbeit.

Ein Söldner nickte ihm zu, als Jeremia sich umwandte und ins Innere seines Hauses zurückschritt. Ach, was hieß schon Haus: Seines Palasts.

207

Pierre saß im Kontrollraum im ersten Stock und bohrte in der Nase. Der Raum war eigentlich ein ausgeräumtes Schlafzimmer. Eines von Jeremias Schlafzimmern. Wozu brauchte ein Mann mehrere Schlafzimmer? Pierre wusste es nicht. Während er das Überwachungsequipment vorbereitete, hatten seine Männer das ganze Mobiliar in einen Abstellraum geschafft. Wuchtiges, antikes Zeug aus schwerem, dunklem Holz. Es hatte mächtig Theater mit dem Boss gegeben, als sie einen der Schränke an der Tür angestoßen hatten.

Der Kontrollraum war mit technischem Gerät vollgestopft – ganz nach Pierres Geschmack. Unzählige Kabel liefen durchs Zimmer; versorgten Ladestationen von Handfunkgeräten, eine Festfunkstation, zwei Router und Pierres Laptop mit Strom. Alukisten stapelten sich an der Wand. Eine Steuereinheit war mit zwei großen Monitoren verbunden, die in einem Gestell nebeneinander hingen. Der Rechte zeigte per Großaufnahme das Tor; der Linke per Splitscreen 16 verschiedene Perspektiven. Eine pro Kamera. Pierre behielt die Söldner im Blick und koordinierte sie. Die provisorische Zentrale war über Funk mit ihnen verbunden.

Er checkte die Bildschirme. Alles war ruhig. Ohnehin war es immer ruhig. Jeremias Paranoia war ihm unverständlich, aber sie sollte ihm recht sein. Für das Honorar, dass er bekam, hätte er noch ganz andere Marotten akzeptiert. Überhaupt hatte er schon kuriosere Aufträge gehabt. Pierre verzehrte eine Handvoll Chips, trank einen Schluck Cola und rülpste. Er kratzte sich an seinem behaarten Bauch und pulte in seinem Bauchnabel herum, als suche er nach einem Schatz. Er fand bloß Flusen.

Von den Kameras ungesehen, schoss ein schwarzes Objekt in einem halsbrecherischen Tempo über den Himmel und krachte in den Gärtnerschuppen.

Der Funk brodelte plötzlich.

»Aktivität am Gärtnerschuppen«, meldete ein Söldner, der an der Rückseite des Hauses patrouillierte.

»Irgendwas hat laut gekracht«, kam es von einem Anderen.

»Klang, als hätte einer 'ne Schubkarre aufs Dach geworfen. Irgendwas ist da hinten«, sagte ein weiterer.

Pierre beugte sich vor. Die Hand verharrte in der Chipstüte. Er holte die Kamera, die den Schuppen überwachte, ins Großformat auf den rechten Bildschirm und ging auf Zoom. Er konnte aus seinem Winkel nichts Verdächtiges erkennen. Pierre gab eine knappe Anweisung und die Außenstreifen setzten sich in Bewegung.

»Ich glaub', da regt sich was, Boss«, sagte er über den Privatkanal zu Jeremia. Die Tür flog auf und Jeremia stürmte herein. Pierre zuckte zusammen.

Jesus, der Typ ist überall.

»Wo?«, herrschte sein Boss ihn an.

Pierre patschte mit einem Wurstfinger auf den Bildschirm und ließ einen Fettfilm auf dem Display zurück. »Irgendwas ist aufs Schuppendach gekracht. Hab' die Außenstreifen geschickt.«

Jeremia biss die Zähne zusammen, ließ sie knirschen. Es klang unangenehm wie das Aneinanderreiben von Styroporplatten. Kräftige Sehnen traten an seinem Hals hervor.

»Er ist hier.«

Jon spurtete geduckt über das Gras in Richtung Haus. Er hielt Abstand zu den Söldnern, die zum Schuppen preschten. Er wusste nicht, wo die beschissenen Kameras waren, ob es beschissene Kameras gab, aber es war wohl besser, vorerst von ihrer Existenz auszugehen. Ein solches Aufgebot an Söldnern bedingte wohl ein ebensolches an technischer Überwachung. Jeremia war ja auch nicht komplett hirnverbrannt. War er natürlich schon, aber nicht auf diese Art.

Sein kleines Ablenkungsmanöver hatte perfekt funktioniert. Jon hatte das Personal an einer entfernten Stelle konzentrieren wollen, um zum Haus zu gelangen. Er war die Kiefer heruntergestiegen und hatte die Drohne aus ihrer Tasche im Kofferraum geholt. Er hatte noch nie so ein Scheißteil gesteuert, doch für eine Bruchlandung reichte es. Über einen kleinen Bildschirm, der in die Steuereinheit integriert war, hatte er mitverfolgen können, was die Drohne sah. Im Grunde war es leicht: Hochziehen, Vollgas geben, Sturzflug. Ein Kinderspiel. Als er das Manöver einige Male hoch über den Wipfeln durchgeführt hatte, war er bereit. Er füllte seinen Rucksack mit Ersatzmagazinen und hängte sich eines der Sturmgewehre über die Schulter. Jon suchte sich einen Punkt an der Mauer, der die kleinste Distanz zum Carport besaß und schickte die Drohne in die Nacht. Sie hob mit leisem Surren ab. Als sie sich über dem Schuppen befand, jagte er die Drohne hinunter und ließ sie abstürzen. Er verfolgte ihre Flugbahn über das kleine Display. Als es knallte, nahm er Anlauf, sprang, bekam den Mauersims zu fassen und zog sich hoch. Das Nachtsichtgerät verlieh ihm das Aussehen eines Insekts mit Stielaugen. Mittlerweile war es dunkel wie in einem Grubenschacht. Er ließ sich fallen, rollte ab und rannte, als hinge sein Leben davon ab. Was es ja auch tat.

Jon schaffte es durch den Park und bis zum Carport. Das Licht der Scheinwerfer am Haus wurde vom Nachtsichtgerät verstärkt und blendete ihn. Er klappte das Gerät hoch und brachte das Sturmgewehr in den Anschlag.

Geduckt schlich Jon um die Autos herum und suchte nach einer Seitentür, die das Carport mit dem Haus verband. Den Teufel würde er tun, frontal durch die Haustür zu preschen. Er umrundete einen gelben Hummer, als einer der Söldner, die er bei den Autos gesehen hatte, plötzlich vor ihm stand. Sein Mund verformte sich zu einem überraschten O. Der Mann bewegte seine Maschinenpistole.

Jon schlug ihm fest gegen den Kehlkopf und trat ihm seitlich die Beine weg. Röchelnd ging er zu Boden. Der Söldner ächzte und versuchte sich aufzusetzen. Jon seufzte und trat ihm schwungvoll gegen den Kopf. Ein Schädelhirntrauma war zwar nicht die gute englische Art, aber wirkmächtig. Der Mann erschlaffte.

Langweiler. Sie sind nicht besser als Kristys Bodyguards. Du wirst nicht weit kommen, wenn du dich weiterhin so zurückhältst, stichelte ER.

Plötzlich kamen zwei Bewaffnete in sein Blickfeld und ballerten wild drauf los. Aus der Nähe sahen sie noch mehr nach schweren Jungs aus. Ihre Gesichter waren großflächig tätowiert. Fluchend tauchte Jon hinter dem Hummer ab.

Die Nacht wurde von unregelmäßigem Waffengeratter zerrissen. Es war nur eine Frage der Zeit, bis der Lärm die Polizei auf den Plan rief. Die Söldner zerballerten die teuren

Karosserien der Autos. Er musste schnell machen. Ein Streifschuss erwischte ihn am Oberarm, doch Jon bemerkte ihn überhaupt nicht. Er war voller Adrenalin.

Lass mich raus!

Wilde Bilder durchzuckten ihn.

(Schrapnelle, Die Kugel, die sie ihm aus der Schulter gepult hatten.)

ER machte ordentlich Terror.

Du kannst nicht so vorsichtig bleiben. Sie bringen uns um!

Jon sah sich hektisch um. Zu seiner Linken befand sich eine Tür mit dekorativen Glaselementen, die das Carport mit dem Haus verband.

Bingo!

Er ließ sich hinter dem Hummer auf die Seite fallen. Bevor die Söldner sich teilen konnten, um ihn in die Zange zu nehmen, flammte er unter dem hohen Fahrzeugboden durch und zerfetzte ihnen mit einer Salve die Schienbeine. Schreiend gingen die Männer zu Boden. Hinter dem Haus wurden Stimmen laut. Die Horde kam zurück. Jon sprang auf und schnellte zur Tür. Er zerschoss mit dem Rest des Magazins ein Glaselement der Tür, griff durch das gezackte Loch und öffnete sie von innen.

Jeremia und Pierre hatten den Schusswechsel am Carport in der Zentrale mitangehört. Jeremia spannte unbewusst seine Kiefermuskeln an. Das Aas war besser ausgerüstet, als er angenommen hatte.

Eine beschissene Drohne. Er hat uns mit einer beschissenen Drohne verscheißert.

Seine Zähne rieben aggressiv übereinander.

Pierre bellte neue Anweisungen. »Zentrale an Außenstreifen: Er ist am Haus! Sichert die Türen!«

In die Söldner kam Bewegung.

»Ich hol ihn mir«, kam es mit tiefem Bass von Farid aus dem Erdgeschoss.

Jeremia ließ die Knöchel knacken. »Mach' ihn alle.«

Jon sah sich um. Im Halbdunkel war nicht viel zu erkennen. Kühlschrank, Spülmaschine, freistehender Küchenblock. Eine große Fensterfront an der Stirnseite, die nach draußen ging. Jenseits der Scheibe war die Außenwelt schemenhaft zu erahnen. Jon duckte sich hinter den Küchenblock, um nachzuladen.

Die Tür am Ende der Küche öffnete sich. Lichtschein flutete das Innere. Jon spähte vorsichtig um den Küchenblock. Im Türrahmen stand ein Mann, der selbst den hünenhaften Pranke noch um einen halben Kopf überragte. Vorsichtig schloss er die Tür hinter sich und der Lichtschein verschwand. Der Mann schlich, mit seiner Waffe in Vorhalte, durch die Küche zur Seitentür. Vermutlich war er geschickt worden, um ihn abzufangen. Jeremia wusste also nicht, dass er sich bereits im Haus befand. Das war vielleicht nützlich. Wenn er den Mann geräuschlos erledigte, konnte er dieses Spiel womöglich weitertreiben.

Der Große schlich an dem Küchenblock vorbei und stellte sich neben die Tür; die Waffe im Anschlag. Jon erhob sich hinter dem Block. Irgendetwas knirschte unter den Stiefeln des Söldners. Er senkte den Blick und starrte auf das Glaselement, das Jon aus der Tür geschossen hatte.

»Was zum –?«

Jon trat hinter ihn und rammte ihm den Lauf des Sturm-gewehrs in den Nacken. Die Waffe drückte dem Mann einen heißen Kuss auf die Haut.

»Waffe fallen lassen.«

Der Mann erstarrte. Er gehorchte der Aufforderung. »Hinknien und Hände hinter den Kopf.«

Langsam ging der Mann auf die Knie und verschränkte die Hände hinter dem Kopf.

Jon langte mit einer Hand auf die Arbeitsfläche und donnerte dem Riesen eine gusseiserne Pfanne gegen den Hinterkopf. Der Aufprall war erstaunlich leise. Der Mann fiel wie ein Baum. Jon ließ die Pfanne zu Boden gleiten und schlüpfte aus der Tür in den dunklen Flur.

SEINE Gedanken prasselten auf ihn ein.

Wo bleibt denn da der Spaß?

Ein Gemisch aus Mordphantasien und Mali-Flashbacks schraubte sich ihm in aberwitzigen Spiralen entgegen. Es tat weh.

Pierre sah zu Jeremia. Sie hatten den Funkkontakt zu Farid verloren, und das konnte nur eines bedeuten: Die Ratte war im Haus.

»Sie sollten nach oben, Boss.«

Jeremia warf ihm einen finsteren Blick zu, doch er wusste, dass Pierre recht hatte. »Sorg' dafür, dass er den zweiten Stock nicht erreicht.«

Pierre grunzte zustimmend.

Jeremia stürmte aus dem Raum. Pierre wandte sich wieder den Bildschirmen zu. Er konnte Jon sehen, wie er desorientiert im Erdgeschoss herumschlich. Die Kamera erfasste den ganzen Flur, bis zur Treppe an seinem Ende. Pierre koordinierte die Söldner und gab ihnen Anweisungen. Die Zwei aus dem ersten Stock ließ er die Treppe sichern, die in den Zweiten führte. Den Rest schickte er Jon hinterher.

Jon hastete den Flur entlang und erklomm die gewundene Treppe. Jeremia würde sich oben aufhalten. Dort war er für einen Eindringling am schwersten zu erreichen. Er vermutete, dass der Söldner aus der Küche zuvor die Treppe bewacht hatte. Der Weg war also frei; ein Glück.

Jon erreichte den ersten Stock. Hinter sich hörte er gedämpfte Schritte. Er warf einen Blick über die Schulter. Gerade noch rechtzeitig, um zu sehen, dass die Söldner auf ihn anlegten. Die Truppe von draußen war zurückgekehrt. Jon ließ sich flach zu Boden fallen. Holz splitterte. Putz platzte ab, wo verirrte Kugeln in Wände einschlugen. Das Haus war ein verfluchter, bewaffneter Ameisenhaufen. Die Männer erreichten den Treppenaufgang. Ehe sie ihm folgen konnten, feuerte er ungezielt nach unten. Die Söldner duckten sich und warteten die Salve ab. Jon sprang auf und sprintete den Flur entlang.

Der erste Stock war nicht weniger prunkvoll als das Erdgeschoss. An der Decke hingen goldene Kronleuchter. Ein dunkelroter, schwerer Teppich schluckte seine Schritte. Jeremias Geltungsdrang manifestierte sich in jedem Raum des pompösen Anwesens. Beidseitig des Ganges befanden sich Türen. Seine Verfolger kamen die Treppe hoch. Jon schlüpfte rasch in einen Raum und zog die Tür hinter sich zu.

Pierre verfolgte Jons Flucht über die Kameras. Sie hatten ihn. »Dritte Tür links«, sagte er grinsend über das Mikro. Die Meute reagierte.

Jon sah sich hektisch um. Er war in einem großen Büroraum gelandet. Alles stand voller wuchtiger Aktenschränke. Da war ein mannshoher Tresor mit Stahlwänden, ein Schreibtisch, eine Topfpflanze. In einer Ecke eine einladende Sitzecke, bestehend aus teuer aussehendem Ledersofa und passenden Sesseln. Rechts davon ein Kaffeeautomat. Ein großer Leuchter mit traubenförmig geschliffenen Steinen an der Decke. Er hatte es fast geschafft, doch hier würde es enden. Kurz vor dem Ziel kam der Zug zum Stehen. Sie waren zu viele. Er hatte nie eine Chance gehabt. Nicht wirklich. Seine Gedanken schmerzten. Schlugen zornige Spiralen.

Lass mich raus.

ER ließ Sägeblätter durch Jons Schädel kreisen.

Lass mich raus. Ich kann ihn riechen! Wir sind fast da! Lass mich raus!

Jon hätte SEINEM Drängen standhalten können, doch er wollte nicht. Es tat weh und er war verzweifelt. Und überhaupt: Was machte es noch für einen Unterschied? Jon gab nach.

ER ergriff von ihm Besitz.

Showtime.

Die Söldner hatten den Raum erreicht und postierten sich rechts und links der Tür. Ein Blonder mit festem Blick gab den Anderen ein stummes Handzeichen, sich bereit zu machen. Er trat an die Wand und riss die Tür auf, sodass sie ihn verdeckte. Die Anderen hielten ihre Waffen in den Raum und schossen, was das Zeug hielt. Niedrig, halbhoch, überall. Magazin um Magazin. Die Fenster zerfielen in einem Hagel von Glasscherben. Schranktüren barsten und Akten ergossen sich in einer papiernen Flut über den Boden. Der Schreibtisch verteilte Splitter in der Luft. Die Wände wurden zersiebt. Etliche Geschosse trafen auf die Stahlwand des Tresors und prallten jaulend ab. Während einer ihrer Salven gingen sämtliche Lampen im ersten Stock aus. Dunkelheit senkte sich über den Flur und das Büro.

Pierre meldete sich über Funk. »Habt ihr ihn?«

»Ich weiß nicht«, antwortete der Blondschopf.

»Was soll das heißen?« Pierre war außer sich.

»Ich bin mir ziemlich sicher, aber ich kann es nicht mit Gewissheit sagen. Wir müssen die Elektrik kaputtgeschossen haben. Hier ist alles schwarz.«

»Dann sieh nach, verdammt.«

Der Blonde gab seinen Männern Anweisungen, wie sie sich zu positionieren hatten.

Die Meute strömte ins Innere und ballerte wild drauflos. Ihr Mündungsfeuer erzeugte ein diffuses Stroboskoplicht, in dem die Männer auf alles schossen, das sie sahen. Abgesehen von dem Tresor ging alles in dem Raum zu Bruch, was noch zu Bruch gehen konnte. Nachdem sie ihre Magazine verschossen hatten und das grelle Geflacker erlosch, wurde es wieder dunkel.

Als der Kugelhagel endete, kam ER lautlos hinter dem Tresor hervor. Es war stockdunkel. Aber nicht für IHN – nicht mit Nachtsichtgerät.

Heimvorteil, ihr Wichser, knurrte ER in Gedanken.

Den Männern fehlte die Orientierung. Sie wussten nicht, ob sie ihn erwischt hatten. Er sah, wie sie sich zusammenkauerten, oder am Türrahmen festhielten. Einer stieß sich fluchend an einer Schranktür. Ein Anderer drückte wirkungslos am Lichtschalter herum.

ER mähte sie nieder. Schoss von rechts nach links und wieder zurück. Sie waren leichte Beute. ER lachte grollend und es klang wie ferner Donner. Widerstrebend wandte er sich von den Leichen ab.

Gott, tat das gut.

Er hatte sie gelinkt. Als die Männer eine ihrer Salven in den Raum pumpten, hatte er eine Breitseite in eine Steckdosenleiste gejagt. Ihre Metallteile wurden von den Kugeln zerfetzt. Der folgende Kurzschluss ließ sämtliche Lichtquellen im ersten Stock ihren Dienst quittieren. Die Dunkelheit war schon immer sein Freund gewesen. Und ein taktischer Vorteil. ER lud im Gehen nach, öffnete die Tür und trat leise pfeifend auf den dunklen Flur.

Das ungleichmäßige Geratter der Automatikgewehre war erstorben. Die Bildschirme waren schwarz geworden und das Licht in der Zentrale erloschen, als seine Männer in den Raum schossen.

Die Elektrik beschädigt; das hatten sie allerdings, dachte Pierre. Ein Großteil seines bewährten Equipments war ausgefallen. Er wartete, bis die Waffen verstummten, ehe er sich meldete. »Habt ihr –?«

Plötzlich ertönte ein einzelner, langer Feuerstoß.

Vermutlich haben sie ihm endgültig den Fangschuss verpasst.

»Habt ihr ihn?« Pierre bekam keine Antwort. »Hallo?«

Stille.

Pierre hatte die Linke fest um die Pepsi gekrallt.

»Marko? Boris?«

Jon.

Er war noch da; irgendwo.

Verängstigt saß Pierre in seinem Drehstuhl und überlegte, was er tun sollte.

Im ersten Stock war alles ruhig. Pierre sah nicht, wie sich die Tür des Büroraumes öffnete; sah nicht, wie ER einer Hauskatze gleich, die nach Mäusen suchte, herumschlich; sah nicht, wie er sich Raum für Raum zu ihm vorarbeitete.

»Was ist da unten los, verdammt nochmal?« In Jeremias Stimme hörte er unverhohlenen Zorn.

»Ich weiß es nicht.« Pierres Unterlippe zitterte.

ER schlich den Flur entlang und spähte mit der Waffe in Vorhalte in die angrenzenden Räume. Seine Augen flitzten umher, als wäre er auf Speed. Als er die Tür am Ende des Ganges öffnete, fand er sich in einer Art Zentrale wieder. Zwei riesige Monitore hingen nebeneinander an der Wand. Es gab also doch Kameras.

Ein Glatzkopf saß vor den dunklen Bildschirmen auf einem Drehstuhl und hielt eine kleine Akkuleuchte mit Schwanenhals in der Hand. Er fuhr herum. Seine Augen wurden groß wie Teller.

»Wo ist er?«, blaffte ER ihn an. Wenn jemand in diesem Wirrwarr von einem Haus die Kiste mit der Übersicht besaß, dann dieser Typ mit seinen Bildschirmen.

Pierre hob die Hände und presste fest die Lippen zusammen.

ER durchmaß den Raum schnellen Schrittes und schlug ihm mit der flachen Hand hart ins Gesicht. Pierre quiekte.

Du musst ihn am Leben lassen. Er muss noch reden.

»Wo ist Jeremia?«, fragte ER und deutete mit der Mündung seines Sturmgewehrs auf Pierres Schädel.

Pierres schaute in das kleine schwarze Loch, das Fahrkarten in die Hölle verkaufte. Er bemühte sich darum, das Zittern aus seiner Stimme fernzuhalten. »Er ist oben. Im Konferenzsaal. Zweiter Stock. Der mit den Panoramafenstern.«

»Mach', dass du wegkommst.« ER sprach die Worte sorgfältig aus, betonte jede Silbe.

Pierre nickte.

»Du bist eine Schande.«

Der Mann erhob sich und rannte davon.

Bist ja richtig gnädig, dachte Jon.

Ja, oder?

ER verließ das Kontrollzimmer und suchte nach der Treppe.

Der erste Stock war durch zahlreiche Zwischentüren unübersichtlicher als das Erdgeschoss. Er musste eine Weile suchen, bis er die Treppe nach oben fand. Auf seinem Weg traf er auf keine weiteren Söldner. Entweder beschützten sie Jeremia aus der Nähe, oder es *gab* keine.

Das wäre schön.

Hinter der nächsten Ecke hörte ER gedämpfte Stimmen und sah den Beginn einer aufwärtsführenden Treppe.

Mist.

Jon litt Qualen in SEINEM Inneren. Ein Strom von Bildern sich auf dem Schlachtfeld windender Leiber bannte ihn. Sie zuckten in einer Doppelhelix in rasantem Tempo durch seinen Schädel. Spannung lag in der Luft und wuchs mit jeder quälenden Sekunde. Von oben drang goldener Lichtschein hinab und vertrieb das Dunkel, in dem ER sich befand. Der zweite Stock schien einen eigenen Stromkreis zu besitzen, der offenbar nicht beschädigt worden war. Er klappte das Nachtsichtgerät hoch, presste sich an die Wand und lauschte.

»Los, du Feigling. Einer muss nachschauen.«

Jeremias Stimme; kein Zweifel. ER leckte sich mit der Zunge über die Lippen und lächelte kalt.

»Ist ja gut, ich tu's. Herrgott, ich tu's ja.«

Er konnte die Angst in der Stimme des jungen Mannes hören, der Jeremia antwortete. ER hörte Schritte auf der Treppe, hockte sich hin und zielte auf den Treppenaufgang.

Als er den Mann, der die Treppe hinunterkam, bis zum Knie sah, beugte er sich leicht vor, sodass er freie Sicht auf seinen Oberkörper hatte und pustete ihn weg.

Der Mann röchelte, kippte hintenüber und rutschte die restlichen Stufen hinunter. Sicherheitshalber schoss ER ihm noch zweimal in den Kopf. Von oben ertönte ein spitzer Schrei.

»Scheiß drauf; ich bin raus.«

Die Stimme war neu. Er fragte sich, wie viele Gegner sich noch da oben befanden. Rasch wechselte er die Seite und warf dabei einen schnellen Blick die Treppe hinauf. In halber Höhe machte sie eine 180°-Kehre. Auf dem Absatz an der Kehre flankierten chinesische Vasen einen mannshohen Spiegel mit wuchtigem, fein ziseliertem Goldrahmen. Aus seiner Position sah er niemanden.

»Ich ergebe mich«, brüllte die neue Stimme die Treppe hinunter und plötzlich klapperte es metallisch auf den Stufen. ER postierte sich so, dass er im Spiegel die komplette obere Hälfte der Treppe und ein Stück der Flurwand dahinter sehen konnte. Der Typ hatte seine AK 47 auf die Stufen geworfen.

»Ich gebe auf. Ich bin unbewaffnet.«

Langsam stieg der Mann die Stufen hinab.

»Feigling!«

Jeremias Stimme. Wütend.

»Ich habe ein halbes Vermögen für euch Idioten hingeblättert. Den Teufel tust du.«

Jeremia erschien im Flur oberhalb der Treppe. Als Jon ihn sah, durchströmte ihn der alte Ekel. Ein Schuss peitschte und der Mann, der sich ergeben hatte, stürzte vorwärts und mit dem Gesicht nach unten auf den Treppenabsatz. ER blickte im Spiegel aufwärts und schaute direkt in Jeremias hasserfüllte Fratze. Die Zeit krepierte, als sich ihre Blicke fanden.

»Ich komme«, rief ER die Treppe hinauf.

Er wollte den Tiger reizen.

»Wenn du dich traust«, kam es spöttisch von oben.

»Fick dich ins Knie, Jeremia.«

Jeremias Züge verwandelten sich in eine verzerrte Maske. Seine Kiefer mahlten bedrohlich. Jon bildete sich ein, zu hören, wie die Zahnreihen übereinanderschliffen wie reibende Kontinentalplatten. Jeremia schoss eine Salve mit seiner Maschinenpistole.

ER presste sich am Fuß der Treppe flach an die Wand.

Putz spritzte. Jeremia zerschoss die Vasen, die den Spiegel flankierten und ließ sein Glas in einem silbrigen Schauer hinabregnen. Er fräste eine Salve in die Wand und verwandelte sie in eine Kraterlandschaft.

»Versteck dich nur!«, brüllte Jeremia zu ihm hinab.

Die quälenden Flashbacks wurden schwächer. Jon war, als drehe ER den Strom bereitwillig ab. Die Söldner waren tot oder verschwunden. Nichts stand mehr zwischen ihm und Jeremia. Jon spürte, dass dieser Umstand an SEINER Substanz zehrte. Es war beinahe vorbei.

Deine Show.

ER zog sich zurück und übergab Jon die Kontrolle.

Jon keuchte.

Danke.

Baby, wir sind im Spiel, jauchzte ER. *Komm, gib's zu. Du freust dich auch.*

»Erst wenn es vorbei ist«, murmelte Jon.

Er sah ernst die Treppe hinauf und erstieg sie mit dem Sturmgewehr in Vorhalte, bis er sich knapp unter dem Absatz an der Kehre befand. Schießend erklomm er die Stufen und behielt dabei Kontakt zur Wand. Ein Teil des Treppengeländers explodierte. Jeremia fluchte und flüchtete in einen Raum zur Linken der Treppe.

Jon hatte im Krieg gelernt, sich das Heft des Handelns nicht aus der Hand nehmen zu lassen. Der Verfolger war stets die stärkere Partei. Jetzt zählte jede Sekunde. Geduckt hastete er die letzten Stufen hinauf und erreichte den oberen Flur. Die Tür, hinter der sich Jeremia befand, war geschlossen.

Wenn er seine Hausaufgaben gemacht hat, steht er dahinter; die Waffe im Anschlag.

Jon presste sich flach an die Wand, stellte sich schräg zum Türrahmen, sodass er nicht erwischt werden würde, wenn Jeremia sich dazu entschied, zurückzuschießen. Er versuchte eine Angstreaktion zu erwirken. In solchen Momenten waren die Menschen verrückt wie Scheißhausratten. Jon flammte schräg durch die Tür. Die Kugeln durchdrangen das Holz mühelos, schlugen glatt durch wie das Messer in seinem Traum. Holz splitterte.

Jeremia war solche Situationen nicht gewohnt. Adrenalin pumpte durch seinen Körper und trübte sein Denken. Panisch schoss er durch die Tür. Hätte Jon vor dem Rahmen gestanden, wäre er in ein menschliches Sieb verwandelt worden, doch so flogen die Kugeln vorbei und schlugen in die gegenüberliegende Wand ein. Jeremias Abzug klickte schließlich mehrmals, ohne dass ein Schuss folgte. Jon hörte ihn fluchen.

Ihm ist die Munition ausgegangen.

Jetzt oder nie.

Du schaffst das, raunte ihm sein mörderischer Mentor zu.

Ein feierliches Gefühl überkam ihn. Hier würde es enden; auf die eine oder andere Weise. Jon trat die Tür auf, stürmte in den Raum und schoss.

Zu seiner Verwunderung fanden seine Kugeln kein Ziel.

Jeremia tauchte plötzlich aus dem toten Winkel zu seiner Rechten auf und warf sich auf ihn. Jon wurde die Waffe aus der Hand geschleudert. Sie rutschte über den Boden, außerhalb seiner Reichweite. Die beiden Männer rollten in einem Knäuel aus Armen und Beinen über den Boden. Sie rangen miteinander. Jeremia war breiter und muskulöser. Jon war, als schlage er sich mit einer Felswand. Seine Fäuste schmerzten. Jeremias Faust traf ihn wie ein Dampfhammer. Ein pochender Bolzen aus Schmerz schoss seinen Arm hinauf, bis in die Schulter. Er würde diesen Kampf verlieren, wenn er am Boden blieb. Jeremia setzte sich auf ihn und presste seine muskulösen Schenkel gegen Jons Hüften. Pinnte ihm am Boden fest. Er atmete schwer. Mordlust und Wahnsinn standen in seinen Augen. Unverhohlener, offener Wahnsinn.

Jon versuchte ihn mit der Linken von sich wegzudrücken, doch er war nicht stark genug. Jeremia riss ihm das Nachtsichtgerät vom Kopf.

»Du kommst in mein Haus –« Jeremia schlug ihn.

Jons Kopf ruckte herum. Die Welt schlug einen schmerzhaften Purzelbaum.

»– ruinierst mein Anwesen –«

Er schlug ihn erneut und sein Kopf flog zur anderen Seite. Verzweifelt tastete Jon mit der Rechten am Boden herum, doch er strich bloß über Holzsplitter.

»– tötest meine Männer und –«

Seine Hand bekam etwas zu fassen. Es fühlte sich an wie Metall. Er griff danach.

Als Jeremia ihn abermals schlagen wollte, schlug Jon ihm das vierkantige Türschloss seitlich gegen den Kopf. Jeremia grunzte und rollte von ihm herunter. Jon erhob sich schwankend. Sein Schädel fühlte sich schräg an, als wäre er falsch auf den Schultern montiert. Jon warf einen Blick durch den Raum, um sich zu orientieren. Sie befanden sich im Herzstück des Gebäudes. Säulen stützten die Decke. Steinerne Blumen waren in sie eingearbeitet und rankten sich an ihnen hinauf. Zu seiner Rechten beherrschte ein ovales Ungetüm von einem Mahagonitisch das Zentrum des Raumes. Fünf gepolsterte Stühle standen um ihn herum. Jon ahnte, wer auf ihnen gesessen hatte. Er sah sein Sturmgewehr unter dem Tisch. Außerhalb seiner Reichweite. Und die verdammte Glock hatte er im Explorer liegenlassen.

Jeremia war wieder auf den Beinen. Er schwankte leicht und stützte sich an der Wand ab.

»Hätte nicht gedacht, dass ich dich nochmal seh'.« Der glatzköpfige Mann grinste dreckig. Blut, das von einer Wunde herrührte, die der Türknauf geschlagen hatte, lief ihm in die Augen und kreierte eine abstruse Kriegsbemalung. »Du spielst unfair. Das mag ich.«

Jon erwiderte nichts.

Jeremia bückte sich grinsend nach seiner eigenen Waffe und hob sie auf. Er hielt sie in der Hand wie einen Baseballschläger, den Kolben voraus. Jon wich an den Tisch in seinem Rücken zurück. Die Waffe darunter konnte er vergessen. Nie im Leben wäre er schnell genug, sich zu bücken, unter den Tisch zu robben, die Waffe zu greifen, sich umzudrehen und zu schießen. Er warf das Türschloss nach Jeremia. Der zuckte zur Seite und es schmetterte ins Panoramafenster. Die Scheibe ging zu Bruch. Jeremia machte einen Satz nach vorne und schwang die Waffe in einem schrägen Bogen. Im letzten Moment zog er hoch. Der Kolben krachte in Jons Schulter und hinterließ einen dröhnenden Schmerz.

Immer auf die Deckung achten, spöttelte ER.

Guter Tipp, wirklich, dachte Jon verächtlich.

Jeremia schlug erneut zu und Jon duckte sich weg.

Geh auf Distanz.

226

Der Kolben kam in einem tückischen Rechtsbogen zurück. Jon blockierte den Schlag, indem er seinen Unterarm hochriss. Der Kolben schlug ihm den Daumen aus dem Gelenk. Es tat höllisch weh.

Raus aus der Gefahrenzone.

Jon ließ sich nach hinten fallen, zog die Beine hoch und rollte rückwärts über den Tisch ab. Er fiel auf der anderen Seite über die Tischkante und erhob sich. Sein Daumen stand in einem ekligen Winkel vom Rest der Hand ab, als wolle er sich von den anderen Fingern lossagen.

Jeremia bebte vor Lachen. »Nettes Kunststück.« Er umrundete das kurze Ende des Tisches und Jon schnappte sich einen der Stühle. Er hielt ihn an der Lehne hoch, streckte ihn von sich wie einen Schutzschild. Jeremia drosch – immer noch lachend – auf den Stuhl ein; schlug zu, als würde er Holz hacken. Was er ja auch tat. Irgendwie.

Nach wenigen Schlägen waren die Lehne und ein Stuhlbein alles, was Jon geblieben war. Er warf die Teile nach seinem Gegner, wich zurück und schnappte sich den nächsten Stuhl. Jeremia duckte sich unter dem plumpen Wurf weg.

»Du zögerst bloß das Unausweichliche heraus.« Er lächelte. Es hätte ein charmantes, attraktives Lächeln sein können, wäre da nicht all das Blut, das seinen kahlen Schädel hinabrann und der kalte Glanz in seinen Augen wie von einer Eisfläche, auf die der Mond schien.

»Wozu das alles? So viel Mühe, bloß, um am Ende zu scheitern? Du hättest in der Klapse bleiben sollen. Da, wo du Aas hingehörst.«

Es war geradezu lächerlich theatralisch, was er da von sich gab. Jon ließ die Schultern hängen. »Lass uns reden.«

Jeremia grinste selbstgefällig. »Du siehst es also ein, ja? Gut.« Er machte einen Schritt nach vorne. »Doch ich fürchte, es ist zu spät. Es ist Zeit, dass der König den Bauern vom Brett fegt.«

Anstatt zurückzuweichen, warf Jon den Stuhl nach ihm. Jeremia reagierte zu langsam. Er versuchte auszuweichen und kam dabei ins Wanken. Jon sprang seinem Wurfgeschoss hinterher und trat Jeremia seitlich gegen die rechte Kniescheibe. Es knackte hörbar und das Bein versagte ihm den Dienst. Jeremia verlor das Gleichgewicht und stürzte zu Boden. Er schlug sich den Kopf an der Tischkante an und ließ seinen provisorischen Totschläger fallen. Benommen blieb er liegen.

Jon hob die Waffe auf.

Bring es zu Ende, zischte ER.

Ein roter Schleier legte sich vor seine Augen wie vor zwei Tagen, als er Jesse erschossen hatte. Doch diesmal war es anders. Er legte sich nicht nur vor seine Augen, sondern über ihn, hüllte ihn vollkommen ein und verzehrte sein Denken, bis nichts mehr davon übrig war. Ein knisternder Kokon aus Wut, der in dunklem Purpur pulsierte, umschloss ihn. Jon ließ den Kolben niedersausen und er fuhr wie der Zorn Gottes auf Jeremia herab, der schützend den rechten Arm hochriss. Der Kolben erwischte ihn an der Hand. Jeremia heulte auf. Der nächste Schlag traf ihn an der Unterseite des Kopfes. Mit einem satten Knacken brach sein Kiefer, sodass er lallte, als er ›aufhören‹ sagte.

Game Over.

Jon war nicht länger er selbst. Es war, als gäbe ER ihm Energie. Ihre Gedanken vereinigten sich. Sie teilten sich diesen Körper, wurden eins. Diese Art zu denken war neu. Jon war schneller. Wilder. Während er auf Jeremia einschlug, flackerte der rote Film vor SEINEN Augen, vor Jons Augen. Grausige Bilder entstanden, wurden noch im Aufbau weggespült und durch neue ersetzt, doch sie taten Jon nicht weh, wie sie es sonst getan hatten. Weil es *seine* Bilder waren. Weil ER Teil von ihm war. Seine Schläge wurden heftiger, schneller. Er hatte so etwas schon einmal getan.

Alles wiederholt sich.

Dass sein ausgekugelter Daumen während der Schläge brüllende Schmerzimpulse abstrahlte, bemerkte er nur am Rande seines Bewusstseins. Der Schmerz stachelte ihn nur noch weiter an. Jeremias hatte sich zusammengerollt und die Beine an den Körper gezogen. Er wehrte sich nicht mehr.

Mach' es gründlich.

Jon ließ die Waffe fallen und angelte nach dem Sturmgewehr unter dem Tisch. Es war zu weit entfernt. Er ging auf die Knie und kroch darauf zu. Er hörte ein Grummeln. Jon warf einen Blick über die Schulter.

Jeremia hatte sich doch tatsächlich erhoben und hielt seine leergeschossene MP in der Hand. Mit seinem ramponierten Gesicht und der Waffe sah er aus wie ein baseballspielender Zombie. Die linke Seite seines Kopfes war blutig; das Auge zugekniffen. Das Rechte stand halb offen und blickte ihn an. Jeremia stand schief, um seine zertrümmerte Kniescheibe nicht zu belasten.

»Du –«

Weiter kam er nicht. Jon hatte seine Waffe unter dem Tisch zu fassen bekommen. In dem Schuss lagen Wut,

Schmerz, Hass – und Rache. Seine Gefühlswelt, komprimiert auf eine Kugel. Er traf Jeremia in die Brust. Die Wucht schüttelte ihn und ließ ihn zwei Schritte rückwärts taumeln. Mit offenem Mund starrte er ihn an, während sich sein Hemd dunkler färbte. Der Gewehrkolben entglitt seinen Fingern. Er öffnete den Mund, um etwas zu sagen. Sein rechtes Auge fixierte Jon, während er seitlich wegkippte.

Jon zitterte. Beinahe hätte er aus Nervosität erneut abgedrückt. Unter Schmerzen kroch er unter dem Tisch hervor und zog sich daran hoch. Seine rechte Schulter pochte. Kalt betrachtete er den röchelnden Mann am Boden. Jeremia sah ihn unverwandt an. Jon schoss ihm zweimal in den Kopf. Ruhe kam in Jeremias Bewegungen und er erschlaffte. Jon fühlte sich besser, beinahe verjüngt. Tränen standen ihm in den Augen. Der Schmerz, der all die Zeit auf ihm gelastet hatte, fiel von ihm ab. Das Narbengeflecht auf seiner Seele löste sich auf wie Efeu, den man mit Säure besprühte.

Es ist vorbei.

SEINE Stimme hatte ihre Schärfe verloren. Er spürte ein Ziehen im Hinterkopf und hatte ein Gefühl, als würde ein Puppenspieler die Fäden kappen. Der Andere trat aus ihm heraus. Jon konnte ihn schemenhaft vor sich sehen. Ein zweiter Jon; sein böser Zwilling. Es war das Schattenwesen aus seinem Traum. Ein finsterer Teil, der sich aus Schmerz und Trauma selbst erschaffen hatte und endlich Ruhe finden konnte. Die Erscheinung schien das Licht zu schlucken.

»Hast dich gut geschlagen, alter Junge. Jetzt mach, dass du wegkommst.«

Jon hörte die Stimme wie zuvor, doch nicht in seinem Kopf. Sie drang von der Erscheinung zu ihm herüber.

»Es ist vorbei.«

ER senkte den Kopf und löste sich in Befriedigung auf.

Jon spürte ein Ziehen im Magen, als er verblasste. Doch er war auch unendlich froh, wieder er selbst zu sein.

Draußen sah er die ersten Blaulichter zwischen den Bäumen zucken. Das ganze Geballer musste den Nachbarn wie die Schlacht um Stalingrad vorgekommen sein. So wie es aussah kam ein ganzer Blaulichtkonvoi den Hügel herauf. Seine Zeit lief schon wieder ab.

Farid wurde vom Heulen der Sirenen geweckt. Er erhob sich in der Küche und versuchte über Funk mit Pierre Verbindung aufzunehmen, doch der meldete sich nicht. Er rieb sich den großen Schädel. Am Hinterkopf erfühlte er den Ansatz einer ordentlichen Beule. Jon hatte ihn ganz schön erwischt.

Die Tür flog auf und Pierre kam schnaufend in die Küche geplatzt. Er wirkte panisch.

»Was zum Teufel ist hier los? Warum sind die Bullen da?«, bellte Farid.

»Scheiße, Scheiße, Scheiße! Ich habe sie oben gefunden. Er hat die ganze Crew – Sie sind *tot*, Farid. *Tot!*«

Pierre heulte richtig. Farid verpasste ihm eine kräftige Ohrfeige. Pierres Kopf flog zur Seite wie ein Pin auf der Bowlingbahn. Ungläubig rieb er sich die Wange.

»Reiß dich zusammen, Mann. Machen wir, dass wir wegkommen, bevor uns die Bullen schnappen.«

Pierre nickte entschieden. Er hatte aufgehört zu heulen. Sein Blick war wieder klar. Das Geratter einer Maschinenpistole ließ beide den Kopf herumreißen.

Troy war schon immer etwas schwer von Begriff gewesen. Sein Vater hatte immer gesagt, er wäre dumm wie 'ne Tüte Mücken und aus ihm würde nie mehr werden als ein Hilfsarbeiter. Höchstens. Da hatte er sich geirrt. Troy war zu einem gutbezahlten Söldner in Pierres Truppe geworden. Nun erwachte er im Carport neben der durchlöcherten Karosserie des Hummers und hörte Sirenen jaulen. Viele Sirenen. Sein Schädel dröhnte höllisch. Er versagte daran, die Eindrücke zu ordnen. Panik pumpte einen Stoß Adrenalin durch seinen Körper, der gereicht hätte, um vor einem Säbelzahntiger zu flüchten und schrumpfte sein Gehirn auf die Größe eines Stecknadelkopfes. Er fingerte seine Waffe hervor, bezog Stellung hinter dem Auto und suchte die Umgebung ab. Als der erste Polizist in sein Blickfeld kam, hielt er ihn in seiner Verwirrung für Jon. Troy verpasste ihm instinktiv eine Ladung Blei, die ihm den rechten Arm aufriss und seine Jacke durchlöcherte.

»Das kriegst du wieder!«, schrie er und lud nach.

Pierre sah Farid entgeistert an. »Was passiert da?«

Der Hüne zuckte mit den Schultern. »Scheiß' drauf! Machen wir, dass wir wegkommen!«

»Aber Troy ...«

»Scheiß' auf Troy! Willst du es mit den ganzen Bullen da draußen aufnehmen?«

Das wollte Pierre nicht. Er folgte Farid zum Hinterausgang.

Jon stand am Panoramafenster und beobachtete das Geschehen.

Du musst hier weg.

Ein Streifenwagen war durch das Tor gekracht – mit vier weiteren im Schlepp. Sie parkten in einer Reihe auf dem Kiesweg, der schnurgerade zum Haus verlief. Polizisten kauerten hinter ihnen und lieferten sich ein wildes Feuergefecht mit jemandem, den er nicht sehen konnte. Ein Polizist lehnte an einer Autotür und regte sich nicht. Endlich schaffte Jon es, sich aus seiner Starre zu lösen und bückte sich nach dem Nachtsichtgerät. Er musste sich beeilen – noch waren die Polizisten abgelenkt, doch dies würde sich schlagartig ändern, wenn der unsichtbare Schütze ausgeschaltet wurde.

Er verließ den Konferenzsaal und schlich die Treppen hinab in den ersten Stock. Jon eilte zu einem Seitenfenster. Er sah einen verwundeten Söldner hinter dem Kühlergrill des Hummers stehen und aus allen Rohren feuern. Es war der Mann, den er im Carport volley genommen hatte. Jon stahl sich durch den Hintereingang nach draußen und rannte durch den Park zur Mauer, sodass sich das Haus als Sichtdeckung zwischen ihm und der Polizei befand. Die Beamten bemerkten ihn nicht. Kein Wunder. In einiger Entfernung sah er den Riesen, den er in der Küche ausgeknockt hatte und den Mann aus dem Kontrollraum. Sie rannten ebenfalls in Richtung Mauer, doch waren ihre Schritte unbeholfen und unsicher, ohne Nachtsichtgerät. Ein Polizist erwischte sie mit dem Lichtkegel seiner Taschenlampe und rief ihnen etwas zu. Die beiden verharrten in der Bewegung und hoben die Hände. Jon wandte sich wieder nach vorn. Die Ablenkung kam ihm wie gerufen.

Er sog scharf die Luft ein, als er an der Mauer hochsprang und sich mit seiner verletzten Hand auf dem Sims aufstützte. Ein irrer Schmerz hämmerte den Arm hinauf, als er sich hinüberschwang.

Lauritz war gerade dabei die Kontrollstellen auszudünnen und die Männer für heute nach Hause zu schicken, als ihn die Nachricht erreichte, dass es eine Schießerei auf einem Anwesen in der Nähe von Idstein gab. Der Ort war Teil seines Zuständigkeitsbereichs und befand sich nordwestlich von Frankfurt. Das Ganze klang verdächtig nach Frick. Er folgte der Phalanx von Streifenwagen, die aus Frankfurt in die Richtung fuhren. Während der Anfahrt hörte er über Funk, dass seine Kollegen beschossen wurden. Einer war schwer verletzt, mindestens ein weiterer hatte Splitter abbekommen. Lauritz spürte Wut in sich aufsteigen wie Magma. Wut auf Roland. Nachdem er sie zu Tims Leiche geführt hatte, war sein Freund verschwunden. Lauritz hatte mehrfach versucht, ihn zu erreichen – ohne Erfolg.

Er hat mich hängen lassen.

Er stellte seinen Wagen 150 Meter vor dem Anwesen am Straßenrand ab. Näher traute er sich nicht heran, da die Gesamtlage zu unübersichtlich war. Lauritz stieg aus und versuchte sich zu orientieren, als er ein Fahrzeuggeräusch hörte. Es kam aus dem Wald. Er sah in die Richtung. Ein schwarzes Biest von einem Auto schoss an ihm vorbei. Es wurde von zwei entgegenkommenden Streifenwagen angestrahlt, die mit jaulenden Sirenen die Straße hinaufbretterten. Für einen kurzen Moment sah er Jon Frick direkt in die Augen. Lauritz' Gehirn brauchte eine Schocksekunde, um das Bild zu verarbeiten; dann schoss Adrenalin in seinen Körper wie Starkstrom. Er machte die Besatzungen der beiden ankommenden Streifen auf sich aufmerksam und forderte sie über Funk auf, ihm zu folgen.

»Frick haut ab!« Seine Stimme war ein grollender Vulkan. Lauritz startete seinen Wagen und nahm die Verfolgung auf. Die beiden neuangekommenen Streifen wendeten und fuhren ihm hinterher.

An der Spitze der Verfolger schlug Lauritz vor Wut aufs Lenkrad und löste versehentlich die Hupe aus.

»Fuck. Verdammte Scheiße, wo steckt Roland?«

Hetzjagd

Roland erwachte auf einem unbekannten Sofa und hatte unglaubliche Nackenschmerzen. Es fühlte sich an, als wäre jeder Wirbel verdreht. Er hatte sich schrecklich verlegen. Vom Schlaf benommen, ließ er seinen Blick durch das Zimmer wandern. Er musste sich erst einmal sammeln. Schließlich fiel ihm wieder ein, was vorgefallen war.

Marshas Zuhause ähnelte ihrem Büro. Es war der wahrgewordene Traum einer Minimalistin. Ihr Apartment wirkte mehr wie ein Wartezimmer als ein Zuhause. Kein Nippes stand auf dem Fensterbrett. Überhaupt nichts. Die Wände waren klinisch weiß; die Einrichtung spartanisch. Eine weiße Kunstblume vervollständigte das Ambiente. Unbelebt steril schien voll ihr Ding zu sein. Alles war getrimmt auf Form und Funktion. Dieser Trieb schien sich in einem ungesunden Maße aus ihr selbst zu speisen. Mit ungesunden Trieben kannte er sich aus.

Eine Hand rüttelte ihn leicht am Arm.

Roland drehte den Kopf und sah Marsha am Ende des Sofas mit gekreuzten Beinen vor ihm sitzen. Es war wie aufzutauchen.

»Jemand ruft an.«

Roland nickte langsam. Er griff nach seinem Handy. Ein Name leuchtete auf dem Display. Lauritz.

»Wo zum Henker bist du?«, donnerte sein Freund.

Roland wollte etwas erwidern, kam aber nicht dazu.

»Wir haben noch mehr beschissene Tote. Es gab ein verficktes Gemetzel. Wir verfolgen Frick. Roland, wo bist du?

Warum bist du nicht ans Handy gegangen? Du bist leitender Ermittler verdammt!«

Rolands Augen wurden groß. Marsha tippte ihm gegen den Arm. Er wandte sich ihr zu und sah ihr fragendes Gesicht. Roland hob einen Finger und bedeutete ihr, sich zu gedulden. Während sie wartete, beobachtete Marsha ihn nervös.

»Was? Was für Tote, wo? Was heißt, ihr verfolgt Frick?«

»Draußen Richtung Idstein. Es war ein verdammtes Blutbad. Er hat eine ganze Villa zerlegt. Mit wem Frick sich angelegt hat, wissen wir nicht, aber sie waren darauf vorbereitet. Das Haus ist voller Waffen und Leichen. Wir haben zwei verletzte Polizeibeamte, weil uns irgendein bekackter Heckenschütze beschossen hat. Keine Ahnung, ob das ein Komplize war. Schwing deinen fetten Arsch sofort hierher!« Wutentbrannt legte Lauritz auf.

Roland warf Marsha einen kurzen Blick zu.

»Ich muss los.« Er erhob sich und griff hastig seinen Mantel. Im Türrahmen hielt er einen Moment inne. »Es war sehr schön – mit dir.«

Marsha trat zu ihm. »Das finde ich auch.«

Und obwohl alles verloren schien, stellte sie sich auf die Zehenspitzen und küsste ihn. Es gab immer zwei Seiten. Ernst sah sie ihn an. »Pass auf dich auf.«

Er drückte ihre Hand zum Abschied. Was auch immer da gerade zwischen ihnen entstand, besaß die Beschaffenheit einer zerbrechlichen Eisfläche. Er wollte nicht zu stark auftreten.

»Danke, du auch.«

Sie lächelte. Er trat auf den Flur und sie schloss die Tür.

Sein Vorsprung war klein, aber er reichte. Noch. Jon war dankbar über jeden Meter. Er hätte die Karre küssen können für ihre Kraft. Er war Jeremias Hügel hinab ins Dorf gebrettert, dicht gefolgt von drei Polizeiwagen. Vermutlich wurden weitere Polizisten über Funk verständigt, um ihm den Weg abzuschneiden. Er musste sich von Frankfurt fernhalten. In den beengten Verhältnissen der Stadt wären die Cops im Vorteil. Er würde versuchen, sie auf dem Land abzuhängen. Jon sah in den Rückspiegel. Über dem Streifenwagen hinter ihm blinkte der Schriftzug STOPP POLIZEI.

»Bestimmt«, knurrte er.

Zuckendes Blaulicht tauchte die nächtliche Umgebung in geisterhaften Schein. Das Geheule der Sirenen folgte ihm. In einigen Häusern, die sie passierten, ging das Licht an. Jon beschleunigte. Er dachte nur in eine Richtung, und zwar nach vorn. Fuß und Gaspedal verschmolzen zu einer Einheit. Außer seinen drei Verfolgern konnte er keine weiteren Streifenwagen entdecken. Ein Glück. Vielleicht war er zu schnell für die Sperre, die sie am Ortsende errichten würden. Noch blieben seine Verfolger auf Abstand und immerhin war der Tank fast voll. Eine Weile würde er das Katz-und-Maus-Spiel durchhalten. Dennoch lief seine Uhr ab. Auf lange Sicht würden sie die Straßen besetzen, ihn einkreisen wie ein Rudel Wölfe und sich über ihn hermachen. Er erreichte das Ende der Ortschaft und raste an dem durchgestrichenen Schild vorbei, drei Streifenwagen im Schlepp.

Roland startete den Wagen, setzte zurück aus Marshas Einfahrt und jagte die Straßen runter. Idstein lag dreißig Minuten von Marshas Apartment entfernt; zwanzig, wenn er sich beeilte. Er prügelte die Drehzahl hoch und flog wegen des rabiaten Fahrstils beinahe aus der ersten Kurve. Das Führungsfahrzeug gab eine Funkmeldung durch. Lauritz' körperlose Stimme erscholl im Wagen. »Versuch', ihm den Weg abzuschneiden.«

»Was?«

»Wir sind mit drei Wagen vom Anwesen weg. Frick versucht zu entkommen, flüchtet Richtung A3. Er fährt einen Ford Explorer. So ein großes schwarzes Biest, schwer zu übersehen. Kennzeichen F-KL 803. Versuch' ihm den Weg abzuschneiden!«

»Wo seid ihr gerade?«

»Ortsumgehung Idstein. Frick fährt *jetzt* auf die Autobahn, Richtung Süden. Wir sind an ihm dran. Fahr' außen rum, falls er irgendwelche Spielchen vorhat.«

Roland ging das Straßennetz in Gedanken durch. Er konnte die Kollegen flankieren, wenn er sich ranhielt.

»Okay.«

Er korrigierte seinen Kurs, pappte das Magnetblaulicht aufs Dach und bretterte mit röhrender Sirene durch eine Seitenstraße.

Jons Herz schlug einen treibenden Rhythmus. Sein Fuß nagelte das Gaspedal am Boden fest. Geschwindigkeit war jetzt alles, entschied über seine Freiheit. Die Fahrbahnmarkierungen der Autobahn verschwammen zu durchgehenden Linien. Er hatte Vorsprung.

Noch.

Die Autofahrer machten den Polizeiwagen hinter ihm Platz. Die Beamten holten gnadenlos auf, näherten sich auf

200 Meter; dann 150. Die nächste Ausfahrt kam in 1000 Metern. Jon tastete nach der Präsenz des Anderen, doch fand ihn nicht. Er war allein in diesem Kopf. Doch *es* war noch da. SEIN Ursprung; die Quelle. Irgendwo musste ER schließlich hergekommen sein.

Du weißt genau, wo.

Es war dunkel an diesem Ort gewesen. Meistens. Wenn es das nicht war, war es wesentlich schlimmer.

Jon sah die Ausfahrt näherkommen. Zu seiner Rechten fuhr ein fettes Wohnmobil und dahinter ein Bus. Ihm kam ein gewagtes Manöver in den Sinn.

Im Zickzack fuhr er an den Wagen vorbei und setzte sich direkt vor den Caravan. Er bremste schlagartig auf 70 ab und wie erwartet ging der Fahrer hart auf die Bremse und scherte nach links aus, um nicht aufzufahren. Bus und Wohnmobil bildeten eine rollende Wand in seinem Rücken. Für wenige Sekunden war er für die Beamten unsichtbar. Jon hatte die Ausfahrt passiert, aber noch nicht den Zubringer. Er schaltete das Licht aus, beschleunigte und zog nach rechts über die Sperrfläche, ohne abzubremsen. Jon schoss über das grüne Dreieck zwischen Ausfahrt und Auffahrt und landete schlingernd auf dem Zubringer. Empörtes Hupen des Busfahrers quittierte seinen Drahtseilakt. Er jagte den Zubringer entgegen der Fahrtrichtung hoch.

Lauritz war siegessicher. Er saß im vorderen Wagen und führte die Kolonne an. Sie hatten ihn fast und passierten gerade die Ausfahrt, die ihnen noch hätte gefährlich werden können. Die nächste Möglichkeit, die A3 zu verlassen, war das Frankfurter Kreuz in elf Kilometern. Davor wurde bereits eine Vollsperrung aufgebaut. Wenn Frick dort ankam, würden sie ihn abfangen. Sie brauchten ihn bis dahin bloß im Auge zu behalten.

Frick zog plötzlich rechts rüber und verschwand vor einem Bus auf der rechten Fahrspur. Alarmiert hob Lauritz die Brauen. Plötzlich raste ein Wohnmobil, das vor dem Bus gewesen sein musste, in sein Blickfeld und zwang ihn zu bremsen. Frick verschwand aus seiner Sicht.

Scheiße, wo kommt der Oschi her? Was hat er vor?

Lauritz ging in die Eisen. Die Polizeiwagen hinter ihm, unvorbereitet auf sein plötzliches Abbremsen, wären beinahe aufgefahren. Als das Wohnmobil schließlich das Elefantenrennen mit dem Bus für sich entschied und rechts rüber zog, beschleunigte Lauritz seinen Wagen und jagte an den beiden vorbei.

»Was zur Hölle? Was sollte das denn?«, kam es über Funk von dem Wagen hinter ihm.

»Er hat das Scheißteil ausgebremst«, sagte Lauritz kurz angebunden. Er konzentrierte sich auf die Fahrbahn.

Aber es wird ihm nichts nützen.

Er zog nach rechts vor das Wohnmobil und der Streifenwagen hinter ihm setzte sich an seine Linke. Von dem Schwarzen Explorer fehlte jede Spur.

Warum sehen wir ihn nicht?

Zwei Minuten bretterten sie die Autobahn entlang, ohne ihn zu sichten. Es war zum Verrücktwerden. Ein schrecklicher Gedanke schoss ihm durch den Kopf: *Er muss irgendwie von der Bahn runter sein, als er außer Sicht war. Vielleicht ist er auf dem Standstreifen stehen geblieben oder er ist den Zubringer* raufgefahren.

Lauritz brauchte eine Sekunde, bis er begriff, was geschehen war. Sie jagten ein Phantom.

Jon war guter Dinge. Er hatte seine Verfolger fürs Erste abgeschüttelt. Hinter der Autobahn war er in den Dörfern gelandet. Orientierungslos jagte er gewundene, schmale Straßen entlang. Jede Unebenheit schickte eine Spitze aus Schmerz in seine linke Hand. Der Daumen verfärbte sich allmählich dunkellila. Er sah aus wie frisch aus der Daumenschraube. Der Schlag mit dem Kolben hätte *wirklich* nicht sein müssen.

Roland fuhr parallel zur Autobahn über die Dörfer, um Frick zu erreichen. Lauritz meldete sich über Funk.

Bitte bring mir gute Nachrichten, dachte Roland.

»Führungsfahrzeug an alle: Er hat uns gelinkt und die Bahn an Abfahrt 46/Niedernhausen verlassen. Wir sind abgehängt worden.«

Roland schlug vor Wut aufs Armaturenbrett und riss dabei sein Duftbäumchen ab.

»Roland, er kommt in deine Richtung. Wo bist du?«

»Zwischen Hofheim und Lorsbach.«

»Ok. Gut. Stell dich in Lorsbach auf; wir verteilen uns.«

Roland nickte grimmig. »Verstanden.«

Er musste nicht lange warten. Roland hatte sich an der zentralen Einmündung der Hauptstraße positioniert und tatsächlich: Da schlingerte ein Wagen in sein Blickfeld, der viel zu schnell durch das kleine Kaff fuhr. 90 km/h, vielleicht 100.

Könnte der Explorer sein.

Triumphierend ballte er die Faust. Er dachte Wut. Er dachte Schmerz. Er dachte Tim. Roland wartete, bis der Wagen fast da war und gab Gas.

Plötzlich schoss ein Wagen aus einer Einmündung zu seiner Linken und versuchte die Straße zu blockieren. Jon fluchte, scherte nach rechts in einen Garten aus und nietete einen Holzzaun um. Der rechte Außenspiegel knallte gegen die Zaunlatten und baumelte nur noch nutzlos herab wie der Arm eines Schlaganfallpatienten. Der Wagen in seinem Rücken schlug hart links ein und nahm die Verfolgung auf. Jon schaltete runter, damit der Motor höher tourte und schneller beschleunigte. Er war ein Narr gewesen zu glauben, er hätte sie alle abgehängt. Dicht gefolgt von dem Polizisten raste er durch das Kaff.

Roland sah jetzt, dass der Wagen das gesuchte Kennzeichen trug. »Kontakt, Lorsbach Richtung Langenhain«, gab er über Funk durch. Er folgte Frick über die Landstraße und verringerte ihren Abstand auf wenige Wagenlängen.

Jon flog durch Langenhain, den Verfolger in seinem Nacken. Er raste driftend durch eine Kurve, sodass ein Nachtschwärmer Deckung suchend in eine Hecke springen musste, um nicht niedergemäht zu werden. Gekonnt nahm der Verfolger die Kurve so eng wie möglich. Jon sah ihn bereits der heranrasenden Hauswand zum Opfer fallen, doch der Wagen blieb auf dem Asphalt. Am durchgestrichenen Ortsschild endeten das Kaff und auch die zivilisierte Welt. Mit kurzer Verzögerung rasten die beiden Wagen daran vorbei. Sie waren jetzt wirklich im Nirgendwo. Vereinzelte Bauernhäuser, die sich in der Weite wie fallengelassene Bauklötzchen ausnahmen, Felder, dann wieder Wald, sonst nichts. Eine Gegend, um Leichen zu verscharren.

Oder um zu einer zu werden, dachte Jon.

Ihm lief die Zeit davon. Und der Vorsprung. Er musste kreativ werden.

Jon raste an einem schmalen Pfad vorbei, der in einen Wald führte. Die Straße vor ihm knickte scharf ab. Er fuhr in eine uneinsichtige Kurve und warf einen hektischen Blick zur Seite. Zu seiner Rechten, neben der Bankette, zog sich ein schilfbestandener Graben dahin, der ein Feld begrenzte. Ein wässriges, schwarzes Maul. In der Ferne sah Jon die Lichter einer Raststätte an der Autobahn, die hinter den Feldern parallel zu seiner Fahrtrichtung verlief. In ihm keimte eine Idee. Er hatte einen Versuch, doch es würde ihn den Großteil seines Vorsprungs kosten. Jon wartete bis zur nächsten Koppelzufahrt, bremste so ruckartig ab, dass das ABS ansprang und schlug hart links ein.

Komm schon! Komm schon!

Der schwere Explorer schaffte die Wendung mit Ach und Krach und riss tiefe Furchen ins Gras. Das Heck des Wagens brach aus und ließ ihn schlingern, als er vom Grünstreifen zurück auf die feste Teerdecke rumpelte. Jon gewann mühsam die Kontrolle zurück. Einhändig zu fahren, war echt beschissen.

Plötzlich schoss der Explorer auf Roland zu, zurück Richtung Niemandsland.

Zurück Richtung Wald.

Er sah ihn näherkommen, stellte sich schräg in die Straßenmitte und Frick ballerte halb auf dem Grünstreifen an ihm vorbei. Roland knurrte, setzte zurück und wendete. Die Straße war zu schmal, um die Drehung in einem Zug zu schaffen. Er verlor Zeit. Fricks Scheinwerfer entfernten sich – und erloschen plötzlich.

»Er hat gewendet und fährt ohne Licht zurück Richtung Langenhain/Wildsachsen«, gab er über Funk durch.

Lauritz antwortete. »Okay, da sind wir auch schon fast.«

Roland gab Vollgas und nahm die Verfolgung auf. Inzwischen war es ihm egal, ob sie Frick festnahmen oder ins Jenseits schickten.

Für Tim.

Jon fuhr den umgekehrten Weg zurück. Abermals flog die Landschaft an ihm vorbei und die uneinsichtige Kurve kam näher. Er sah keinen anderen Ausweg. Es war nur eine Frage der Zeit, bis weitere Verfolger dazustoßen würden.

Ticktack.

Der Wald kam näher. Jon fuhr in die Kurve. Seine Augen hatten ihn nicht getäuscht. Da war tatsächlich eine Raststätte. Und es war dunkel. SEHR dunkel. Jon machte sich bereit für sein Himmelfahrtskommando.

Lauritz und sein Konvoi waren, nachdem sie bemerkt hatten, dass Frick sie gelinkt hatte, auf dem Standstreifen rückwärts bis zur letzten Ausfahrt gefahren. Sie hatten sich ebenfalls aufgemacht in das Gewirr aus Dörfern, Kreis- und Gemeindestraßen, in dem Roland und Frick sich eine Hetzjagd lieferten. Die Leitstelle hatte Streifen aus dem gesamten Frankfurter Raum in ihre Richtung dirigiert. Die Rufgruppe füllte sich mit Funksprüchen, die äußerst knappgehalten waren, weil keiner die Standortmeldung des Fahrzeugs verpassen wollte, das noch an dem Flüchtigen dran war. Die Leitstelle meldete sich über Funk.

»Der Heli ist auf dem Weg. Die Straßen werden gesperrt. Wir errichten einen Ring von Kontrollstellen.«

»Gut.« Lauritz blies sich die Haare aus dem Gesicht. »Gut.« Zu seiner Rechten flog das durchgestrichene Ortsschild Wildsachsens an ihm vorbei.

Der Polizist würde bald in die Kurve kommen und dann war es zu spät. Einen Kilometer entfernt sah Jon diverse Blaulichter zucken. Das mussten die sein, die er auf der Autobahn abgehängt hatte. Die Polizisten kamen von zwei Seiten. Jon befand sich in einer Schlinge, die sich zuzog. Im Zentrum lag der Wald. Und der Graben. Und die Raststätte. Es gab keinen anderen Ausweg. Die Kurve würde ihn bald der Sicht des Verfolgers preisgeben. Jon atmete tief durch. Als er das Ende der Kurve erreichte, lenkte er das Fahrzeug von der Straße weg. Er widerstand dem Drang einzulenken, krallte seine Finger ins Leder des Lenkrads und hielt den Atem an. Widerstand dem Impuls zu bremsen, damit die Rücklichter in der Dunkelheit nicht aufleuchteten und ihn verrieten. Für das, was er vorhatte, musste der Airbag sein Soll erfüllen.

Jon schoss über die Bankette schräg die Böschung runter in Richtung Graben. Wie in Zeitlupe neigte sich das Fahrzeug immer weiter nach rechts, dem Wasser entgegen, bis er glaubte, es müsse umfallen. Der Explorer entwurzelte eine armdicke Birke und drückte sie die Böschung hinab. Der Airbag löste ohrenbetäubend aus und riss ihm fast den Kopf ab. Mit 60 Sachen nagelte er in den Graben. Wasser spritzte empor und bremste seinen Aufprall. Der Wagen versank bis über die Reifen. Jon horchte in sich hinein.

Stille.

Er war benommen von dem Aufprall, schien aber von ernsten Verletzungen verschont geblieben zu sein. Jon hoffte, dass der Explorer von der Straße aus nicht zu sehen war. Er musste sich beeilen, ehe sie spitzkriegten, dass er nicht geradeaus gefahren war. Stöhnend schnallte er sich ab und fischte Kristys USB-Stick aus dem Handschuhfach. Jon stemmte sich gegen die Fahrertür, drückte sie mühsam auf und Wasser drang ein. Ungelenk und mit nassen Beinen humpelte er auf das Feld, den Büschen entgegen, die den Rastplatz umgaben. Er versuchte, seine beschädigte Schulter mit der anderen Hand ruhig zu halten. Ein violetter Streif am Horizont kündete den beginnenden Morgen an.

»Wir haben die Straßen blockiert«, gab Lauritz über Funk durch. Roland fuhr in die Kurve. Frick war außer Sicht geraten.

»Er müsste gleich bei euch sein.«

»Alles klar!« Lauritz leckte sich die Lippen und entsicherte seine MP 5.

Roland kam aus der Kurve und seine Kinnlade ging ein Geschoss tiefer.

Nein.

Der Explorer war verschwunden. Die Straße vor ihm war vollkommen leer.

Wo ist er hin?

Roland erstarrte.

Der Wald.

»Er ist im Wald. Das Arschloch versucht, durch den Wald zu flüchten.«

Lauritz mischte sich ein. »Umstellen! Wir brauchen eine Umstellung, verdammt! Roland, wir unterstützen dich und dünnen die Sperre aus.« Lauritz zeigte auf zwei der Polizisten, die mit ihm die Straße gesperrt hatten. »Bleibt hier, falls er durchbricht.« Zügig wandte er sich an die restlichen Beamten. »Ihr kommt mit mir.«

Roland und Lauritz' Team kamen aus entgegengesetzten Richtungen und hielten mit quietschenden Reifen vor dem Wald. Aus der Ferne näherten sich weitere Sirenen. Lauritz sprang aus dem Auto. »Ich brauche mehr Umstellungskräfte, Durchsuchungskräfte und Hunde. Und wo bleibt mein Helikopter? Wir müssen zügig abklären, dass das Auto auch wirklich im Wald ist.«

Mit gezogenen Waffen tastete Lauritz' Truppe sich in den Wald vor. Roland und er übernahmen Seite an Seite die Führung. Sie hatten es geschafft, den Wald zügig zu umstellen. Jeden Moment mussten sie das Auto entdecken. Sie hätten Frick gesehen, wenn er auf der Straße geblieben wäre.

Niemand sah den Wagen im Graben, der halb ins Wasser gesunken seitlich vom Schilf verdeckt wurde. Unbemerkt humpelte eine einsame Gestalt über das dunkle Feld der Raststätte entgegen.

Klumpiger Modder haftete an Jons Schuhen und erschwerte das Gehen. Der Suchscheinwerfer eines Helis kreiste ziellos über dem Waldrand. Jon hatte das Ende des Ackers erreicht. Mit dem Flüchten über Felder hatte er's in letzter Zeit. Hinter ihm flog der Heli eine Schleife. Das Rotorengeknatter entfernte sich und der Scheinwerfer suchte den Wald ab. Jon strauchelte über einen Erdklumpen und schlug beinahe hin. Die nasse Hose klebte ihm an den Beinen. Er riskierte einen Schulterblick. Eine Reihe Polizeiwagen schoss mit heulenden Sirenen in Richtung Wald.

Muss die Verstärkung sein.

Jon schleppte sich an den Rand der Raststätte. Den Wildschutzzaun überwand er wegen seiner Verletzungen nur mit Mühe. Einige LKWs standen nebeneinander im Dunkeln des Parkplatzes. Es roch nach Urin und Diesel. Die Fahrer schliefen. Jon versteckte sich hinter einem LKW-Reifen, zog die Glock aus dem Holster und wartete.

Ein Fahrer in einem roten ›Crazy-Mother-Trucker-T-Shirt‹ und weiten Jeans kam beladen mit einem Pappbecher in der einen und einem Brötchen in der anderen Hand aus der Raststätte und steuerte seinen Truck an. Als er die Tür öffnete und den Fuß auf die erste Stufe des Tritts setzte, trat Jon aus dem Schatten und presste ihm die Glock in den Nacken. »Steig ein und dir wird nichts geschehen.«

Dem Mann fiel vor Schreck sein Brötchen aus der Hand. Er zerdrückte den Pappbecher. Cola ergoss sich über den Asphalt.

»Dreh' dich nicht um. Rüber auf die Beifahrerseite.«

Langsam, wie jemand, der zum Schafott schritt, stieg der Mann ins Führerhaus und rutschte hinter das Lenkrad. Jon kam ihm nach, setzte sich auf den Beifahrersitz und schloss die Tür. Der Mann starrte auf sein Lenkrad.

»Du wirst mich mitnehmen. Wenn du deinen Job gut machst, passiert dir nichts. Und lass' das Radio laufen.«

Jon kletterte in die Schlafkoje des Truckers, sodass er von außen nicht zu sehen war. Durch einen Spalt in der Gardine tippte er ihn von hinten mit der Pistole an.

Der Mann brauchte eine Ewigkeit, um den Zündschlüssel ins Schloss zu stecken. Schließlich gelang es ihm; er drehte ihn und der Motor röhrte auf. Der Sattelzug gab ein Grunzen von sich und rollte von der Raststätte.

Jon war so müde, doch er musste wach bleiben. Bis nach Frankreich war es noch ein weiter Weg. Unter Schmerzen renkte er seinen Daumen wieder ein und bestastete die verfärbte Haut. »Bleib' auf der Autobahn, bis ich dir was anderes sage. In zwei Stunden bist du mich los, wenn du keine Zicken machst.«

Der Mann nickte. Er klammerte sich so stark ans Lenkrad, dass die Knöchel weiß hervortraten. Ein leichter Schweißfilm bildete sich auf seinem breiten Nacken. Er schaltete das Radio ein. Radio BOB spielte Billy Talent. Das mitreißende Gitarrenriff von ›Afraid of Heights‹ erfüllte die Fahrerkabine. Es klang nach Sieg und es half Jon dabei, wach zu bleiben. Er fühlte sich zerschlagen und er war so unendlich müde. Seine Lider schienen mit Bleigewichten beschwert. Wie lange war er auf den Beinen? Er wusste es nicht. Erste Sonnenstrahlen fielen durch die Seitenscheibe.

Im Wald wurde es so langsam hell. Sie wagten sich vorsichtig tiefer hinein. Minütlich trafen weitere Streifen ein und verdichteten die Umstellung. Über ihnen knatterten die Rotorblätter des Helikopters. Roland und Lauritz gingen schweigend nebeneinander her. Einmal glaubten sie, Frick gefunden zu haben, doch es waren bloß Rehe, die sie aufschreckten. Von dem Explorer fehlte jede Spur.

»Ich habe was«, kam es plötzlich vom Heli. »Ein schwarzer SUV steht verunfallt 200 Meter östlich des Waldes im Graben.«

Roland hetzte aus dem Wald, gefolgt von Lauritz und den Polizisten. Der Heli verharrte an einem Punkt am Feldrand und leuchtete schräg unter sich. Im Licht des Scheinwerfers sahen sie den Explorer parallel zur Straße im Graben stehen.

Vielleicht ist er tot.

Roland zog seine Waffe und rannte mit flatterndem Mantel auf den Wagen zu. Lauritz folgte ihm; die anderen Polizisten im Schlepp. Sie tasteten sich an den Explorer heran und kreisten ihn ein.

»Komm raus, du Arsch«, brüllte Roland. »Komm raus!«

Nichts regte sich.

Eine dunkle Vorahnung überkam ihn. Roland kletterte die Böschung hinab; die Waffe auf das Auto gerichtet.

»Roland, sei um Himmels Willen vorsichtig.«

Roland trat vorsichtig näher und ignorierte Lauritz' Warnung.

Im Explorer stand das Wasser bis zur Sitzfläche. Mit der Waffe in Vorhalte beugte er sich vor und –

Leer.

»Scheiße!« Er trat nach dem Wagen, hämmerte gegen das Autodach. Der Explorer ließ es still über sich ergehen.

Lauritz berührte ihn vorsichtig an der Schulter.

»Ro–«

Roland riss sich von ihm los. Frustration brannte in ihm wie eine bengalische Fackel. Er schlug eine Delle ins Dach und schlug mit dem Griff seiner Waffe auf die Scheiben ein.

Lauritz wandte sich von ihm ab und ließ die anderen Polizisten ausschwärmen. Der Heli drehte ab. Roland wusste es besser: Sie hatten ihn verloren.

Und während Roland auf den Wagen eindrosch, donnerte auf der Autobahn jenseits des Feldes ein Sattelzug vorbei und verschwand im Rot des jungen Morgens am Horizont.

IV.

Er wusste nicht, wie lange er weg gewesen war. Sie hatten ihn nackt auf einer Rollliege festgeschnallt, die Arme über dem Kopf an das Eisenrohr gefesselt. Zwei Seile waren um seine Füße gebunden und hielten sie gespreizt fixiert. Wieder war er allein. Ihm war schwummrig. Die Droge zirkulierte in seinem Blut, ließ ihn die Welt kontrastreich und unnatürlich sehen. Seine Gedanken waren unfokussiert und trieben lose umher wie Quallen in der Tiefsee. Ein raschelndes Geräusch drang an sein Ohr. Im fahlen Schein der Glühbirne sah er eine Bewegung am äußeren Rand der Lichtinsel.

Ich halluziniere.

Eine Frau trat aus dem Schatten. Ihre offenen Haare ergossen sich in einem blonden Wasserfall über ihre nackten Schultern. Sie trug einen roten Rock. Wie eine Raubkatze bewegte sie sich langsam auf ihn zu. Ihr Bild verschwamm vor seinen Augen und wurde wieder scharf. Sie war zu real, um eine Halluzination zu sein. Gott hatte ihm einen Engel gesandt. Es war endlich vorbei. Die Tortur hatte ein Ende und er wurde erlöst.

Nach wenigen Schritten war sie an seiner Liege angelangt. Sie musterte ihn interessiert. Seine Lider flatterten. Die Frau fuhr mit ihren warmen Händen über seinen nackten Oberkörper, zeichnete das Geflecht aus Adern an seinen Unterarmen nach und lächelte amüsiert. Aber auch kalt. Und diese Kälte war es, die sein Bewusstsein aus dem Drogennebel zurückholte. Er riss die Augen auf. Panik. Panik war alles, was er denken konnte.

»Schhh, Schh.«

Sie legte einen Finger auf seine Lippen.

»Sag besser nichts. Sie werden dir wieder weh tun. Ich will nur, dass du Spaß hast.«

Gedanken flatterten in seinem Schädel umher wie ein Haufen aufgeschreckter Vögel. Er zerrte an seinen Fesseln, fühlte sich durch seine Nacktheit noch hilfloser.

Die Frau neigte ihren Kopf aus dem Halbdunkel zu ihm herab. Ihr Gesicht war fein geschnitten, die Lippen voll und rot. Als sie ihn anlächelte, bildeten sich Grübchen, aber ihre Augen blieben kalt. Blau und tief wie der Ozean, aber kalt.

Er zuckte vor ihr zurück. Schmerzhaft schlug sein Kopf gegen das Rohr in seinem Rücken. Sein Hinterkopf pochte, doch jedes Schmerzempfinden wurde von den Rauschgefühlen überlagert.

Die Frau setzte sich auf ihn und begann sich vor- und zurückzubewegen. Er fühlte sich einer Ohnmacht nahe. Sein Geist begann sich langsam zu lösen, kappte die Verbindung zu seiner physischen Hülle. Ihr Körper erbebte und drückte eine Strebe der Liege schmerzhaft in sein Kreuz. Er sah ihr Gesicht ein letztes Mal über sich schweben, hörte ihren reibenden Atem, dann kippte die Welt seitlich weg und er sank in Schwärze.

Schwarzes Lamm

Messing befand sich in seinem Haus in Unterliederbach, als ihn die Nachricht erreichte. Jon hatte ihn kompromittiert. Die Zeitung hatte Material erhalten. Material, das ihn in eine äußerst prekäre Situation brachte. Er saß im selben Sessel wie am Vortag, als er sich mit Herrn Klinger unterhalten hatte. Messing öffnete den Schnappverschluss und streifte das silberne Armband seiner Uhr ab, zog es gedankenverloren durch die Finger und sah aus dem Fenster. Die Wolken glitten so träge dahin wie Mantarochen im unterseeischen Flug. Alles verlangsamte sich, kam zum Stillstand. Er hatte das Szenario wiederholt durchgespielt. Das Endergebnis war dasselbe geblieben.

Sein Blick wanderte über die eingeschlagenen Rücken seiner antiquarischen Bücher, über die Wandteppiche, die sich zur Linken des Bücherregals befanden. Er legte die Uhr beiseite. Mit zittriger Hand nahm er die Goldrandbrille ab und faltete das Gestell zusammen. Er blinzelte mit Augen, die sich unverstärkt durch das Brillenglas wie kleine Murmeln in einem faltigen Tal ausnahmen. Tränen standen darin. Das Gefängnis war kein Ort für ihn. Er war ein alter Mann.

Er hatte sich die Neigung nicht ausgesucht. Nie hatte er persönlich Hand angelegt. Hautkontakt mit dem Menschensaft war abstoßend und erbärmlich. Blut zu sehen, war Welten davon entfernt, Blut zu fühlen. Er war Pazifist. Schon damals und trotz allem. Auch wenn die anderen es nicht verstanden. Eine Zornesfalte entstand auf seiner Stirn.

Nie haben sie es verstanden.

Weder Familie noch Freunde. Sie hatten sich vor den Sammlungen geekelt, seine Tieralben verschmäht und verspottet. Bedächtig strich er über den ledernen Einband des verbotenen Buchs. Wie lange hatte es ihm eine Frau ersetzt? Er wusste es nicht. Messing blätterte nostalgisch gestimmt in den Seiten, strich über einzelne Fotos und befeuchtete seinen Finger, wenn er umblätterte, wie ein Mann, der sich an Schnappschüssen seiner Kindheit erfreute. Die Bilder waren sein geheimer Schatz. Sein Lebenswerk. Splitter der Vergangenheit, konserviert in Raum und Zeit. Mit sehnsüchtig verklärtem Blick betrachtete er die Szenen. Wie sie tanzten und sich wanden; die Leiber nackt und geschunden.

»Ach, ihr Schönen«, flüsterte er in den leeren Raum.

Einen Widerling hatten sie ihn genannt und Schlimmeres. Verstoßen von der eigenen Familie war er im Darknet umhergeirrt, bis er sie eines Tages gefunden hatte. Es war wie nach Hause kommen. Jeremia hatte ihm gegeben, wonach er sich sehnte. Nach all den Jahren der Ausgrenzung hatte er in ihm seinen Schutzpatron gefunden. Jemanden, der seine Bedürfnisse teilte und schützend seine Hand über ihn hielt. Jemanden, der seine Neigung verstand. Doch es hatte herauskommen müssen. Insgeheim hatte er es all die Jahre geahnt. Messing wusste, wann eine Schlacht geschlagen war.

Der Glaube war seine letzte Bastion. Eine feste Größe inmitten allgegenwärtiger Zurückweisung.

»Vergib mir Herr, denn ich habe gesündigt«, sagte er mit vor Tränen brüchiger Stimme.

Er mochte ein schwarzes Lamm sein, doch der ewige Hirte würde ihn willkommen heißen. Der Herr war tolerant. Er schloss das Buch und legte es auf den Couchtisch. Ein letztes Mal strich er über den Einband, liebkoste das Leder. Es war steif geworden in all den Jahren. Messing straffte die schmächtigen Schultern, erhob sich und machte sich auf zum letzten Marsch.

Vor der Tür am Ende des Ganges blieb er stehen und senkte das Haupt. Er murmelte einen letzten Psalm, – Jesaja 60,1 ›Mache dich auf und werde Licht.‹ – und drückte die schwere Klinke hinab. Zeit, die letzte Sünde zu begehen.

Ikarus

Jon verfrachtete seinen Rucksack in die Gepäckablage. Er war mit dem LKW bis an die Grenze gefahren. Bis in seine andere Heimat. Dorthin, wo er sich willkommen fühlte.

Vive la France!

Mit Regionalzügen ging es weiter bis nach Marseille, wo Benoit ihn abgeholt hatte. Sein ehemaliger Kriegskamerad hatte schnell geschaltet, nachdem er ihn angerufen hatte. Er schuldete Jon noch einen großen Gefallen, weil er ihm in Mali zweimal den Arsch gerettet hatte. Noch im Bahnhof ließ Benoit Jon in einer Fotobox aktuelle Bilder von sich machen. Er versteckte ihn bei sich, bis der gefälschte Pass fertig war. Das Dokument war nahezu perfekt, fand Jon. Das Wasserzeichen war nicht von einem echten zu unterscheiden. Die Innenseiten des Passes trugen den Sicherheitsfaden mit der abwechselnd gespiegelten Beschriftung ›RE-PUBLIQUE FRANCAISE‹. Um die Bordkarte hatte Benoit sich ebenfalls gekümmert. Damit waren sie quitt. Beim Check-in verlief alles reibungslos.

Die meisten Fluggäste hatten ihr Handgepäck bereits verstaut und nahmen auf ihren Sitzen Platz. Jon tat es ihnen nach. Es war ein Fensterplatz in der Economy-Class geworden. Gedankenverloren spielte er mit dem Gurt herum.

Eine Stewardess schritt den Gang entlang und schloss die Ablagen. Sie verschwand im vorderen Bereich des Flugzeugs hinter einem blauen Vorhang, der den Servicebereich vom Passagierraum trennte. Eine Durchsage informierte die Fluggäste über Reisedauer und erwartete Turbulenzen.

Vom Meer war eine Kaltfront herübergezogen, die sich in Form eines mittelstarken Sturms und Starkregens über einem Gebiet entlud, das sie durchqueren mussten. Der Rollwagen dockte vom Flugzeug ab und entfernte sich. Die Bordcrew schloss die Türen. Mittlerweile saßen die meisten Passagiere auf ihren Plätzen. Eine Stewardess wies einem älteren Herrn den Weg. Als er sich gesetzt hatte, verschwand sie kurz hinter dem Vorhang und kam mit einer Sauerstoffmaske und einer Schwimmweste zurück, um das Standardprocedere der informativen Flugsicherheit zu beginnen. Auf den kleinen Bildschirmen über den Sitzen startete beinahe zeitgleich ein Video, das dieselben Sicherheitsvorkehrungen mit monotoner Computerstimme erklärte.

Die Stewardess vollführte die einstudierte Choreografie synchron zur Stimme aus dem Off.

Jon ließ die Vorstellung wohlwollend über sich ergehen. Es hatte etwas von Abschied nehmen. Die Stewardess war am Ende ihrer Choreografie angelangt, bedankte sich und verschwand hinter dem Vorhang. Die Turbinen röhrten auf und sie ballerten mit 300 Sachen über die Rollbahn. Der Vogel beschleunigte. Die Welt schoss vorbei. Die Baumgruppen jenseits des Flughafenzauns vermengten sich zu einem verwaschenen Grün; Bodenleuchten rauschten als grüne, weiße und rote Striche aus Licht vorbei. Die Maschine hob ab. In Jons Ohren klangen Turbinen und Klimaanlage wie Beethovens Fünfte. Er hatte sich sensationell geschlagen. Allmählich gingen sie in die Horizontale.

Jon verstellte den Sitz, bis er angenehm saß und ließ sich zurücksinken. Versonnen sah er aus dem bullaugenähnlichen Fenster zu seiner Linken. Unter sich erkannte er das

Geflecht der Großstadtstraßen. Ein beleuchtetes Gewirr, das sich wie Adern durch den Körper der Stadt zog. Er entspannte sich merklich. Mit jedem Meter Höhe, den sie gewannen, verstärkte sich sein euphorisches Hochgefühl. Plötzlich verschwand die atemberaubende Weite des Himmels aus seinem Blickfeld und wurde von einem weiß geflockten Nebel ersetzt. Der Pilot kündigte Turbulenzen an und gebot den Passagieren, ihren Platz nicht zu verlassen. Das Flugzeug wurde geschüttelt wie bei einer rasanten Fahrt über Kopfsteinpflaster, dann war es schlagartig vorbei.

Sie durchbrachen die Wolkendecke. Der Anblick war auch zu so später Stunde atemberaubend schön. Ein grauer Wolkenteppich mit schmalen Zwischenräumen, durch den die Lichter der Stadt heraufschimmerten wie Myriaden von Diamanten, dehnte sich bis zum Horizont. Ein Kind schrie zwei Sitzreihen hinter ihm. Sein Vater erklärte ihm flüsternd, es solle versuchen, den Druck auszugleichen und bedeutete ihm zu gähnen. Das Mädchen gähnte übertrieben und lachte blubbernd. Jon lächelte unwillkürlich. Er mochte Kinder.

Die vergangenen Tage liefen vor seinem inneren Auge ab, in der Art, wie auch ein im Todeskampf Liegender sein Leben Revue passieren sah. Jon atmete aus. Langsam und bedächtig. Es war vorbei, endlich und schließlich vorbei. Er war sie alle los. Seine Seele konnte Ruhe finden und was am allerwichtigsten war: Er war IHN los. Den dunklen Zwilling, der ihn unentwegt terrorisiert und verletzt, ihn letztlich kontrolliert hatte. Er horchte in sich hinein. Stille. Stille, wo zuvor jemand gesprochen hatte. Seine Raserei war vorüber. Es war, als hätte es IHN nie gegeben. Die Gesichter seiner unschuldigen Opfer bedrängten ihn und er bedauerte sie. Er würde mit der Last der Taten leben müssen, die ihm seine dunkle Hälfte aufgebürdet hatte. Es war ihm ein Trost, Jeremias Kreis zerschlagen zu haben. Vielleicht wog das Leid, das er verhindert hatte, seine Verbrechen auf. Jon fragte sich nicht zum ersten Mal, was aus Messing werden würde. Der Bankier war anders. Er hatte es vielleicht nicht verdient zu sterben.

Nicht nach dem, was er damals für mich getan hat. Was er mir ermöglicht hat.

Er wüsste zu gerne, was die Polizei trieb und ob die Presse sich schon mit dem Material des USB-Sticks an sie gewandt hatte. Er hatte Messing ins Spiel gebracht; was sie daraus machten, lag bei ihnen.

Ein nerviges Quietschen ließ seinen Gedankenstrom abrupt abreißen. Eine Stewardess schob ihr Wägelchen durch den Gang und versuchte die Passagiere dazu zu verleiten, überteuerte Snacks und Getränke zu kaufen. Ein junger Mann im Sakko bestellte sich einen Wein. Das Wägelchen kam neben Jons Sitz zum Stehen. Er verneinte den obligatorischen Tomatensaft. Argwöhnisch registrierte er, dass die Stewardess ihn etwas länger ansah als nötig. Als der quietschende Wagen sich entfernte, wandte er sich wieder dem Fenster zu und hob seinen Gedanken auf wie unvollendetes Strickwerk, das man zur Seite gelegt hatte.

Seinem verpfuschten Leben hatte er durch den Eintritt in die Fremdenlegion entkommen können. Obwohl ihn die Legion nicht geschont hatte, war sie nichts im Vergleich zu dem, was ihn in der Heimat erwartet hatte. Jon rieb über das Narbengewebe an seinem linken Zeigefinger, das wie ein gezackter, weißer Blitz von der Fingerkuppe bis zur Handfläche verlief. Wie an einer Perlenschnur aufgereiht, sah er seine nächsten Schritte vor sich. Er würde untertauchen und sich vielleicht, wenn die Polizei seinetwegen nicht mehr so einen Rummel veranstaltete, unter einem falschen Namen erneut der Legion anschließen. Zu etwas anderem war er nicht mehr zu gebrauchen. Er war ein trauriger Terminator. Es hatte ihm gefallen, Tom Martens zu sein. Ein einfacher Mechanikergehilfe. Doch Tom war Geschichte.

Der Sicherheitsgurt drückte unangenehm auf seine Blase. Seufzend löste Jon den Verschluss und erhob sich. Er ging zwischen den Sitzreihen in Richtung Toilette. Jon bildete sich ein, Blicke auf seinem Hinterkopf zu spüren und zwang sich zur Ruhe. Er setzte seinen Weg unbeirrt fort und öffnete die Tür der Toilette.

»Arrête!«, schrie jemand in seinem Rücken.

Sie sind mir gefolgt.

Jon versteifte sich, da hörte er einen weiteren Schrei.

»Papa, laisse-moi!«

Es ist nur das Kind, beruhige dich.

Er zog die WC-Tür hinter sich zu und sperrte ab. Das Licht im Kabineninneren flackerte. Jon stützte sich auf das Waschbecken unter dem Spiegel und atmete tief durch, versuchte sich zu beruhigen. Das Flackern schickte merkwürdige Schatten über sein Gesicht, schien seine Konturen zu verändern. Als er sich vom Spiegel abwenden wollte, erstarrte er. Da war etwas in seinen Augen. Eine zügellose Wut. SEINE zügellose Wut. Erschütterungen durchliefen die Kabine, als das Flugzeug auf eine andere Luftschicht stieß. Die Innenbeleuchtung flackerte heftiger. Jon klammerte sich fester ans Waschbecken. Ganz leise, in einem entlegenen Winkel seines Hinterkopfes, hörte er IHN sprechen: »*Es ist noch nicht vorbei. Nicht ganz.*«

Ein kleiner, dunkler Splitter war geblieben. Das Ruckeln des Flugzeugs erstarb und SEINE Stimme verstummte. Jon stand vornübergebeugt vor dem Spiegel. Und keuchte.

Darknet

Die Zeitung hatte den USB-Stick umgehend an die Polizei weitergegeben. Der Redakteur war ganz außer sich. Was Frick geschickt hatte, war unmissverständlich und belastete Messing schwerwiegend. Dass etwas in den Piranhaaugen lauerte, hatte Roland ja geahnt. Die Sache war zweifelsfrei etwas für Mordkommission und Vermisstenabteilung.

Roland war fuchsteufelswild, weil sie Frick nicht gefasst hatten. *Noch nicht,* schärfte er sich ein. Sie hatten Fresko erneut zu Rate gezogen, um Ansätze zu finden, wohin Frick verschwunden war und sein zukünftiges Verhalten vorauszusagen, aber das hatte zu nichts geführt. Drei Tage waren seit Fricks Flucht vergangen; drei Tage seit er Tim – Roland verdrängte den Gedanken; er musste sich konzentrieren. Messings Verhaftung stand unmittelbar bevor. Sie hatten die Einsatzleitung im Lagerraum des Polizeipräsidiums aufgebaut, weil dort die nötige Logistik vorhanden war. Ein Dutzend Beamte saßen vor ihren Monitoren und kommunizierten mit ihren Einheiten. Die Aufklärung versorgte sie mit Bildern in Echtzeit. Messing schien zu Hause zu sein. Im Wohnzimmer brannte Licht. Roland staunte noch einmal über den außerordentlich gepflegten Garten des Bankiers.

Der Verbindungsmann zu den Absperrkräften hob die Hand. »Absperrung steht.«

Roland reckte den Daumen nach oben. »OK – SEK kann loslegen.«

Er sah den Verbinder des SEK an. Jakob war ein Koloss von einem Mann mit einem Nacken wie ein Stier. Der kleine Kopfhörer sah auf seinem großen Schädel aus wie Spielzeug. Würde Roland ihm in der Nacht begegnen, er würde ihn niemals für einen von den Guten halten. Er fand es witzig, dass dieser muskelbepackte Klotz den Verbinder mimte, während seine Männer draußen waren. Die anderen SEKler waren weniger breit gebaut; doch man durfte sie nicht unterschätzen – ihre Profession verlangte ihnen andere Fähigkeiten ab. Dies waren die Spezialkräfte. Auf dem Bildschirm verschwanden die Polizisten beinahe hinter ihren Schutzschilden. Die schwarzen Westen und Helme verliehen ihnen das Aussehen bewaffneter Ameisen. Sie sicherten die Umgebung.

»Go, go, go!« Jakob sprach leise, aber deutlich in sein Sprechgeschirr. Er teilte Roland in kurzen Abständen die Lageentwicklung mit. Roland fand das etwas affig, weil er die Entwicklungen über den Bildschirm mitverfolgen konnte, aber er sagte nichts. Langjährige Verhaltensmuster legte man schwer ab. Sie hatten erst seit kurzem Zugriff auf Bildmaterial in Echtzeit.

»Kräfte am Objekt.«

Die SEKler postierten sich neben der Tür.

»Legende läuft.«

Die ›Legende‹ war ein als Paketbote verkleideter SEK-Mann, der die Zielperson vor die Tür locken sollte, wo der Zugriff einfacher stattfinden konnte.

»Keine Reaktion auf Klingeln und Klopfen.«

Jetzt kommt die Ramme.

»Zugangstechnik läuft.«

Der ›Paketbote‹ gab den Männern, die rechts und links der Tür Stellung bezogen hatten, einen Wink. Sie rückten zu fünft an – zwei mit Schild, zwei Sicherer mit MP, einer mit Ramme – und gingen vor der Tür in Stellung. Der Handrammenmann fokussierte einen Punkt und ließ die Ramme in die Tür krachen. Die Verriegelung brach, Holz splitterte und die Tür flog auf. Die Männer betraten den Flur und verschwanden aus Rolands Sichtfeld.

»Gehen rein«, sagte Jakob. Dann, keine Minute später: »Objekt gesichert.« Und kurz darauf: »Absperrung und Ermittler können zum Objekt vorziehen.« Jakob hörte eine Zeit lang angestrengt in seinen Kopfhörer. Schließlich wandte er Roland den breiten Schädel zu: »Ihr könnt rein.«

Roland, Macintosh und die anderen Ermittler der Mordkommission erreichten das Haus, als die Spusis gerade fertig waren.

»Ich habe noch nie so eine Sauerei gesehen«, sagte einer von ihnen, als er aus der Tür trat.

Messings Arbeitszimmer strahlte Ordnung und Ruhe aus. Aktenschränke standen an den Wänden. Ein grüner Ohrensessel und eine altmodische Leselampe mit Schirm standen in der Ecke. Ein Kruzifix hing dem Sessel gegenüber an der Wand. Die Bibel stand darunter in einer Art Glaskasten. Auf einem schlichten Schreibtisch aus dunklem Kirschholz im hinteren Teil des Raumes stand ein moderner Computer, der in dem Ambiente wie ein Fremdkörper wirkte. All dies zentrierte sich um Messing. Der Bankier hing an einem schwarzen Ledergürtel, der sich um seinen dürren Hals wand.

Suizid oder Frick?

Roland trat an den baumelnden Leichnam. Er drehte sich leicht in seinem Gürtel. Seine Augen bohrten sich in Rolands und schienen ihm zu folgen so wie die Augen auf Portraits, wenn man an ihnen vorbei ging.

»Das ist doch gar keine Sauerei«, murmelte Roland. Leichen wie diese hatte er schon etliche gesehen.

»Oh, *das* ist nicht die Sauerei.« Ein Spusi, der gerade seine Fotoausrüstung einpackte, wandte sich ihm zu.

»Aber auf dem Computer, da –«

Macintosh betrat den Raum und schwenkte ein in Leder gebundenes Buch. Roland sah auf.

»Das müsst ihr sehen.« Sein Gesicht besaß die Farbe von Kalk. »Draußen ist ein Blumenkübel, falls ihr einen braucht.«

Sie umringten ihn und besahen sich das Werk. Macintosh hielt es auf Armeslänge von sich und blätterte langsam um. Die Fotos, die in das Buch eingeklebt waren, zeigten Szenen unmenschlicher Grausamkeit. Es waren ausnahmslos Aufnahmen aus einem dunklen Keller mit spärlichen Lichtverhältnissen. Roland war sicher, dass es sich bei dem Raum um denselben handelte, der auf den Aufnahmen zu sehen gewesen war, die Frick der Presse zugespielt hatte. Er sah gefesselte Männer und Frauen an der Kellerwand lehnen. Auf einigen Bildern wurden die Personen geschlagen oder missbraucht. Da war ein Mann mit grotesk verdrehtem Arm, der am Objektiv vorbei ins Leere starrte. Eine rothaarige Frau in einem zerrissenen Sommerkleid, die Augen rot und verquollen. Ihre Peiniger standen mit dem Rücken zur Kamera. Die Gesichter waren nicht zu erkennen.

Macintosh überreichte Roland das Buch. Schockiert blätterte er darin herum. Einige Seiten waren verklebt. Rolands Magen tanzte krampfend unterm Gallesee.

Ich habe hier mit ihm gesessen. An diesem Tisch.

Der Spusi tippte ihm auf die Schulter. »Das Buch ist schlimm, aber die *echte* Sauerei ist auf dem PC.«

Ein IT-Spezialist saß hinter dem Rechner. Die Beamten umringten den Bildschirm. Roland folgte ihnen mit weichen Knien. Der Spezialist deutete auf ein Verzeichnis, das mit ›Kollek-1‹ beschriftet war. Er machte einen Doppelklick. Unzählige Videodateien ratterten in Dreierreihen den Bildschirm hinab. Ihre Beschriftungen enthielten jeweils das Datum und eine Kombination aus zwei Buchstaben, die durch Punkte voneinander abgetrennt waren. Der Spezialist fischte wahllos ein Video heraus und startete es. Die Polizisten beugten sich vor. Sie sahen einen schummrigen Raum und einen gefesselten, braunhaarigen Mann, der mit hinter dem Rücken verschränkten Händen an ein Eisenrohr gekettet war. Die Kamera zoomte. Roland sah genauer hin. Seine Augen weiteten sich. Mit offenem Mund starrte er auf den Bildschirm.

Sind das nicht ...? Scheiße! Oh Gott, Scheiße!

Zwei Männer, in denen er Jesse Lunk und Arthur Grundel erkannte, prügelten auf den Mann ein.

Sie sind es wirklich. Aber wieso?

Am rechten Bildrand stand ein grüner Ohrensessel. Und wegen Fricks Material wussten sie, wer darauf saß.

»Scheiße Mann, was läuft hier?«

Die Aufnahme riss ab. Der Spezialist klickte das nächste Video an. Der gleiche Keller. Die gleichen Peiniger. Und wieder war da dieser Sessel. Er klickte das nächste Video an. Jeremia Marlin vergewaltigte eine Rothaarige. Rolands Gedankenkarussell ging in die nächste Runde.

Der auch?

Der IT-ler schüttelte entgeistert den Kopf. »Es sind so viele. Müssen Hunderte sein. Der Ordner ist riesig; zwölf Terrabyte! Die Videos gehen teilweise mehrere Stunden!«

Das ist unglaublich, dachte Roland. *Frick hat es beendet. Was immer es war ... Er hat es beendet.*

Die Sache würde groß werden. *Verdammt* groß. Roland wehrte sich mit aller Kraft, aber es geschah dennoch: Er empfand Befriedigung, dass diese Scheusale tot waren.

Wir jagen einen Jäger.

Einmal angestoßen, drehten sich die Gedanken in einer Endlosschleife in seinem Kopf wie ein Kugellager. Ihm wurde schwindelig. Wie passte das alles zusammen? Roland sah zu Messing hinüber, der sich leicht hin- und herdrehte. Ihm war, als läge in dem toten Blick des widerwärtigen Bankiers die Antwort verborgen. Roland lehnte sich an die Wand und schloss die Augen. Eine Weile war es still, bis auf das Murmeln der anderen Polizisten und das Klicken der Maus.

»Roland!«, kam es schließlich von Macintosh. »Roland! Sieh' dir das an, verdammt!« Seine Stimme war hoch und fiepsig.

Roland trat an den Bildschirm.

Macintosh setzte den Laufbalken des Videos, das er angesehen hatte, zurück und drückte auf Play.

Frick starrte frontal ins Kameraobjektiv.

Frick?

Er war geschunden und gefesselt. Seine Stirn blutete, doch es gab keinen Zweifel. Der gleiche rastlose Blick. Die gleichen grauen Augen. Roland hielt sich an der Tischplatte fest. Das Holz ächzte unter seinem Gewicht. Er öffnete und schloss den Mund wie ein Wels an der Scheibe eines Aquariums.

Macintosh wandte ihm sein blasses Gesicht zu.

»Es sind Initialen.« Der Ermittler klickte aus dem Video, scrollte und klickte ein weiteres an, dass mit ›J. F. 190205‹, bezeichnet war.

»J. F. – Jon Frick.«

Sie sahen ihn auf eine Liege geschnallt daliegen, die Arme über dem Kopf fixiert. Er war nackt. Eine Frau kam langsam auf ihn zu und hob dabei ihren Rock. Sie war blond und trug ein Spinnentattoo unter ihrem linken Schlüsselbein. Das Puzzle fügte sich zu einem großen Ganzen. Roland konnte beinahe physisch spüren, wie die Teile einrasteten. Die Erkenntnis wuchs in ihm, bis er nicht länger an sich halten konnte und sie in den leeren Raum spie, wie einen Schleimklumpen. »Es war Rache! Die ganze Zeit war es Rache!«

Sie hatten ihn eingesperrt, missbraucht und Schlimmeres und er hatte sich an ihnen gerächt. Die Frau in dem Video war garantiert auch tot. *Er hat sein Ziel erreicht.* Das Zimmer schien um ihn herum zu kreisen. Nicht zum letzten Mal fragte Roland sich, wen sie da eigentlich jagten.

V. Das Ende des Kreises

Die Zeit schleppte sich dahin wie ein angeschossener Soldat. Minuten dehnten sich zu Stunden und Tagen. Der Keller war seine Welt geworden. Er wollte, dass es aufhörte. Natürlich tat es das nicht. Sie waren wiedergekommen. Sie war wiedergekommen. Und immerzu lief die Kamera. Das rote Elektroauge fing begierig auf, was es zu fassen bekam.

Seine Seele hatte irreparablen Schaden genommen. Er konnte es beinahe physisch spüren wie ein Loch im Zahn. Etwas war kaputt gegangen – in seinem Kopf. Er hatte angefangen, eine Stimme zu hören. Es war eine kalte, eine wilde Stimme. Sie machte ihm Angst.

Schon länger war niemand zu ihm gekommen und das war es, was seine Angst anheizte, ihr neue Nahrung gab. Würden sie ihn hier verrotten lassen? Hunger und Durst hielten ihn in ihrem eisernen Griff. Er hatte nach dem Mann in dem Sessel gerufen, doch der hatte ihm nicht geantwortet. Er wusste nie, ob er da war oder nicht. Vielleicht war es besser, dass er es nicht wusste. Der Blick des kleinen Mannes machte ihn wahnsinnig. Seine Augen waren immerzu feucht und gierig. Der Sesselmann war ihm dennoch der Liebste. Die Drogen, die er ihm verabreichte, ließen ihn vergessen, wo er sich befand. Er starrte in die Dunkelheit jenseits des schummrigen Lichts der Glühbirne und versuchte Schemen auszumachen, unnatürliche Konturen, aber es war zu dunkel. Irgendwann dämmerte er weg.

Schrrkk.

Ein metallisches Ratschen ließ ihn hochschrecken.

Schrrkk.

Es klang, als würde jemand eine Messerklinge über einen Wetzstahl ziehen. Er konzentrierte sich auf die Richtung.

»Hey Joonnyyy. Joonnyy. Wollen wir ein Spiel spielen?«

Die Stimme war neu. Sie hallte körperlos in dem großen Raum, wurde von den Wänden verzerrt zurückgeworfen. Aus dem Schatten trat ein untersetzter Mann in einem mausgrauen Mantel, der sich vermutlich in seinen frühen Dreißigern befand.

Ein Neuer.

In seiner Linken hielt er ein schmales Klappmesser. Die Klinge musste das ratschende Geräusch erzeugt haben, als sie über eines der Eisenrohre gezogen wurde, die sich an den Kellerwänden entlang wanden. Die dunklen Haare fielen ihm ins Gesicht, sodass sie es halb verdeckten. Seine Bewegungen waren merkwürdig unkoordiniert. Er schien nicht recht die Kontrolle über sich zu besitzen. Immerzu schob er seinen Kiefer vor und leckte sich mit der Zunge über die Lippen.

Jon hatte diesen Tick schon in seiner Jugend bei Kokainsüchtigen gesehen. Und auch bei Jesse; dem verrückten Stiefeltreter. Der Kerl war vollkommen drauf. Eine Hand am Messer, die andere vergraben in seinem Mantel, starrte er auf ihn herab. Es war sonderbar, dass er in diesem Keller einen Mantel trug. Scheinbar diente er mehr dazu, sein Erscheinungsbild zu komplettieren, als einen praktischen Zweck zu erfüllen. Der Mann drehte den Kopf zur Seite und spuckte aus wie ein schlechter Cowboyverschnitt. Der Auftritt war bühnenreif. In einer anderen Situation hätte Jon womöglich mehr dafür übriggehabt.

Er rutschte etwas an der Wand hoch. »Was wollen Sie?«

»Oh, ich will nur ein bisschen mit dir spielen, wenn du nichts dagegen hast.« Er zwinkerte. »Gestatten, Marek.« Der Mann lüpfte einen imaginären Hut.

»Wo sind die anderen?« Jon atmete hektisch. Sein Herz hämmerte in Todesangst.

»Nicht da. Ich kann machen, was ich will. Keiner hält mich zurück.«

In Jons Innerem verkrampfte sich etwas.

Er blufft, dachte er. Hoffentlich. Er muss bluffen.

Marek zog die andere Hand aus der Manteltasche, presste die Messerklinge gegen seinen eigenen Zeigefinger und drehte sie langsam.

Natürlich bluffte er nicht.

Er trat näher. Marek ließ das Messer vor Jons Körper auf- und abwandern wie ein Maler seinen Pinsel vor einer Leinwand, als suche er nach einer geeigneten Stelle, um Farbe aufzutragen; vielleicht für eine rote Blume oder einen roten Mund. Belustigt registrierte er, wie Jon sich verrenkte, um den größtmöglichen Abstand zwischen sich und der Klinge zu schaffen.

Marek packte ihn grob am Arm, fixierte seine Linke an der Wand und grub die Messerklinge in Jons Zeigefinger.

Und drehte.

Jon schrie. Rote Blitze explodierten hinter seiner Stirn.

Der Fremde schlug ihm hart ins Gesicht. »Fühlt es sich für dich auch so gut an? Hast du auch Spaa-aaß?« Er lachte keckernd.

Jon ließ den Kopf hängen und fügte sich in sein Schicksal.

»Zeig etwas Kampfgeist.«

Jon schwieg.

»Du wirst mit mir reden!«, schrie Marek ihn plötzlich an. »Wo bleibt denn sonst der ganze Spaß, hm?« Marek brachte das Gesicht nah an ihn heran, bis seine Stirn ihn fast berührte. »Ich habe für dich bezahlt!« Der Junkie leckte sich über die Lippen und senkte die Stimme zu einem verschwörerischen Flüstern.

»Lass uns jetzt ein Spiel spielen.«

Der Mann im Sessel beugte sich vor. Die Augen hinter den Brillengläsern glitzerten gierig.

»Ich will nicht.«.

»Sei still!« fuhr Marek ihn an. Er warf ihm einen finsteren Blick zu. »Du darfst nur reden, wenn ich es dir erlaube. Verstanden?«

Jon nickte.

»Sag: Ja, Meister!« Marek ritzte den Finger etwas tiefer ein.

Jon stöhnte auf. »Ja, Meister«, presste er hervor.

»So ist's recht. Mal sehen, was passiert, wenn —«

Er drehte das Messer. Jons Schmerzensschreie stiegen um eine Oktave.

»Gut, gut. Sehr gut.« Der Mann leckte sich die Lippen.

»Und wie ist es hiermit?«

Er verlängerte den Schnitt nach unten.

Jon schrie.

Aus seinem Mantel zog Marek Kabelbinder hervor.

»Ich werde dich jetzt fesseln und ich will, dass du das Messer nimmst und weiter machst.«

Jon zuckte zurück.

»Nimm es und schneid dir deinen Finger ab. Schneid ihn ab!«

Halb verschüttet regte sich Jons Lebenswille. Er witterte eine Chance.

Der Junkie trat zu ihm herüber.

Der Mann im Sessel krallte die Hände in die Armlehnen und beugte sich vor.

Jon kratzte die Reste seines Verstandes zusammen.

Mareks stecknadelkopfgroße Pupillen fixierten ihn. Er beugte sich zu ihm hinab, löste die Fessel und Jon rammte ihm seine Stirn *gegen die Nase. Es war ein leichtsinniger Angriff, doch er wurde für seinen Einfallsreichtum belohnt. Marek taumelte fluchend zurück.*

»Dafür wirst du bezahlen, du mieses Stück Scheiße«, donnerte er mit Tränen in den Augen. Sein Kiefer kickte.

Jon rieb sich die Handgelenke und ließ ihn nicht aus den Augen. Marek machte einen Satz auf ihn zu und stach nach ihm. Jon drehte sich seitlich, blockte die Messerhand mit dem linken Unterarm und verpasste ihm mit der Rechten einen schweren Kopftreffer.

Marek stolperte rückwärts.

Jon hob ein Eisenrohr vom Boden auf.

Der Mann im Sessel wusste, dass er eingreifen sollte, doch es war zu spannend. So etwas hatte er noch nie erlebt. Eine so animalische Gegenwehr. Es war besser als jedes Video, besser als jede Folter, besser als jedes Bild im verbotenen Buch. Es gefiel ihm. Wie paralysiert verfolgte er das Geschehen. Er leckte sich feist über die Lippen und lehnte sich zurück. Seine Linke wanderte in seinen Schoß und begann zu arbeiten.

Die beiden Männer umkreisten sich langsam.

»Hilf mir!«, schrie Marek dem Mann im Sessel entgegen. »Du verdammtes Arschloch!«

Messing sah ihn angsterfüllt an. Nie war er handgreiflich geworden und er würde jetzt nicht damit anfangen.

Jon hob das Rohr und schlug zu.

Er erwischte Marek seitlich am Kopf. Der Junkie schlug hin. Das Messer schlitterte über den Boden. Benommen krabbelte er am Boden herum und suchte es. Jon hob das Rohr und schlug erneut zu. Marek schrie auf und warf sich zur Seite. Es hallte dumpf, als das Rohr auf dem Kellerboden aufschlug. Dem nächsten Schlag konnte er nicht ausweichen. Jon erwischte ihn an der Schulter. Etwas brach.

Sein Kontrahent hob abwehrend die Hand. »Nicht.« Mareks Stimme war nicht mehr als ein weinerliches Nuscheln.

Jon trat die Hand beiseite und ließ das Rohr auf seinen Schädel krachen. Marek sackte zusammen. Völlig von Sinnen ließ Jon es wieder und wieder auf ihn hinabfahren. Schließlich ließ er stöhnend das Rohr fallen und es schlug mit einem hohlen Klonk! auf dem Boden auf. Er warf einen Blick zu dem kleinen Mann im Sessel, der fasziniert dasaß. Messing hob abwehrend die Hände und nickte in Richtung Kellertür. Er versuchte nicht Jon aufzuhalten, als der sich zur Treppe wandte. Jon hastete die Metallstiege hinauf und warf sich gegen die Holztür, bis sie splitternd aufflog. Er stürmte den Flur hinunter und floh in die Nacht.

Epilog

Tim Gartner
01.03.1994 - 20.09.2019

So würde die Inschrift auf dem Grabstein lauten. Es war ein hübsch gelegenes Grab. Geschützt von jungen Eiben. Und es war ein hübscher Friedhof. Baumumstanden und abgelegen; mit einer kleinen, weißen Kapelle, der ein zierliches Türmchen aus dem Dach wuchs. Es änderte nichts. Der Anlass blieb derselbe.

Ein kühler Wind entkleidete die knorrigen Eichen, die den Friedhof umgaben wie ein lebender Schutzwall. Er schickte Wellen über das Gras und bog die vor Feuchtigkeit glitzernden Halme. Der Himmel hatte sich eine graue Wolkendecke übergeworfen, hinter der die Sonne so undeutlich zu erkennen war, als befände sie sich hinter Milchglas. Der Wind trug den Geruch von frischer Erde in Rolands Nase. An der Ostseite des Friedhofs wurde ein Grab von Friedhofsmitarbeitern abgeräumt. Es war so unromantisch. So real. Die Uhr für diesen Körper war ein zweites Mal abgelaufen. Friedhöfe waren schließlich vor allem Gedenkstätten. Die Toten lagen nur zur Miete. Eines Tages würde auch Tims Sargdeckel unter dem Gewicht von drei Kubikmetern Erde nachgeben.

Die Trauerrede war in der Kapelle gehalten worden. Roland war seit Jahren nicht mehr in einem Gotteshaus gewesen. Auf der Straße hatte er so viel Scheiße gesehen, dass er nicht recht an einen Gott glauben konnte. Zumindest an keinen Guten. Viele Leute waren gekommen. Mehr, als Roland für möglich gehalten hatte. Es war Ironie des Schicksals, dass Tim jetzt, da er tot war, endlich die Akzeptanz erfuhr, die ihm zu Lebzeiten verwehrt worden war. Jetzt, da es keine Rolle mehr spielte.

Die Trauergäste hatten sich in einem Halbkreis um das Grab gruppiert. Die Aufstellung erinnerte Roland ironischerweise an eine Hochzeit. Tims Familie stand in der ersten Reihe. Sein Vater, ein kleiner, kompakter Mann mit harten Gesichtszügen und grauem Bürstenhaarschnitt, stand so steif da, als wäre er festgefroren. Er versuchte anscheinend Haltung zu bewahren. Seine Hand umschloss schützend die seiner Frau. Sie war ein Ast von einem Menschen. An ihrem dürren Körper flatterte das Trauerkleid wie ein schwarzes Segel. Ihr Gesicht war seltsam teigig aufgedunsen und erinnerte Roland an unfertige Plätzchen. Vielleicht hatte sie in den letzten Tagen zu viele Medikamente genommen. Zu ihrer Rechten stand ein blasses Mädchen, dass dieselben langen Gliedmaßen wie *(ihr Bruder?)* Tim besaß. Das Mädchen hatte die Fingernägel in die Handflächen gekrallt, als wolle es sich davon überzeugen, dass die Beerdigung real war. Roland glaubte es selbst nicht. Das offene Grab widersprach ihnen stumm.

Die Familie hatte sich dagegen entschieden, dass die Polizei mit einem Großaufgebot anrückte, wie es gemeinhin bei in Ausübung ihres Berufs verstorbenen Polizisten üblich war. So kam es, dass sich neben den anderen Trauergästen lediglich Lauritz und Roland auf der Beerdigung befanden. Sie trugen dunkle Anzüge, die sie wie Uniformträger aussehen ließen. Roland füllte seinen etwas besser aus als

Lauritz. Vielleicht etwas zu gut. Sie hielten etwas Abstand zu den Gästen, die darauf warteten, dass der Pastor mit der Grabrede begann. Roland nickte Fresko zu, der bei den Trauergästen stand. Heute hatte der Therapeut seine wilde Mähne gebändigt. Sie war in Klugmannmanier eng am Kopf nach hinten gegelt, was bei Fresko jedoch in keiner Weise schmierig, sondern adrett und förmlich aussah. Begleitet wurde er von seiner Frau. Roland vermutete, dass Lis als moralische Unterstützung diente. Fresko sah aus, als würden ihm Schuldgefühle massiv zusetzen. Roland verstand ihn nur zu gut. In der Trauergemeinde kam er sich wie ein Fremdkörper vor. Er glaubte vereinzelte Blicke wahrzunehmen, die in seine Richtung gingen.

Zu Recht, dachte er.

Der Pastor räusperte sich. Er war ein kleiner Mann mit spitzem Kinn. Der Talar umflatterte ihn, so dass er aussah wie ein schwarzer Betvogel. Er wartete, bis sich Schweigen über die Gruppe senkte wie ein Laken, ehe er die Stimme hob: »Jesus spricht: Ich bin die Auferstehung und das Leben. Wer an mich glaubt, der wird leben, ob er gleich stürbe; und wer da lebt und glaubt an mich, der wird nimmermehr sterben. Sehr geehrte Familie Gartner und liebe Trauergemeinde, wir haben uns heute hier eingefunden, um den Tod eines lieben Menschen zu betrauern.«

Er machte eine Kunstpause.

»Timothy Gartner war Polizist, Angler, Comicliebhaber, aber vor allem Sohn und vielen ein lieber Freund. Er versuchte, die Welt ein Stück besser zu machen und das Licht zu stärken, wo es schwach brannte.« Er warf übertrieben die Hände gen Himmel.

Roland konnte die Theatralik nicht mit ansehen.

»Deshalb hat er die Ausbildung zum Polizisten gemacht. Und als ein solcher ist er gestorben, während er das Böse bekämpfte. Lasst uns ihn auf diese Weise in Erinnerung behalten. Ewig kämpfend, ewig beschützend. Ein Mann, der ein Vorbild war. Ein Mann, der sein Leben zum Wohle der Allgemeinheit gab.«

Roland fokussierte den Sarg.

»Der Weg ins Himmelreich ist steinig und mit Opfern gepflastert.«

Roland schnaubte. Etwas Besseres wollte ihm nicht einfallen?

Armleuchter.

»So lasst uns nun still werden und beten.«

Der Geistliche faltete die Hände und schloss die Augen. Die Gemeinde tat es ihm nach. Roland ebenso, wenn auch nur der Form halber.

»Vater unser im Himmel, geheiligt werde dein Name –«

Während der Pastor das Vaterunser sprach, wandte Roland sich gedanklich vom Geschehen ab.

Das Kollektiv.

Ein lächerlicher Name zwar, – Roland könnte noch immer den Kopf darüber schütteln –, doch dahinter verbarg sich der größte Snuff-Film-Ring, der je hochgenommen wurde. Er korrigierte sich innerlich – den sie noch immer hochnahmen. Die Ausmaße waren unvorstellbar. Es war ein Spinnennetz, dass sich weiter und weiter verzweigte. Pausenlos ermittelten sie einzelne Metastasen des Geschwürs in ganz Europa. Frick hatte eine verdammte Lawine losgetreten.

Sie würden nicht alle Beteiligten finden, soviel war klar. Die Verfolgung der elektronischen Spuren gestaltete sich im Darknet überaus schwierig. Dennoch hatten sie bereits über hundert User identifizieren können. Lauritz hatte geschworen, er würde das ganze verdammte Geflecht ausgraben. Das Kollektiv selbst hatte sich in der Frankfurter SM-Szene kennengelernt. Marlin war dort sehr aktiv gewesen, ehe er sein Interesse an herkömmlichen Perversionen verlor. Sie hatten ihm nicht mehr gereicht. Deshalb konstruierte er eine Möglichkeit, das Ganze auf die nächste Stufe zu heben. Er überzeugte eine Handvoll Gleichgesinnter von seiner Vision: Samuel Messing, Kristy Rothenberg, Arthur Grundel und Jesse Lunk. Das Kollektiv war geboren. Die Fünf zogen sich zurück und trieben ihre Perversionen im Verborgenen auf die Spitze. Marlin organisierte über sein Bauunternehmen einen Keller und schuf damit die Location für ihre Videos. Die Filme vertrieben sie anonym über das Darknet. Zunächst bloß ein kleines Sammelbecken für Psychopathen und Sadisten war ihr Netzwerk über die Jahre gewachsen wie ein Tumor, hatte sich aufgebläht wie ein verwesender Leichnam. Sie hatten ihren Kunden zwei Möglichkeiten offeriert: Sie konnten sich die Filme entweder kaufen oder horrende Summen zahlen, um selbst Hand anzulegen.

Wobei wahrscheinlich alle irgendwie Hand angelegt hatten, dachte Roland. Er schauderte und dachte an Messings Buch.

Das Kollektiv hatte seine Perversionen kommerzialisiert. Sie hatten Unsummen mit Marlins ›System‹ verdient und dabei alle Grenzen überschritten. Messing hatte sehr genau darüber Buch geführt. Auf etlichen Videos war er auf dem Sessel zu erkennen. Samuel Messing trat selten ins Licht und wenn er es tat; dann sah er nur zu. Sah nur zu und tat nichts. Nichts außer ... Roland wollte nicht darüber nachdenken. Er verbannte die Bilder aus seinem Kopf. Versuchte es. Es misslang. Messing war es auch gewesen, der die Gesichter des Kollektivs auf den Videos verpixelt hatte, sodass sie niemand identifizieren konnte. Lediglich auf seinem PC und in den persönlichen Archiven der anderen Mitglieder des Kollektivs existierten die Filme in ihrer unbearbeiteten Form. Es war Roland ein Rätsel, dass Frick ihn nicht ermordet hatte. Der widerwärtige Bankier nahm das Geheimnis mit ins Grab. Inzwischen hatten sie auch die Leiche Kristy Rothenbergs gefunden und mit ihr zwei tote Bodyguards. Sie besaßen eine Verbindung zu derselben fragwürdigen Organisation, der auch Marlins Leute angehörten. Die Firma hieß ›Protect-Inc.‹. Sie war im Darknet sehr präsent und warb mit Sicherheit um jeden Preis, sowie brutaler Effizienz.

Für Frick hatte es nicht gereicht, dachte er bitter. *Aber für Frick hatte so vieles nicht gereicht.*

Klugmann und die Spusis hatten Rothenbergs Häuser auseinandergenommen. Eines der Fotos, das die Spusis gemacht hatten, hatte sich ihm besonders eingeprägt. Auf dem Bild war ein blutiger Schraubenzieher zu sehen, der aus dem Hals eines Söldners ragte.

Ein Schraubenzieher! Himmelherrgott!

Auf Marlins Anwesen hatte Frick noch schlimmer gewütet. Nachdem das Feuergefecht zwischen dem durchgedrehten Söldner, den sie später als Troy Magenov identifizierten, und der Polizei beendet worden war, hatten sie das Gelände vorsichtig erkundet. Alles in allem gab es auf dem Marlin-Anwesen acht Tote. Zwei seiner Beschützer waren mit zerfetzten Schienbeinen und hohem Blutverlust in ein Krankenhaus eingeliefert worden.

Noch immer arbeiteten sie sich durch die Videos, die sie auf Messings Rechner gefunden hatten, und es war, als müsse man Exkremente nach Erbrochenem durchsuchen.

»Stellt euch beim Sichten 'n Kotzeimer parat«, hatte Lauritz gesagt.

Sie mussten das Material durchsuchen, um andere Personen zu identifizieren, die vom Kollektiv verschleppt worden waren. Bisher hatten sie 17 Menschen von den Vermisstenlisten streichen können. Der Verbleib ihrer Leichen war bislang ungeklärt. Bei der Auswahl der Opfer ließ sich bisher kein Muster erkennen. Macintosh hatte die Wege der Opfer rekonstruiert. Dass das Kollektiv an Frick geriet, war nach dem derzeitigen Ermittlungsstand reiner Zufall. Ein Zufall, der ihnen zum Verhängnis geworden war.

Grundsätzlich sind Fremdenlegionäre gute Ziele, überlegte Roland. Viele von ihnen hatten ihr früheres Leben hinter sich gelassen und würden nicht vermisst werden, falls sie verschwanden. Außerdem waren sie strapazierfähig. *Sehr* strapazierfähig.

Die Kirchenglocke schlug zur vollen Stunde und holte ihn zurück. Jeder Schlag ein dröhnendes Ausrufezeichen, das Tims Tod verkündete. Sechs Männer traten an den Sarg heran. Ihre Gesichter waren professionell ausdruckslos. Die Träger hoben den Sarg an und legten ihn auf zwei Kanthölzer, die im rechten Winkel über dem Grab lagen. Sie teilten sich auf und ergriffen die Seile, die unter dem Gerüst hindurchgezogen worden waren. Auf ein Kommando des Geistlichen hin, zogen die Männer die Seile straff und hoben den Sarg. Der Pastor zog die Querbalken weg. Langsam und gleichmäßig, Hand über Hand greifend, senkten die Träger den Sarg in das Grab ab und betteten Timothy Gartner zur letzten Ruhe.

Tims Mutter stieß einen erstickten Schrei aus. Der Mann mit den harten Gesichtszügen schlang ungelenk einen Arm um sie. Das Vogelscheuchenmädchen presste die Lippen zu einem dünnen Strich zusammen, ähnlich der Linie auf einem Krankenhausmonitor, die das Ende des Herzschlags anzeigte. Roland hatte so eine Ahnung, dass Tim nur zu gern gesehen hätte, wie sehr sie ihn betrauerten.

Nachdem die Träger den Sarg abgesenkt hatten, traten sie hinter die Familie. Einer von ihnen sah auf die Uhr. Roland hätte ihm den Hals umdrehen können.

Der Pastor bückte sich zu dem kleinen Erdhaufen neben dem Grab, um das letzte Ritual zu beginnen. Er lud sich mit der kleinen Schaufel, die im Herzen des Haufens steckte, etwas Erde auf und ließ sie in die Grube auf den Sargdeckel poltern. »Erde zu Erde –« Er legte so viel Theatralik in seine Stimme, dass es mehr nach Seifenoper als Beerdigung klang. Abermals lud er sich eine Schippe auf und ließ sie auf den Deckel hinabregnen.

»Asche zu Asche –«

Die letzte Schippe folgte.

»Staub zu Staub.«

Roland senkte den Blick. Die Situation war so unwirklich wie Hitzeflimmern über dem Asphalt. Noch vor einer

Woche hatte er Tim herumkommandiert wie einen Praktikanten – Und jetzt? Vorbei.

Und nicht wieder gut zu machen.

Der Pastor bat die Gemeinde ans Grab, um es ihm nachzutun. Roland bekam es kaum mit.

Die Gäste traten einzeln nach vorne.

Im Hintergrund hörte Roland das Poltern auf dem Sargdeckel, das sich mit dem Erde-zu-Erde-Gemurmel mischte und es klang in seinen Ohren wie das Geräusch seiner Schuhe auf dem Stoppelfeld hinter Prankes Hof. Und es trug ihn zurück. Dorthin, wo Denken weh tat. Seine Gedanken gingen auf Wanderschaft.

Marek Blohm.

Es gab mehrere Videos, die ihn mit einem der Opfer zeigten. Er war einer von den Kunden, die zahlten, um im Keller selbst ein bisschen die Sau rauszulassen. Blohm war einer von Lunks Kontakten. Selbst auf den Videos war seine Drogensucht offensichtlich. Er war auf Koks. Dem ›weißen Drachen‹, wie Lauritz ihn ehrfürchtig nannte. Roland war sich nicht sicher, was diese Formulierung für ihn bedeutete. Sein Kollege besaß eine schillernde Vergangenheit und manchmal stieg etwas daraus empor wie Blasen in einer Sprudelflasche.

Roland vermutete, dass das Kollektiv seinen Kunden Drogen bereitgestellt hatte, um ihr Empfinden zu verstärken und das Erlebnis perfekt zu machen. Wenn man denn von Perfektion sprechen konnte. Blohm hatte mit Lunk vereinbart, dass er seinen Spaß mit Frick haben konnte und teuer dafür bezahlt.

Unter anderem mit seinem Leben, dachte Roland.

Auch wenn es keine Beweise gab, konnte er sich in etwa ausmalen, was damals in dem Keller passiert sein musste. Und es war kein schönes Bild. Das Kollektiv hatte Mareks Leiche aus dem Keller geholt und am Stadtrand auf einem stillgelegten Fabrikgelände deponiert. Blohms Leichnam war übersät mit Fricks DNA. Das Werk eines Verrückten – so schien es damals. An dem Rohr neben seinem zerschmetterten Schädel hatten sich Fricks Fingerabdrücke befunden. Damit war die Sache geritzt. Das Kollektiv hatte sauber gearbeitet; das musste man ihnen lassen.

Macintosh hatte sich das Hirn breiig recherchiert, doch er hatte den ehemaligen Standort des Kellers tatsächlich gefunden. Er war von der Marlin GmbH komplett gereinigt und abgebrochen worden. Sie hatten sich große Mühe gegeben. Selbst das abgebrochene Mauerwerk war geschreddert und andernorts neu verbaut worden. Roland wollte sich nicht vorstellen, welche Qualen Frick gelitten haben musste, ehe er sich aus dem Loch befreite.

Falls Frick Blohm getötet hat, war es Notwehr, vermutete Roland. *Notwehr, um seinen Peinigern zu entkommen.*

Doch Fricks Freiheit währte nur kurz. Das Kollektiv hatte reagiert und der Polizei über Grundel einen Hinweis gegeben. Roland hatte lange überlegt, warum das Kollektiv die Polizei zu Frick geführt hatte. Vermutlich hatten sie die Risiken abgewogen. Sie gingen ein Kleineres ein, um ein Größeres zu vermeiden: Nach Fricks Flucht mussten sie damit rechnen, sofort verhaftet zu werden. Doch nichts dergleichen geschah. Frick hatte sich nicht an die staatlichen Stellen gewandt, was die Frage aufwarf: Warum? Es bestand die vage Möglichkeit, dass er einfach verschwunden war. Dennoch musste dem Kollektiv klar gewesen sein, dass sie nie vor ihm sicher sein würden. Dass er sie finden und ihnen den Schädel einschlagen würde, wie er es mit Blohm gemacht hatte. Letztendlich dämmerte ihnen wohl, dass er irgendwann aktiv werden würde. Da sie sich nicht zutrauten, Frick zu finden und unschädlich zu machen, gaben sie der Polizei den Hinweis.

Und wir haben's geglaubt.

Vor Gericht hätte Fricks Wort – das Wort eines psychisch gestörten und traumatisierten Kriegsheimkehrers – gegen das von Arthur Grundel gestanden. Sollten die Behörden doch ermitteln. Beweise würden sie nicht finden und sollte entgegen aller Wahrscheinlichkeit jemand aus dem Kollektiv befragt werden, würde er lachend alles abstreiten. Ein Folterkeller? Also bitte! Fricks haarsträubende Geschichte würde niemand glauben. Doch so weit kam es gar nicht. Überraschenderweise verweigerte Frick vor Gericht jede Aussage und das Kollektiv wurde nicht weiter behelligt. Er ließ den Prozess stumm über sich ergehen. Roland glaubte mittlerweile, dass Frick schon damals plante, seine Peiniger zu töten. Er hatte stillgehalten, musste er doch befürchten, sie im Gefängnis nicht zu erreichen.

Fricks Strafverteidiger hatte ins Feld geführt, dass sein Mandant nicht zurechnungsfähig sei und ihn somit vor dem Gefängnis bewahrt. Er hätte eine Posttraumatische Belastungsstörung, die sich in einer Psychose äußerte, ausgelöst durch seine Militäreinsätze in Afrika, die ihm die Steuerungsfähigkeit genommen hätte. Frick kam in die Meisenburg und war damit weg vom Fenster – und für das Kollektiv ungefährlich.

Wie sehr sie sich geirrt haben.

Grundels Adresse hatte Frick während des Prozesses erfahren. Er musste ihm die der anderen verraten haben, als Frick ihm einen nächtlichen Besuch abstattete.

Den letzten, den er je empfangen sollte.

Danach war die Hölle losgebrochen. Frick war schnell gewesen.

Viel zu schnell. Fünf Tage!

Roland konnte es nicht fassen. Er hatte sie in fünf Tagen abgehakt; einen nach dem Anderen.

Was er jetzt wohl treibt?

Roland wusste keine Antwort darauf. Seine Überlegungen endeten dort, wo sie in den letzten Tagen immer geendet hatten. Bei der ewig gleichen Frage: Was war Jon Frick? Ein Antiheld? Ein Wahnsinniger? Fort war er. Fort, fort.

»Roland.«

Er sah auf.

Lauritz stand vor ihm und drückte ihm die Schulter.

»Du bist dran.« Seine Augen glitzerten feucht.

Roland seufzte und setzte sich in Bewegung. Tims Vater schoss einen Blick wie einen Stahlbolzen auf ihn ab. Den hatte er verdient.

Zweifellos.

Roland trat an das Grab. Es schien sich unendlich unter ihm auszudehnen wie die Korridore eines Spiegelkabinetts. Er schwankte. Tims regloser Körper erschien vor seinem geistigen Auge.

(Tote, starre Augen.)

Roland bückte sich nach der Schaufel und lud Erde auf.

(Hirnmasse, die sich mit Herbstlaub mischt.)

Ihm war, als blicke ihn Tim anklagend durch den Sarg-deckel hindurch an. Er zögerte. Der Pastor sah ihn verärgert an und tappte mit dem Fuß. Roland senkte die Schaufel und Erde polterte dumpf auf den Sarg. Er nuschelte ein ›Erde zu Erde‹, senkte den Blick und trat zurück. Für die anderen Schippen fehlte ihm die Kraft.

Es wurde merklich dunkler. Die Sonne versank in den Wolken, als wolle sie sich zur Ruhe betten. Sie starb in einem grauen Meer. Ein ungemütlicher Graupelschauer brachte die Trauerfeier zu einem raschen Ende. Die Grüpp-chen zerfaserten und lösten sich nach und nach auf wie Nebelschwaden. Der Pastor hob die Hand zum Abschied und wandte sich in Richtung Kapelle.

Tims Eltern blieben mit ihrer Tochter am Grab. Wie Pinguine drängten die Gartners sich aneinander und spendeten einander Trost mit ihrer Nähe. Das Vogelscheuchenmädchen stand in ihrer Mitte und hielt die Augen geschlossen, den Kopf an die Brust ihrer Mutter gelehnt. Der Ausdruck auf ihrem Gesicht erinnerte Roland an die ewigen Selbstzweifel ihres Bruders. Erinnerte ihn an die verpassten Chancen, ihm seinen Respekt zu zeigen.

Lauritz fragte ihn, ob er noch auf ein Bier mitkommen wolle. Roland verneinte und verabschiedete sich. Fresko kam in Begleitung seiner Frau langsam auf ihn zu. Der Schmerz, der den Therapeuten erfüllte, weil er sich die Schuld an Tims Tod gab, stand ihm ins Gesicht geschrieben. Als er ihm sein Beileid wünschte, stotterte er regelrecht. Fresko umarmte ihn zum Abschied und Lis tat es ihm nach. Roland spürte die Wärme ihrer Körper, doch sie drang nicht in sein Inneres.

Als alle schon gegangen waren, stand Roland noch lange schweigend vor dem Grab. Es war kalt geworden. Wasser perlte von seiner Hutkrempe wie Tränen. Der Wind spielte sein leises Orchester.

Wozu das alles?

Das Grab blieb stumm.

Schritte näherten sich. Leise Schritte, die er wohl kaum gehört hätte, wäre der Wind nicht so leicht gewesen. Eine Hand berührte ihn sanft an der Schulter. Roland fuhr herum und blickte in Marshas braune Augen. Sie trug einen geschmackvollen Mantel; anthrazitfarben, mit bestickten Ärmelaufschlägen. Das Haar hatte sie aus dem strengen Pferdeschwanz befreit und trug es offen, sodass es ihr Gesicht einrahmte, es umspülte wie dunkles Wasser. Roland spürte, dass sie wusste, wie er sich fühlte. Unter großer Beteiligung der Garling-Mitarbeiter war Maik vor einigen Tagen zu Grabe getragen worden. Roland und Marsha fühlten sich auf seltsame Weise wie Witwe und Witwer, hatten sie doch beide einen lieben Menschen verloren. Marsha hatte die Hände tief in den Taschen ihres Mantels vergraben und den Kopf zwischen die Schultern gezogen. Sie fror. »Da sind wir nun.«

»Ja.« Er kratzte sich hinter dem Ohr. Seine Stimme war so brüchig wie ein trockener Ast.

»Ich weiß noch immer nicht, was ich davon halten soll. Es ist so viel passiert.«

»Wir haben viel Zeit darüber zu reden, oder?«

Marsha lächelte, senkte den Blick und schob einen Fuß im feuchten Gras herum. »Vielleicht.« Sie hob den Kopf. »Wo er wohl hin ist?«

»Frick?« Roland winkte ab und zuckte hilflos mit den Schultern. »Er kam aus dem Nichts und verschwand darin.«

Marsha lehnte sich an ihn und er zog sie enger an sich. Ihre Hände verschränkten sich mit seinen.

Am Ende war es, als hätte es ihn nie gegeben. Darin lag womöglich der ganze Schrecken. Darin, einfach tun zu können, als wäre nichts geschehen. Als Roland Marsha die Kapuze zurückschob, um sie zu küssen, löste sich der erste Schnee aus den Wolken und fiel auf seine Erinnerungen an Frick. Die Erinnerungen an Tim. An Arthur Grundel, Jeremia Marlin, Kristy Rothenberg und all die Anderen. An Messing, wie er an seinem Gürtel baumelte.

Vereinzelte Flocken bedeckten das Gras. Langsam entstand eine weiße Schicht, die das Grün sacht zudeckte, ehe sie es erstickte. Leise und bestimmt – so wie Frick. Und nach einiger Zeit würde es sein, als hätte es das Gras nie gegeben. Als hätte es ihn nie gegeben. Als wäre das alles nie passiert.